KB148307

예언에 관하여

강대진의 고전 산책

②

키케로
Cicero

예언에
관하여

그린비

차례

| 일러두기 |

1 이 책은 키케로(M. Tullius Cicero)의 *De Divinatione*를 완역한 것이다. 번역 텍스트는 Christoph Schäublin이 편집, 번역, 주석한 *Über die Wahrsagung, lateinisch-deutsch* (München 1991)을 이용하였으며, A. S. Pease, *M. Tulli Ciceronis De Divinatione* (Darmstadt 1963)의 주석, D. Wardle, *Cicero: On Divination Book 1*(Oxford 2006)의 주석과 번역, 그리고 W. A. Falconer, *Cicero, De Divinatione*(Cambridge MA 1923, 1971년 인쇄본)의 번역을 참고하였다.

2 본문의 각주는 모두 옮긴이주이다.

3 본문 뒤의 옮긴이 해제는 이 작품을 이해하기 위해 필요한 사전지식을 제공하고 있다.

4 고유명사 표기는 라틴어 명은 라틴어식으로, 희랍어 명은 희랍어식으로 표기하는 것을 원칙으로 삼았다.

De
Divinatione

제1권

제1권

1. [I] 영웅들의 시대부터 전해오는 오래된 믿음이 있다. 그 믿음은 로마인들과 모든 족속들의 합치된 의견으로 확고한 지위를 차지하고 있는데, 사람들 사이에 어떤 종류의 예언이 통용되고 있다는 점이다. 그것은 희랍어로 만티케mantike라 불리는 것, 즉 미래에 있을 사태에 대한 앎이고 예견이다. 만일 그런 게 존재하기만 한다면, 이것은 정말 대단하고 유용한 것일 터이다. 그로 인해 인간의 본성이 신들의 능력에 최대로 다가갈 수 있을 테니 말이다. 그리고 우리 로마인들은 다른 일들에 있어서도 그러하듯이, 희랍인들보다 훨씬 더 낫게, 이 특별한 재주에 '신들'에게서 비롯된 이름[1]을 붙였다. 반면에 희랍인들은 그것에, 플라톤의 견해에 따르면, '광기'에서 파생된 이름을 붙였다.[2]

2. 나는, 아무리 교양 있고 잘 교육된 민족이라도, 혹은 아무리 무지하고 야만적인 민족이라도, 미래 일에 대한 조짐이 주어져 있으며

---

1 divinatio가 divus에서 파생된 말이라고 보는 것이다.
2 플라톤의 『파이드로스』 244c. mantike라는 말은 mania에서 나왔다는 의견을 가리킨다.

그것을 어떤 이들이 감지하고 예언할 수 있다고 생각하지 않는 민족은 본 적이 없다. 우선 — 가장 먼 곳에서 권위를 구하자면 — 앗쉬리아 인들은, 그들이 거주하는 영역이 평탄하고 광대하기 때문에, 사방으로 열리고 가로막힌 데 없는 하늘을 주시하여, 별들의 궤도와 운동을 관찰하였으며, 그것들을 알게 되자 그 각각이 의미하는 바를 후대에 전해 주었다. 이들과 같은 민족[3] 중에서 칼다이아 인들은 — 이 이름은 그들의 기술에서가 아니라 그들의 종족에서 비롯된 것인데[4] — 별들을 오랜 동안 관찰하여, 각자에게 어떤 일이 일어날 것인지, 각 사람이 어떤 운명을 타고났는지 예언할 수 있을 정도까지 학문을 완성했다고 여겨진다. 이집트 인들도 오랜 시간에 걸쳐, 거의 헤아릴 수 없는 세월 동안에 같은 기술에 도달한 것으로 생각된다. 또한 킬리키아 인들과 피시다이 인들, 그리고 이들 가까이에 사는 팜퓔리아 인들 — 이들은 내가 직접 다스린 적이 있는데 — 은 새들이 나는 모습과 우는 소리로써 미래에 있을 일들이 분명한 조짐으로 드러난다고 생각한다.

　　3. 사실 희랍이 퓌토[5]나 도도네,[6] 혹은 암몬[7]의 신탁 없이 아이올

3　혈통으로 보자면 칼다이아 인들은 원래 앗쉬리아 인이 아니라 아르메니아 계통이지만, 지역적으로 보자면 앗쉬리아 인들과 같은 영역에 살았으므로 이렇게 말해도 아주 틀린 것은 아니다.

4　기원전 2세기 중엽에는 '칼다이아 인'(Chaldaei)이라는 이름이 '점성술사'란 뜻으로 사용되었기 때문에 덧붙인 설명이다.

5　델포이의 다른 이름.

6　희랍 북서부에 위치한 도시. 제우스의 신탁소로 유명하다.

7　이집트 서쪽 시와 오아시스에서 숫양의 모습으로 섬겨지던 신. 보통 암몬 제우스로 불린다.

리아, 이오니아, 아시아, 시킬리아, 이탈리아로 식민단을 보낸 적이 있는가? 혹은 희랍이 어떤 전쟁을 신들께 상의하지 않고 치른 적이 있는가?

[III] 또한 공적, 사적으로 예언의 한 가지 종류만 이용되는 것도 아니다. 왜 그런가 하면, 다른 민족은 제쳐 두고, 우리 민족만 해도 얼마나 많은 종류의 예언기술을 껴안고 있는가! 우선 이 도시의 아버지 로물루스[8]는 새점[鳥占]에 의해 도시를 건립했을 뿐 아니라, 자신이 탁월한 조점鳥占술사augur였다고 전해진다. 또한 다른 왕들도 새점을 이용하였으며, 왕들이 축출된 다음에도 내정에 있어서든 군사적인 일에 있어서든 공적으로 새점 없이는 아무것도 시행되지 않았다. 그리고 여러 일들에 대해 자문諮問하고 성취하고, 조짐들을 해석하고 대비하는 일에 있어서 에트루리아 점술[9]이 큰 위력을 가진 것으로 보이자, 그 모든 기술을 에트루리아로부터 받아들이고자 했다. 자신들이 그 어떤 종류의 예언도 소홀히 하는 걸로 보이지 않으려는 것이었다.

4. 그리고 그들은, 인간의 정신은 두 가지 방식으로, 즉 한편으로

8 전설적인 로마의 건립자. 누가 왕이 될 것인지를 두고 그의 형제인 레무스와 다툼이 생기자, 새점으로 결정했다고 한다.

9 haruspica. 이 기술은 크게 세 가지, 즉 내장을 관찰하는 것, 번개 현상을 해석하는 것, 그리고 전조를 해석하는 것으로 나뉜다. 이 기술을 지닌 사람(haruspex)들은 에트루리아 출신으로 특별한 집단을 이루었으며, 대개는 뾰족한 고깔 모양 모자를 쓰고 다녔다. 우리말 단어 중 이에 딱 들어맞는 것이 없기 때문에, 대체로 가장 대표적인 기술을 앞세워 '내장점', '내장점쟁이'로 옮겼고, 다른 세부 기술도 문제되는 경우에는 ('에트루리아'라는 말이 원문에 없더라도) '에트루리아 점술'로 옮겼다. 하지만 문맥상 haruspex임이 분명하면 그냥 '점쟁이'라고 옮긴 곳도 있다.

는 광기에 의해, 다른 편으로는 꿈에 의해, 무의식적으로 알지 못하는 사이에 자유롭고 속박 없는 자체적인 움직임에 따라 일깨워진다고 해서, 그리고 광기에 의한 예언이 특히 시빌라의 말들에 담겨 있다고 생각해서, 그것을 해석할 사람 열 명[10]을 시민들 가운데서 선출하기로 했다. 같은 부류에 속하는 것으로 사람들은 자주 환상가hariolus와 선견자vates가 광적 상태에서 예언한 것을 귀담아 들어야 한다고 생각했다. 옥타비우스 전쟁[11] 때 코르넬리우스 쿨레올루스[12]가 했던 예언이 그러한 것이다. 또한 보통 이상으로 중요한 꿈들도, 그것이 국사와 관련된 것으로 보이면, 최고 협의기관에 의해 무시되지 않는다.[13] 우리가 기억하는 범위 안에서도, 푸블리우스와 함께 집정관을 지냈던 루키우스 율리우스[14]가 원로원의 결정에 따라 구원자 유노[15]의 신전을 재건했는데, 그것은 발리아리쿠스[16]의 딸 카이킬리아가 꾼 꿈[17] 때

10 decemviri를 가리킨다. 원래 두 명이었으나, 기원전 367년 이후 열 명으로 늘어났고, 술라의 개혁에 의해 열다섯 명이 되었다. 우두머리는 두 명으로, 한 명은 귀족 계급에서, 한명은 평민 계급에서 선발되었다.

11 기원전 87년에 있었던 전쟁. 옥타비우스와 술라가 한편이고, 킨나와 마리우스가 반대편이었다. 옥타비우스와 킨나는 그 해의 집정관이었는데 동료끼리 서로 싸웠고, 옥타비우스가 패했다. 『신들의 본성에 관하여』 2권 14장 참고.

12 달리는 알려진 바 없는 인물이다.

13 로마의 점술에서 꿈은 별로 중요한 역할을 하지 못해서 자세히 기록된 사례도 별로 없다.

14 L. 율리우스 카이사르는 P. 루틸리우스와 함께 기원전 90년에 집정관을 지냈다.

15 Iuno Sospita. 원래 라누비움에서 섬겨지던 Iuno Sispes가, 기원전 338년 이후 라누비움인들이 로마 시민으로 받아들여지면서 함께 로마 종교에 수용되었다. 원래의 수식어는 '장소의 여신'이란 뜻으로 군사적 함축이 있었으나, 나중에 희랍어로 '구원하다'(sozein)과 연관 지어져서 수식어가 바뀌었다. 대개는 창과 방패를 갖춘 것으로 그려진다. 『신들의 본성에 관하여』 1권 82장 참고.

16 Q. 카이킬리우스 메텔루스 발레아리쿠스. 기원전 123년 집정관 역임. 오늘날 마요르카,

문이었다.

5. [III] 한데 내가 생각하기에, 옛사람들은 이것들을 지지한 것은 합리적으로 따져서라기보다는 일의 결과에 부추김을 받아서이다. 사실 예언이 왜 참된지에 대한 철학자들의 어떤 세련된 논증들이 수집되어 있다.[18] 그 중 가장 오래된 것에 대해 말하자면, 콜로폰 출신 크세노파네스[19]는 신들이 존재한다고 말하면서 예언을 완전히 부정한 유일한 인물이다. 반면에 나머지 사람들은, 신들의 본성에 대해 말을 불분명하게 했던 에피쿠로스[20]를 제외하고는 모두 예언을 인정했다. 하지만 같은 방식으로는 아니었다. 이렇게 말하는 이유는, 소크라테스와 그의 학파 전체, 그리고 제논[21]과 그를 우두머리로 삼는 사람들은 옛 철학자들의 의견을 유지했고, 구 아카데메이아 학파[22]와 소요

미노르카가 포함된 발리아레스(후대의 이름은 발레아레스) 제도를 정복하여, '발리아리쿠스'(발레아리쿠스)라는 별칭을 얻었다. 그의 집안은 로마 종교의 수호자로 명성이 높았다.

17 유노 여신이, 신전이 너무 더러워져서 떠난다는 내용이다.

18 이미 당시에 여러 학설을 모아 놓은 책이 있어서, 키케로는 모든 철학자의 책을 직접 읽지는 않은 것으로 보인다. 특히 소크라테스 이전 철학자들은 직접 읽지 않은 듯하다. 그가 참고한 책은 스토아 철학자 포세이도니오스의 것이거나, 아카데메이아 학파의 것일 가능성이 높다.

19 기원전 570~480년. 에페소스 곁 콜로폰 출신으로 남이탈리아의 엘레아에 살았다. 당시의 다신교 체계에 반대하여, 정신의 힘으로 모든 것을 통제하는 유일신 개념을 내세웠다.

20 기원전 341~270년. 사모스 출신으로 306년에 아테나이에 자신의 학교를 세웠다.

21 퀴프로스의 키티온 출신. 기원전 325~262년. 스토아학파의 창시자.

22 키케로는 『아카데미카』 1.46에서, 아카데메이아 학파를 세 단계로 나누고 있다. 플라톤 당시와 그 직후가 첫 단계이고, 아르케실라오스(315~240)가 이 학파에 회의주의를 도입한 시기부터 그 다음 단계이며, 그 후 안티오코스(120년경 출생)가 주도하는 시기가 되면 학파의 입장이 다시 첫 시기로 돌아간다. 키케로는 이 세 번째 시기의 아카데메이아 학파를 '구 아카데메이아'로 지칭한다. 1권 87장 주석도 참고할 것.

학파도 찬동했기 때문이다. 한편 퓌타고라스[23]는 벌써 예전에 이것에 큰 권위를 부여하였으며, 자신이 조점술사가 되려고까지 했었다. 무게 있는 저자인 데모크리토스[24]는 앞으로 있을 일들에 대한 예지를 많은 문장으로써 확고히 지지했으며, 소요학파인 디카이아르코스[25]는 다른 종류의 예언은 모두 부정하고 꿈에 의한 것과 광기에 의한 것만 남겨 두었다. 우리의 친근한 크라팁포스[26] ——나는 그가 최고의 소요학파 인사들과 대등하다고 판단하는데 —— 또한 같은 것들에 믿음을 부여하였으며, 다른 종류의 예언들은 배척하였다.

6. 한편 스토아학파[27] 사람들은 저것들 거의 모두를 옹호했다. 왜냐하면 제논이 자기의 저서에서 말하자면 어떤 씨앗을 뿌렸고, 그것을 클레안테스[28]가 조금 더 풍성하게 만들었기 때문이다. 거기에 아주 날카로운 지성을 가진 사람, 크뤼십포스[29]가 왔다. 그는 두 권의 책

---

23 기원전 582년 사모스 출생. 6세기 말에 이탈리아 크로톤에서 자기 학교를 세움.
24 압데라 출신, 기원전 420년경에 활동. 이미 레우킵포스에 의해 주창되었던 원자론을 확장하여 펼쳤다.
25 멧세네 출신 아리스토텔레스의 제자. 기원전 4세기 말에 지리학과 철학을 포함하는 넓은 범위의 책들을 썼다.
26 키케로 당시에 아테나이 뤼케이온을 이끌던 학자. 키케로의 아들도 그에게 가르침을 받았다.
27 여기서 스토아학파와 제논의 학설이 다시 나오는 것을 두고, 키케로가 두 가지 자료를 이용했기 때문이라는 설명도 있다.
28 트로이아 지역의 앗소스 출신. 제논의 뒤를 이어 기원전 3세기 중반 스토아학파를 이끌었다.
29 킬리키아의 솔로이(또는 타소스) 출신. 기원전 281/78~208/5. 클레안테스의 제자이자 후계자. 스토아학파의 제2 창시자. 그가 없었더라면 스토아학파도 없었으리라는 평가를 받고 있다.

에서 예언에 관한 모든 학설을 해설하였으며, 그 밖에도 신탁에 대해 한 권, 꿈에 대해 또 한 권을 썼다. 그의 뒤를 이어 바빌로니아 출신 디오게네스[30]가 책 한 권을 냈고, 디오게네스의 제자 안티파테르[31]가 두 권을, 우리의 포세이도니오스[32]가 다섯 권을 냈다. 하지만 이 학파의 우두머리라고 할 수 있는 판아이티오스[33]는, 포세이도니오스의 스승이고 안티파테르의 제자이면서, 스토아학파의 입장에서 벗어나 버렸다. 그는 감히 예언의 효능이 없다고 부인하는 데까지는 이르지 못했지만, 자신은 의심한다고 했던 것이다. 한데, 그들은 한 주제에 대해 스토아학파 사람들이 아주 싫어하는데도 한 스토아학자에게 허용되었던 그 일[34]을 우리가 다른 주제들에 대해 행한다고 해서, 이를 허용치 않을 것인가? 특히 판아이티오스에게는 분명치 않은 것이 같은 학파의 다른 사람들에게는 태양빛보다 더 밝게 보인다는 이유를 대면서 말이다.

7. 하지만 어쨌든 이것이 아카데메이아 학파의 칭찬할 만한 특성[35]으로, 가장 탁월한 철학자[36]의 판단과 증언에 의해 확증되어 있다.

---

30 티그리스 강 곁의 셀레우키아 출신. 타르소스 출신 제논의 뒤를 이어 아테나이에서 스토아학파를 이끌었다. 기원전 155년 사절로서 로마를 방문, 거기서 강연을 했다.
31 타르소스 출신. 기원전 152~129년 사이에 스토아학파를 이끌었다.
32 기원전 135~50년경. 시리아의 아파메이아 출신. 중기 스토아학파의 우두머리. 로도스 섬에 학교를 세웠고, 거기서 키케로도 강의를 들었다.
33 로도스 출신. 기원전 185~109년.
34 즉, 의심을 품는 일.
35 아카데메이아 학파는 이전까지는 교조적인 주장들을 갖고 있었으나, 아르케실라오스 이래로 약 2백 년 동안 엄밀한 회의주의를 관철했다. 이는 대체로 소크라테스의 정신을 복

[IV] 따라서 나 자신도 예언에 대해 어떻게 판단해야 하는지 탐색하고 있으므로 — 이것은 카르네아데스[37]가 스토아학파에 대항하여 날카롭고 풍부하게 많은 반론을 제기했기 때문인데 — 그리고 잘못된 사안이나 충분히 알려지지 않은 것에 성급하게 동의하지나 않을까 두려워하고 있으므로, 내가 신들의 본성에 관하여 쓴 세 권의 책에서 그러했듯이, 논변과 논변들을 열심히 거듭 거듭 비교해야 할 듯하다. 왜냐하면 모든 사안에 있어서 성급하게 동의하고 실수하는 것은 부끄러운 일인데, 특히 새점과 신적인 일들과 종교 행위에 어느 정도의 신뢰를 부여해야 하는지 결정해야 하는 경우에 그러하다. 거기에는, 혹시 이것들을 무시했다가 불경죄에 묶일 위험이, 또 혹시 받아들였다가 노파들의 미신에 묶일 위험이 있기 때문이다.

8. [V] 이 주제들에 대하여 다른 때에도 그랬지만, 최근에 내 형제인 퀸투스[38]와 함께 투스쿨룸의 별장[39]에 있을 때, 조금 더 자세히 논

원한 것이라 할 수 있다.
36 판아이티오스를 가리킨다.
37 기원전 214년경~128년. 퀴레네 출신으로 아르케실라오스 다음에 아카데메이아의 지도자가 된 인물. 그는 책을 쓰지 않았지만, 그의 입장들은 클레이토마코스의 저작에 정확하게 전해졌었고, 키케로는 그것을 읽었다(2권 87장 참고).
38 마르쿠스 키케로의 동생. 기원전 62년 법무관(praetor), 61~59년 아시아 지역의 총독을 지냈다. 카이사르와 폼페이우스의 내전 때는 폼페이우스 편에 섰으며, 기원전 47년 이탈리아로 돌아와 43년에 죽었다. 그는 대체로 소요학파로 기울어져 있었는데(『최고선악론』 5권 96장, 『예언에 관하여』 2권 100장 참고), 이 작품에서는 스토아학파를 옹호하는 것으로 그려졌다.
39 원래 술라의 소유였던 것을 키케로가 구입하였고, 클로디우스 일당에 의해 파괴된 것을 다시 지었다. 키케로는 기원전 46~45년 동안 거기 계속 머물렀고, 『신들의 본성에 관하여』도 거기서 집필하였다. 하지만 이 집의 정확한 위치는 현재까지 확인되지 않았다.

의가 이루어졌다. 우리가 산책 삼아 뤼케움——이것은 위쪽에 있는 체육관[40]의 이름이다——쪽으로 갔을 때, 그가 이렇게 말했기 때문이다. "저는 얼마 전에 형님이 쓰신 『신들의 본성에 관하여』의 제3권을 자세히 읽었는데요, 거기 나온 코타[41]의 논변은 저의 견해를 흔들어 놓기는 했지만, 완전히 뒤엎진 못했습니다." 그래서 내가 말했다. "정말 잘했군. 사실 코타 자신도 인간들의 종교를 없애기 위해서라기보다는 스토아학파의 논증을 반박하기 위해서 논변을 펼친 것이니까." 그러자 퀸투스가 말했다. "코타께서도 바로 그런 말을 하고 있으며, 그것도 자주 그러한데요, 제 생각엔, 일반화된 관습을 넘어서는 걸로 보일까 봐 그러는 듯합니다. 하지만 그는 제가 보기에, 스토아학파 사람들을 열정적으로 공박하다가 신들을 완전히 제거해 버린 것 같습니다.

9. 하지만 저로서는 물론 그의 입론에 대해 뭐라고 대답할지가 궁하지 않습니다. 그 책 제2권에서 루킬리우스[42]께서 종교를 충분히 옹호하셨으니까요. 그의 논변은, 형님께서 3권 끝에 쓰고 있다시피, 형님 자신에게도 진리에 더 가까운 것으로[43] 보이니 말입니다. 한데 그 책에서 그냥 지나친 것이 있지요——제 생각으로는, 그 문제는 별

---

40 키케로는 투스쿨룸에 두 개의 체육관을 갖추고 있었는데, 하나는 아리스토텔레스가 가르치던 학교의 이름을 따서 뤼케움이라 하고, 다른 쪽은 플라톤의 학교 이름을 따서 아카데미아라고 불렀다.

41 Gaius Aurelius Cotta. 기원전 75년 집정관 역임. 『신들의 본성에 관하여』에서 아카데메이아 학파의 대표격으로 논의에 나서서, 1권 후반에는 에피쿠로스학파의 이론을 논파하고, 3권에서는 스토아학파의 이론을 논파한다.

42 Q. Lucilius Balbus. 달리는 알려진 바 없으며, 『신들의 본성에 관하여』 2권에서 스토아학파의 이론을 펼치는 인물이다.

도로 탐구하고 논의하는 게 유리하겠다 여겨서 그러신 것 같습니다만 ── 즉 예언에 대하여입니다. 그것은 우연적으로 일어난다고 생각되는 일들을 예견하고 예언하는 것이지요. 괜찮으시다면, 지금 그것이 어떤 효력을 갖는지, 그게 어떤 것인지 논의해 보지요. 왜 이러냐하면, 저로서는 이렇게 생각하기 때문입니다. 만일 우리가 받아들여 실행하고 있는 종류의 예언들이 참되다고 하면, 신들이 존재하는 것이고요, 반대로 신들이 존재한다면, 제대로 점칠 수 있는 사람도 존재하는 것이라고요."

　　10. [VI] 내가 말했다. "퀸투스, 자네는 스토아학파 사람들의 요새 자체를 방어하고 있군! '예언이 존재한다면 신들도 존재하고, 신들이 존재한다면 예언도 존재한다'는 식으로 이들이 그렇게 서로에게로 돌아간다면 말일세. 하지만 이 중 어느 쪽도 자네가 생각하듯 그리 쉽게 인정되질 않네. 왜냐하면 미래 일들도 신들 없이 저절로 표징이 주어질 수 있고, 인간 종족에게 신들이 예언을 주지 않으면서도 신들이 존재하는 경우가 가능하기 때문이지." 그러자 그가 말했다. "하지만 저로서는, 신들이 존재하고 그들이 인간사에 간여한다는 논거가 충분히 있습니다. 저로서는 분명하고 명백한 종류의 예언이 존재한다고 생각하니 말입니다. 혹시 좋으시다면, 이 문제에 대해 제가 어떤

---

43 『신들의 본성에 관하여』 3권 95장에서, 에피쿠로스학파의 대변인인 벨레이우스는 아카데미아 학파인 코타의 의견이 더 낫다고 생각하고, 키케로 자신은 스토아학파인 루킬리우스 발부스의 의견이 더 사실에 가깝다고 여긴 것으로 나와 있다.

의견을 갖고 있는지 설명해 보겠습니다. 하지만 물론 형님이 정신적으로 한가하고, 이런 논의보다 앞세워야 한다고 여기는 다른 용무가 없다는 전제하의 말입니다만."

11. 내가 말했다. "철학을 위해서라면, 퀸투스여, 나는 정말 언제라도 시간이 있다네. 더구나 요즘은 내가 즐겁게 행할 수 있는 일도 달리 없으니,[44] 자네가 예언에 대해 어떤 의견을 갖고 있는지 듣고 싶은 마음이 더욱 간절하네."

그러자 그가 말했다. "사실 전혀 새로운 건 아니고요, 제가 다른 사람들을 앞질러서 생각한 것도 아닙니다. 왜냐하면 저는 한편으로 아주 오래되고, 또 한편 모든 민족, 모든 족속이 일치해서 지지하는 견해를 따르는 것이니까요. 한데 예언의 종류는 두 가지로서, 하나는 기술에 의한 것이고, 다른 하나는 자연적인 것입니다.

12. 하지만 내장점 치는 사람이든, 괴이한 일monstra 또는 번개를 해석하는 사람이든, 조점鳥占사든, 점성술사든, 제비뽑기로 점치는 사람이든(이것들은 거의 기술에 의한 것이지요), 혹은 해몽가든, 선견자든(이들 두 가지는 자연적인 것으로 여겨집니다), 이런 이들의 예언에 움직이지 않는 민족이나 나라가 어디 있겠습니까? 한데 저는 이것들의 원인보다는 오히려 결과를 탐구해 보는 것이 옳다고 생각합니다. 왜냐하면 오랜 동안 징조significatio들을 관찰함으로써, 혹은 어떤 신적

---

44 이 구절을 보면, 작품 속 대화가 카이사르 피살 이전으로 설정된 듯하다. 그 무렵 키케로는 모든 공무에서 배제된 불우한 상태였다.

인 자극이나 영감에 의해서 미래를 예언하는 어떤 능력과 본성이 있기 때문입니다.

[VII] 그러니 카르네아데스로 하여금 ─ 이것은 판아이티오스도 자주 하던 일인데요 ─ 윱피테르가 까마귀cornix를 왼쪽에서 울게 했는지, 혹은 그가 큰까마귀corvus를 오른쪽에서 울게 했는지[45] 따져보는 일을 그치게 합시다. 이것들은 헤아릴 수 없는 시간 동안 관찰되고, 그 조짐들의 결과 때문에 주목받고 기록된 것들입니다. 한데 기억이 수용해 주고, 기록들이 그것을 제시해 줄 때, 시간의 장구함이 이루지 못하고 따라가지 못할 일이란 없는 것이지요.

13. 우리는, 짐승에게 물린 데에, 안질에, 상처에 적합한, 얼마나 여러 종류의 약초와 뿌리들을 의사들이 찾아냈는지 감탄할 수 있습니다. 그것들의 효능과 본성을 이성이 전혀 설명해 내지 못했지만, 그 유용성으로 인해 의술과 그것들의 발견자가 인정을 받습니다.

자, 이제, 다른 부류에 속하긴 하지만 좀 더 예언과 유사한 것들을 살펴봅시다.

> 또한 바람들이 올 것을 자주 예고한다,
> 부풀어 오른 바다는, 그것이 갑자기 깊숙이서 일어설 때면,
> 그리고 회색 바위 벼랑이 짠물 흰 파도에 거품을 안고서
> 음울한 목소리를 넵투누스에게 다투어 돌려보낼 때면,

---

45 두 가지 모두 길조로 여겨졌다.

혹은 거센 바람소리가 산의 높은 봉우리에서

생겨나서는, 절벽들에 자주 부딪고 점점 커질 때면.[46]

[VIII] 그리고 형님께서 옮기신 『예지豫知론』*Prognostica*[47]에는 앞으로 일어날 일들에 대한 이러한 예견들이 그득하지요. 하지만 누가 예견들의 원인을 이끌어 낼 수 있겠습니까? 물론 저는 스토아학자인 보에투스[48]가 그걸 시도했고, 바다와 하늘에서 일어나는 일들의 이유를 설명하는 데 상당 부분 성공한 것을 알고 있습니다.

14. 하지만 다음과 같은 일이 왜 일어나는지 대체 누가 그럴싸하게 얘기할 수 있겠습니까?

마찬가지로 잿빛 물닭은[49] 바다의 심연을 피하며

무서운 폭풍이 닥칠 것을 외쳐 알린다,

---

46 이 시는 아라토스(Aratus. 킬리키아의 솔로이Soloi 출신. 기원전 3세기 후반)의 『날씨의 조짐들』(*Diosemeia*) 중 일부를 키케로가 조금 변형하여 옮긴 것이다. 아라토스는 플라톤의 제자인 에우독소스의 천문학과 기상학을 시로 옮겼는데, 보통 그것의 후반부, 또는 마지막 1/3을 『날씨의 조짐들』이라 부른다. 작품 전체를 지칭할 때는 보통 『천문현상론』(*Phainomena*)이라고 하는데, 이 이름을 작품의 전반부를 지칭할 때 쓰는 사람도 있다. 키케로는 이 작품을 '아주 젊었을 때' 번역했다고 하는데(『신들의 본성에 관하여』 2권 104장), 보통 그 시기는 기원전 85년 이전인 것으로 추정한다. 현재 그 번역의 2/3 정도가 전해진다.
47 보통 『날씨의 조짐들』이라고 불리게 된 부분을 지칭할 때 키케로 자신이 쓰던 제목이다.
48 시돈 출신. 바뷜로니아 출신 디오게네스의 제자. 아라토스에 대한, 네 권 이상으로 이루어진 주석서를 썼다.
49 Schäublin을 좇아 cana fulix로 읽었다.

떨리는 목에서 조화롭지 않은 노래를 쏟아내면서.

또한 밤꾀꼬리는 자주 가슴속 슬픈 노래를 지저귀고,

아침부터 소리쳐 위협한다,

소리쳐 위협하고 입에서 끊임없는 탄식을 토해 낸다,

새벽의 여신이 찬 이슬 방울을 막 흩을 때면.

검은빛 까마귀도 자주 물가를 달리며

머리를 물속에 잠그어, 목덜미로 물결을 받아 낸다.

15. [IX] 우리는 이런 조짐들이 거의 거짓말을 하지 않는다는 것을 알고 있지만, 왜 그런지는 알지 못합니다.

너희들도 조짐을 아는구나, 즐거운 물의 거주자[50]들아,

너희가 외치며 뜻 없는 소리를 쏟아낼 때는,

그리고 무의미한 소음으로 샘과 연못을 들쑤실 때는.

개구리 따위가 이런 것을 안다고 생각할 사람이 어디 있습니까? 하지만 개구리들에게는 무엇인가를 조짐으로 전해 주는 어떤 타고난 능력이 있습니다. 그것은 자체로는 충분히 확실합니다만, 인간의 인식능력에는 오히려 아주 컴컴한 것입니다.

---

50 개구리.

느린 발을 가진 소들은 하늘빛을 바라보며

대기로부터 축축한 물기를 코로 빨아들였다.

왜 그런지 저는 묻지 않습니다. 무슨 일이 일어나는지 알고 있기 때문입니다.

또한 진실로, 늘 푸르고 늘 잎새 무성한

유향乳香 나무는 세 번씩이나 자손으로 몸이 불어서,

세 번 열매를 쏟아 밭을 갈 세 번의 시기를 알린다.

16. 저는 이것도 묻지 않습니다, 왜 이 나무만이 세 번 꽃이 피는지, 혹은 왜 꽃의 신호를 밭 갈기 적절한 때에 맞추는지 말입니다. 저는 이것에 만족합니다, 각각의 일이 왜 일어나는지는 모르지만, 어떤 일이 일어나는지는 안다는 점 말이죠. 그래서 저는 모든 예언에 대해서, 방금 얘기한 주제들에 대해서 했던 것과 같은 답을 하고자 합니다.

[X] 스캄모네아[51] 뿌리가 정화에 어떤 기능을 할 수 있는지, 아리스톨로키아[52]는 —— 이것은 발견자의 이름을 딴 것인데요, 그는 꿈을

---

51 Convolvus scammonia L.(레반트 스캄모니아). 하제(下劑)로서 아주 강력한 효력을 지녔다.
52 아리스톨로키아 종류는 열 가지 이상이 알려져 있는데, 고대인들은 그 중 서너 가지를 알았던 듯하다. 출산의 고통을 완화시켜 주는 마취제로 많이 사용되었으며, 이 종류 중 특히 aristolochia makra는 뱀에 물린 데 효력이 있는 것으로 알려져 있었다.

꾸고서 그것을 알았지요[53] ── 뱀에 물린 데 어떤 기능을 하는지 저는 알고, 그것으로 족합니다. 왜 그런 기능을 하는지는 모릅니다. 제가 방금 말씀드린 바람과 비의 조짐에 대해서도, 그들이 어떤 연유를 가졌는지 저로서는 충분히 명확하게 알지 못합니다. 그렇지만 그 효력과 결과는 인지하고 알고 인정합니다. 마찬가지로, 내장[54]에 있는 '틈'[55]이 무엇을 의미하는지, '끈'[56]이 무엇을 의미하는지 저는 받아들입니다. 하지만 그것의 이유가 무엇인지는 모릅니다. 인생은 이러한 것들로 가득합니다. (왜냐하면 거의 모든 사람이 내장점을 이용하니까요.) 어떻습니까? 우리는 번개의 전조로서의 가치를 의심할 수가 없지요? 다른 많은 경이로운 일들에 대해서도 그렇습니다만, 특히 다음 일에 대해서도 그렇지 않은가요? 숨마누스[57]의 조상彫像이, '가장 뛰어나고 가장 위대한 읍피테르'[58]의 신전 꼭대기에 서 있다가 ── 그것은 진흙으로 만든 것이었는데요 ── 하늘에서 떨어진 벼락에 맞았고,

---

53 보통 '아이 낳는(lochos) 여자에게 가장 좋은(aristos)'이란 뜻으로 풀이되어 온 이름인데 (플리니우스 『자연사』 25권 95장), 키케로는 다른 전승을 따르고 있다. 에페소스의 아르테미스 신전에서 잠자던 아리스톨로키아라는 여인에게 여신이 이 약초를 가르쳐 주고, 그녀를 남자로 바꾸어 주었다는 이야기이다(니칸드로스 『유해동물론』*Theriaca* 509행 고대 주석 참고).

54 로마의 내장점에서는 간과 쓸개, 그리고 심장이 점술에 이용되었다.

55 간 따위에 생긴 비정상적인 틈새를 가리키는 것으로 보인다. 바빌로니아 내장점에서는 이런 것은 대체로 불길한 조짐으로 여겨졌다.

56 바빌로니아의 사례와 비교할 때, 부분적인 비정상 착색을 가리키는 것으로 보인다.

57 밤중, 특히 동트기 직전에 번개를 보내는 것으로 여겨졌던 신. 원래 읍피테르(제우스)와는 별도로 어두운 밤하늘을 나타내는 신이었던 듯하다.

58 카피톨리움에서 유노, 미네르바와 함께 섬겨졌던 읍피테르의 공식 제의 명칭.

그 조각상의 머리가 어디서도 발견되지 않았을 때, 내장점 치는 사람이, 그것이 티베리스 강에 떨어져 있다고 말했죠. 그리고 그것은 그에트루리아 점쟁이가 지목한 바로 그 지점에서 발견되었습니다.

17. [XI] 하지만 제가 어떤 저자, 어떤 증인을 형님보다 더 이용할 수 있겠습니까? 저는 형님의 시행詩行들을 아예 외우고 있으니까요, 그것도 아주 기꺼이 말입니다. 그것들은 『나의 집정관직』[59] 둘째 권에서 우라니아 무사 여신이 말씀하시는 것이지요.

우선, 아이테르의 불로 타오르는 융피테르[60]께서
몸을 돌리고, 온 세계를 빛으로 두루 비추며,
신적인 정신으로 하늘과 땅들을 두루 살핀다.
그 정신은 인간들의 생각과 생활을 깊숙이 감찰한다,
영원한 아이테르의 궁륭으로 둘러쳐져 에워싸인 채로.

그리고 만일 그대가 행성들의 움직임과 떠돌아다니는 궤도를,
그것들이 황도12궁의 어떤 위치에 놓였는지 알아보려 한다면,
(이들은 어휘상 잘못된 희랍어 단어를 써서 '떠돌아다닌다'[61]고 하는데,

---

59 키케로는 자신이 기원전 63년에 집정관직을 맡았을 때 있었던 일들을 기록하여 기원전 59년경에 발표하였다. 그 저작의 제목이 Consulatus Suus였는지, De Consulatu Suo였는지에 대해서는 학자들 사이에 의견이 엇갈린다. Schäublin은 전자를 택했다.

60 여기 그려진 융피테르(제우스)는 신화적 존재라기보다는 스토아사상에 맞춰진 존재이다. 스토아의 최고신은 불의 성질을 지닌 아이테르로서, 이것은 온 세상에 퍼져 있다.

사실은 정확한 거리와 간격에 맞춰 움직인다.)

그대는 모든 것에 신적인 정신이 부여한 표지가 있음을[62] 알아보게 될 것이다.

18. 이런 말을 하는 까닭은 우선, 그대가 집정관일 때,[63] 별들의 빠른 움직임[64]과

열기로 빛나는 행성들의 두려운 마주침[65]을

그대도 보았기 때문이다, 그대가 알바의 산중 눈 덮인 언덕들에서

정화의식을 행하고, 라틴 축제를 위해 풍요한 우유를 부었을 때.[66]

그대는 밝은 열기로 불타는 혜성들도 보았고,

밤의 살육을 포함해서 많은 혼란이 있으리라고 생각했다.

라틴 축제 시기가 확실히 무서운 때와 겹쳤기 때문이다.

그때 꽉 채워 둥근 달은 밝은 모습을

---

61 planetes('떠돌아다니는 것')라는 희랍어를 지칭하는 말이다. 이 말은 오늘날에도 '행성'(planet)이란 단어로 남아 있다.

62 사물들이 진리의 표지를 갖고 있다는 스토아적 개념을 표현한 것이다. 1권 64장 참고.

63 키케로가 집정관직을 맡았던 기원전 63년에는 특이한 천문현상이 많았던 것으로 보인다. 『카틸리나를 향한 연설』 3편 18~21장에도 이와 유사한 언급이 나온다.

64 별똥별을 가리키는 것으로 보인다.

65 기원전 64년 5월 상순 즈음, 화성과 목성이 황소자리에서 겹쳐 보인 것에 대한 언급일 가능성이 높다.

66 집정관들은 매년 자신의 임기가 시작된 직후, 알바 산(로마에서 남동쪽으로 21km 떨어진, 현재의 몬테 카보, 높이 950m)의 라틴 연맹 성지에서 윱피테르 라티아리스에게 제물을 바쳤다. 이와 함께 라틴 축제가 선포되어 나흘간, 우유나 양 등 대체로 목축과 관련된 제물들이 바쳐졌다. 이 축제는, 알바 롱가를 중심으로 라티움의 부족들이 에트루리아로부터 자신들을 지키기 위해 만들었던 동맹을 기리는 의식에서 유래한 것이다.

숨겼고, 별 총총한 밤하늘에서 갑자기 사라졌다.[67]

또한 어떠한가, 포이부스의 횃불,[68] 전쟁의 음울한 전령이

서쪽 가파른 영역, 해 지는 곳으로 향하며,

타오르는 열기와 더불어 거대한 하늘 꼭대기로 날아오른 일은?

또한 하늘 평온한 날, 시민 하나가 무시무시한

벼락에 맞아 생명의 빛을 떠난 일은?

또 땅이 묵직한 몸으로 자신을 흔들었던 일은?

그리고 진실로 밤 깊은 시간에 여러 무서운

형상들이 나타나 전쟁과 사변을 예고했었다.

또 온 땅에 걸쳐서 선견자들은 많은 신탁들을

광기 품은 가슴으로부터 쏟아 놓곤 했다, 음울한 사건들이 임박했노

라고.

19. 또한 시간이 흘러 마침내 일어난 저 일들이[69]

언젠가는 일어나리라고, 신들의 아버지[70] 자신이 하늘과 땅에서

---

67 어떤 월식을 가리키는 것인지 약간 논란이 되고 있다. 당시 통용되던 달력은 나중에 개정
된 달력(율리우스력, 기원전 45년부터 쓰임)보다 105일이나 앞서가고 있었는데, 지금 이 월
식이 기원전 64년 11월 7일(당시 통용되던 달력으로는 기원전 63년 2월 23일)에 있었던 것
이라는 의견이 다수설이지만, (개정 달력으로) 기원전 63년 5월 3일의 월식이라는 주장도
있다.
68 이것이 무엇을 가리키는지에 대해서는 학자들 사이에 의견이 엇갈리고 있는데, 대체로
부분일식, 혜성, 유성 등이 그 후보이다.
69 기원전 87년에 있었던 마리우스파와 술라파 사이의 분쟁을 가리키거나, 기원전 83년 카
피톨리움이 화재로 전소한 사건을 가리키는 것으로 보인다.

영원하고 명백한 징조signum들로 되풀이 노래하곤 했었다.

[XII] 이제 저 일들, 예전에 토르콰투스와 코타가 집정관일 때[71]

튀르레니아 종족 출신의 뤼디아 점술사[72]가 예고했던 그 일들[73]을

당신의 해[74]가 모아 거둬 모두 완결지어 버렸다.

이런 말을 하는 이유는, 언젠가 높이 천둥 치는 아버지[75]께서 별 빛나는 올림포스에

버텨 서서, 스스로 자신의 기념물과 신전들을 겨냥하셨고,

카피톨리움의 보좌를 불로 내리치셨기 때문이다.[76]

그때 낫타[77]의 오래된 존경받는 청동상이

곤두박질쳤으며, 옛적 신이 제정하신 법령들[78]이 녹아 버렸다.

벼락의 열기가 신들의 조각상을 깨어 버렸다.

20. 여기에 로마의 이름을 길러 준 숲속의 유모

---

70 윱피테르. 그런 전조들이 주로 하늘에서 보이기 때문에 하늘의 신을 앞세운 것으로 보인다.
71 기원전 65년.
72 '튀르레니아 종족'은 에트루리아 인들을 가리킨다. 그들은 소아시아의 뤼디아에서 온 것으로 여겨졌었다.
73 키케로가 적발한 카틸리나 역모 사건을 가리킨다. 그는 애당초 기원전 65년 토르콰투스와 코타를 상대로 음모를 꾸몄었다.
74 키케로가 집정관이 되었던 기원전 63년.
75 윱피테르.
76 『카틸리나를 향한 연설』 3편 9장 참고.
77 Pinarius Natta라는 이름 이외에는 아무것도 알려져 있지 않다.
78 기원전 5세기부터 여러 법령을 새긴 청동판이 카피톨리움에 게시되어 있었다.

마르티아가 있었다. 그녀는 마르스의 씨에서 나온 작은 아이들[79]을

묵직한 젖에서 나온 생명의 이슬로 적셔 주고 있었다.

하지만 그날 그녀는 아이들과 함께 벼락의 불타는 타격에

곤두박질쳤고, 떨어지며 발의 흔적만 남기고 말았다.[80]

그때에 누군들 이 기술의 기록과 저작을 돌려 펼치며

에트루리아의 낱장들[81]에서 음울한 목소리를 끌어내려 하지 않았으랴?

모두가, 고상한 시민의 둥치에서 솟아난

크나큰 재앙과 재난을 피하라고 경고했었다.

혹은 끊이지 않는 목소리로 법의 종말을 언급했었다.

신들의 성전과 도시를 불길로부터 구해 내라고,

소름끼치는 도륙과 학살을 두려워하라고 명했었다.

또한 이 일들은 엄중한 운명에 의해 정해졌고, 확고하게 유지되리라 말했다,

그 전에, 높직한 기둥 위에 아름답게 치장된

읍피테르의 신성한 모습이 해 돋는 밝은 방향을 바라보지 않는 한.[82]

79 로물루스와 레무스.
80 이것은 현재 카피톨리움 박물관에 보관된 늑대상은 아닌 것으로 보인다. 이 유물은 기원 전 6세기경 에트루리아에서 만들어진 것으로, 벼락에 맞은 흔적은 보이지 않는다.
81 옛 로마에는 이런 경우에 참고하던 '벼락의 책'(libri fulgurales)이라는 문헌이 있었다.
82 지금 여기 기록된 대책은 키케로가 임의로 지어낸 것이 아니라, 당시 내장점술사들이 조언했던 내용으로 알려져 있다. 『카틸리나를 향한 연설』 3편 20장 참고.

만일 그 신상이 해 뜨는 쪽으로 향해 서서,

거기서 원로들과 민중의 자리들을 내려다보게 되면, 그때에는

민중과 신성한 원로원이 숨겨진 시도들을 분간해 낼 수 있으리라고.

21. 이 조각상은 오래 지체되고 많이 미뤄진 끝에

그대가 집정관일 때, 마침내 높은 대좌 위에 자리 잡았다.[83]

신들에 의해 정해지고 예고된 바로 그 시간에

읍피테르는 높직한 기둥 위에서 홀笏을 밝게 비쳐 보였고,

불길과 칼로써 예비된 조국의 재앙을

알로브로게스 인들의 목소리를 통해 원로들과 백성들에게 열어 알

렸다.[84]

[XIII] 그래서, 너희가 지닌 유적을 남겨 주신, 그리고

백성들과 도시들을 법도에 맞게 덕으로써 다스렸던 옛사람들도,

또 그래서, 경건함과 믿음에서 특출했던, 그리고 현명함으로

다른 자들을 훌쩍 앞질렀던 너희 친족들도,

영험한 능력을 가지신 신들을 특별하게 섬겼던 것이다.

---

83 기원전 63년 12월 3일의 일이다.
84 알로브로게스 인들은 갈리아 남부에 사는 종족으로서, 이 당시 세금징수업자들의 전횡에
  대해 호소하러 로마에 와 있다가, 카틸리나 반란에 가담하게 되었다. 하지만 그들은 마음
  을 바꾸어 당국에 사실을 알렸고, 키케로는 12월 3일 원로원에서 그 음모를 폭로했다. 『카
  틸리나를 향한 연설』 3편이 그것이다.

저들은 그 정도까지 깊이 있게 현명한 세심함으로 살폈다,

여가를 고상한 주제에 대한 탐구로 채웠던 사람들은.

22. 그들은 그늘진 아카데미아[85]에서, 그리고 빛나는 뤼케움[86]에서

풍요로운 가슴에서 찬란한 재주들을 쏟아내었다.

이러한 탐구로부터 조국은 그대를 젊음이 막 피어나기 시작할 때

벌써 낚아채어, 남자의 덕을 다투는 곳 한가운데에 데려다 놓았다.[87]

하지만 그대는 휴식으로써 걱정과 근심을 누그러뜨리고,

조국이 비워 준 시간을 탐구에, 그리고 우리에게[88] 바쳤다.

그러니 형님은, 자기가 행한 그런 일들을 행하고, 또 방금 제가 인용한 것들을 극히 세심하게 써 놓고는, 제가 예언에 대하여 논변하는 것들에 반대하여 발언하는 쪽으로 마음을 바꿀 수 있겠습니까?

23. 어떻습니까? 카르네아데스여,[89] 당신은 묻는 것입니까, 왜 이

---

85 플라톤이 아테나이에 세운 학교. 영웅 아카데모스에게 바쳐진 숲 가운데 있었기 때문에 나무가 무성한 것으로 유명했다.

86 아리스토텔레스가 아테나이에 세운 학교. 원래는 페리클레스가 세운 체육관이었다. 건물 자체도 아름답고 운동선수들이 올리브기름을 바르던 관행 때문에 '빛나는' 것으로 그려졌다.

87 키케로는 기원전 79년, 27세의 나이로 아테나이를 방문하고, 그 주변 도시들을 방문하여 여러 뛰어난 학자들에게 배웠다. 하지만 77년에는 다시 공직 선거에 출마하기 위해 로마로 돌아왔다.

88 지금 이 발언을 하는 우라니아를 포함한 무사 여신들.

89 카르네아데스가 자기에게 질문하는 것을 가상해서 한 말이거나, 아니면 키케로가 카르네아데스와 같은 입장을 취하고 있다고 보고서, 키케로를 '카르네아데스'로 지칭한 것이다.

것들이 이러한지, 혹은 어떤 식으로 이것들이 분명하게 이해될 수 있는지를? 저는 모른다는 것을 인정합니다. 하지만 당신 자신도 그런 일이 일어난다는 걸 보고 있다는 것만 지적합니다. 당신은 말합니다, '우연히 그런 것이다'라고. 정말 그럴까요? 진리의 모든 표징을 지니고 있는 것이 대체 어떻게 우연히 이루어질 수 있겠습니까? 네 개의 주사위를 던졌을 때 '베누스의 것'Venerium[90]이 우연히 나오기는 합니다. 하지만 당신은, 4백 개의 주사위를 던졌을 때 우연히 '베누스의 것'이 1백 개 나오리라고 생각하지는 않겠지요? 또 판 위에 우연적으로 흩뿌려진 색깔들이 얼굴 윤곽을 만들어 낼 수는 있습니다. 하지만 되는대로 뿌려서 코스 섬 베누스[91]의 아름다움이 나올 수 있다고는 당신도 생각하지 않겠지요? 혹시 돼지가 주둥이로 땅에 A자를 그려 놓았다면, 당신은 이것을 근거로 그 글자로부터 엔니우스의 『안드로마케』[92]가 나올 수도 있다고 믿지는 않겠지요? 카르네아데스는, 키오스의 채석장에서 돌이 갈라지자 어린 판 신의 머리가 나왔다는 얘기를 자주 하곤 했습니다. 저도 그게 신의 모습과 비슷하다는 걸 부인하지

---

90 주사위 네 개의 위로 향한 면이 다 다른 숫자인 경우. 여기 언급된 주사위는 사각기둥 꼴이고 양끝은 둥그스름하게 생긴 것으로, 1과 6, 3과 4가 서로 마주보고 있는 것이다. 숫자가 쓰인 각각의 면이 같은 면적이 아니어서 Venerium이 나올 확률을 정확히 계산하기는 어려운데, 여러 차례 시행해 본 결과 통계적으로는 1/26 정도라고 보고되어 있다.

91 기원전 4세기 아펠레스의 그림. 키케로는 기원전 50년 킬리키아에서 돌아오는 길에 그 그림을 직접 보았던 듯하다. 『신들의 본성에 관하여』 1권 75장 참고.

92 엔니우스(기원전 239~169)의 비극 작품들은 인용문 속에 단편적으로만 전해지는데, 주된 인용자는 바로 키케로이다.

는 않습니다. 하지만 확실히 당신도 그게 스코파스[93]가 만든 것과 같다고는 말하지 않을 것입니다. 왜냐하면 확실히, 우연은 진실을 결코 완벽하게 흉내 내지 못하게끔, 세계가 그렇게 되어 있기 때문입니다.

24. [XIV] '하지만 예언된 일이 일어나지 않는 경우도 있지 않은가?' 그렇지만 그 어떤 기술이 안 그렇겠습니까? ── 여기서 제가 '기술'이라고 하는 것은 추측에 의존하고, 의견을 제시하는 것들입니다. ── 의술은 기술로 간주되지 않나요? 그 의술도 얼마나 많은 실수를 저지릅니까? 어떻습니까? 키잡이들은 실수를 하지 않습니까? 아카이아 인들[94]의 군대와 그 많은 배들의 지휘관들은, 파쿠비우스[95]가 말한 대로, 이런 식으로 트로이아로부터 떠나지 않았습니까? '그들은 출발에 기뻐서 물고기들의 놀이를 들여다보았고, 구경하는 데 결코 질리지 않을 정도였다.'

그 사이 곧 해가 지면서 바다가 거칠게 일어서기 시작한다.

그늘은 훨씬 짙어지고, 밤과 구름의 어둠이 아무것도 보이지 않게 만든다.

---

93 파로스 출신 조각가이자 건축가. 기원전 4세기 후반에 프락시텔레스, 뤼십포스와 더불어 3대 조각가로 이름을 떨쳤다.
94 호메로스가 희랍군을 지칭할 때 쓴 표현.
95 브룬디시움 출신. 기원전 219년 생. 엔니우스의 조카. 그가 쓴 비극 작품은 최소 13편에 이르는데, 그 중 8편이 트로이아 전쟁과 관련된 제목을 가지고 있다.

하지만 그 많은 유명한 지도자들과 왕들이 파선破船당한 사건[96]이 키잡이의 기술을 없애 버리지는 않았지요? 혹은, 근래에 최고의 장군이 군대를 잃고서 도주했다고 해서, 장군들의 지식이 아무것도 아닌 건 아니지요? 혹은, 그나이우스 폼페이우스가 자주,[97] 또 마르쿠스 카토[98]가 몇 번 실수한 적이 있고, 심지어 형님마저도 그런 적이 있다는 사실[99] 때문에, 국가를 운영하는 이치와 지혜가 아무것도 아니게 되는 건 아니지요? 내장점술사들의 답변이나, 의견을 제시하는 모든 예언도 마찬가지입니다. 그것은 추측에 의존하며, 그 너머로는 나아갈 수 없기 때문입니다.

25. 아마 그것들은 적지 아니 실수를 저지를 것입니다. 하지만 그래도 아주 자주 우리를 진리로 향하게 합니다. 그것은 무한히 긴 세월을 통해 되풀이되어 온 것이기 때문입니다. 그 세월 동안 거의 헤아릴 수 없을 만큼 같은 조짐들이 선행되고 일들이 같은 방식으로 일어나서, 같은 결과를 관찰하고 기록함으로써 그것이 하나의 기술로 형성된 것이지요.

[XV] 형님 때[100]의 조점관 역할은 얼마나 확고했던가요! 하지만

---

96 트로이아를 함락한 희랍군이 본국으로 돌아가던 길에 큰 풍랑을 만나, 많은 사람이 희생된 사건을 가리킨다.
97 여기서 퀸투스가 생각하는 폼페이우스의 실수 중 가장 큰 것으로, 이탈리아를 카이사르에게 넘겨주고 떠난 49년의 결정이 꼽힌다.
98 우티카의 카토. 대(大) 카토의 증손자(기원전 95~46년). 키케로는 『의무론』 3권 88장 등에서도 카토의 문제점을 지적하고 있다.
99 키케로의 실수로는 자신의 정치적 영향력에 대한 과대평가, 무력보다 말의 힘이 더 크다고 믿었던 점 등이 꼽힌다.

지금은 그것이 로마의 조점관들에 의해 무시되고 있으며 —— 제가 이런 식으로 말하는 것을 부디 호의로써 들어주셨으면 합니다 —— 오히려 킬리키아 인들, 팜퓔리아 인들, 피시다이 인들, 뤼키아 인들에게는 존중을 받고 있습니다.

26. 사실 제가 우리의 외국 친구이자, 사람들 가운데 가장 유명하고 가장 뛰어난 데이오타루스 왕[101]을 상기시킬 필요가 어디 있겠습니까? 그는 새점을 먼저 치지 않고는 아무 일도 시행하지 않으니까요. 그는, 미리 예비하고 조정해 둔 어떤 여행에서 독수리 날아가는 것에 의해 경고를 받고는 그냥 돌아왔었는데, 그가 여행을 계속했더라면 머물렀을 그 침실이 바로 그날 밤에 무너졌지요.

27. 그래서 그 자신에게서 제가 들은 대로,[102] 그는 아주 자주 여행에서 되돌아섰습니다. 벌써 여러 날 길을 갔을 때조차 말입니다. 하지만 그의 말 중 이것이 가장 두드러지는 것입니다. 즉, 그가 카이사르에 의해 4인 통치자 지위에 있어서도, 왕권과 재산에 있어서도 징계를 받은 후에,[103] 그럼에도 자기는, 자기가 폼페이우스를 맞으러 나

---

100 키케로는 기원전 53년, 또는 52년에 폼페이우스, 호르텐시우스 등과 함께 조점관직을 수행했었다.

101 원래 톨리스토보기 족의 4인 통치자 중 하나이나, 기원전 59년 원로원에 의해 갈라티아 왕으로 인정받았다. 그는 키케로가 킬리키아 총독으로 있을 때 그를 돕고, 키케로의 아들과 조카에게도 도움을 주었다. 내전 때 폼페이우스를 지지했지만, 나중에 키케로가 카이사르 앞에서 그를 변호하였다.

102 퀸투스는 기원전 51~50년에 형 키케로와 동행하여 킬리키아에 갔던 것으로 보인다.

103 데이오타루스는 카이사르와 폼페이우스의 다툼에서 폼페이우스 쪽에 섰으므로, 나중에 카이사르에게 징계를 받았다.

아갈 때 길조를 보여 주었던 저 새점들에 대해 전혀 유감이 없노라고 말한 것이죠. 왜냐하면 자신의 군대로써 원로원의 권위와 로마 민중의 자유와 제국의 존귀함을 지켰기 때문이라고요. 그리고 그것의 지시에 따라 자신의 의무와 신의를 좇았던 저 새들이 자기에게 제대로 충고한 것이라고 했습니다. 왜냐하면 자신에게는 재산보다 명예가 우선이었기 때문이라는 것이죠. 그래서 제게는 그가 올바르게 새점을 치는 사람으로 보입니다.

이렇게 말하는 이유는, 우리의 행정관들은 '억지스러운 새점'을 이용하기 때문입니다. 병아리는 던져 준 모이 덩어리를 먹다가 입에서 부스러기를 떨어뜨릴 수밖에 없으니까요.[104]

28. 한데 형님네 조점관들의 책에는, 만일 먹이에서 무엇인가 땅으로 떨어지면 그로써 트리푸디움tripudium이 이루어진다고 되어 있습니다. 그리고 제가 억지스럽다고 한 것을 트리푸디움 솔리스티뭄 tripudium solistimum[105]이라고 당신들은 부르지요. 그러니 많은 점복

---

104 로마인들은 전투를 시작하기 전에 닭을 이용한 점을 쳤는데, 닭들이 게걸스럽게 모이를 먹느라 부스러기를 부리에서 떨어뜨리면 그게 좋은 징조로 여겨졌다. 이것은 원래 새가 무엇인가를 땅에 떨구면 그걸 좋은 징조로 여기던 데서 생긴 점술이다. 하지만 좋은 조짐을 얻기 위해, 닭들이 부스러기를 흘릴 수밖에 없도록 일부러 큰 덩어리 먹이를 주고, 또 많은 경우 닭들을 미리 굶겨 놓곤 했었다. 그래서 퀸투스는 이것을, 강제로 길조를 얻어 내는 방식이라고 비판하는 것이다.

105 2권 34~5장에서 tripudium은 terrapavium이 변한 것으로, 즉 '땅(terra)을 때리다 (pavire)'에서 온 것으로 설명하고 있다. solistimum은 좀 더 전문적인 용어로서, 무엇이건 새가 땅에 떨어뜨린 것(tripudium) 중에서 가장 좋은 것을 가리키는 말로 보인다. 이 단어에는 '온전한'(sollus)의 최상급 형태가 들어 있다. 『친구들에게 보낸 편지』 6권 6장 7절 참고.

과 많은 조점술이, 저 현명한 카토께서[106] 개탄하시는 것처럼, 점복관들의 무관심 때문에 완전히 상실되고 버려진 것입니다.[107]

[XVI] 옛날에는 좀 중요한 일이라면 설사 사적인 일이라 하더라도 새점을 치지 않고는 거의 아무것도 행해지지 않았습니다. 이런 관행은 지금까지도 결혼식 새점이 분명하게 보여 주지요. 물론 그 내용은 사라지고 이름만 남았지만 말입니다.[108] 마치 요즘에 희생 내장을 이용하여 그러하듯[109] —— 하지만 이것도 전보다는 상당히 적게 행해지는데요 —— 옛날에는 중요한 일들의 길조를 새들에게서 구하곤 했으니까요. 그래서 우리는 불길한 것들을 살피지 않다가, 무섭고 큰 피해를 가져오는 일로 달려 들어가는 것이지요.

29. 압피우스 카이쿠스의 아들인 푸블리우스 클라우디우스[110]와

---

106 대(大) 카토(기원전 195년 집정관)를 가리킨다. 키케로는 자주 대 카토를 '현명한 카토'(Cato sapiens)로 지칭한다. 예를 들면 『법률론』 2장 5절, 『의무론』 3장 16절 등. 점술에 대한 카토의 관심은, 일부 단편만 전해지는 그의 저술 『점복에 관하여』(De Auguribus)에서도 알 수 있다.

107 이 당시에 이미 폐기된 점술 관행 중 대표적인 것으로 벌들의 행동을 관찰하는 것이 꼽히고 있다.

108 원래는 결혼식 날 아침에 조점관이 점을 쳐야 하는데, 나중에는 그 가족과 친분이 있는 사람이 그 일을 맡는 쪽으로 변했다. 그들은 하늘을 아예 살피지도 않거나, 아니면 내키지 않더라도 그냥 길조라고 선언하곤 했다. 이런 결혼 새점은 황제정 초기까지 남아 있었다.

109 세월이 갈수록 내장점이 더 많이 쓰이게 된 것은, 단지 길흉만 판단하지 않고 좀 더 자세한 내용을 언급할 수 있었기 때문인 듯하다.

110 P. Claudius Pulcher(기원전 249년 집정관)에 대해서는 『신들의 본성에 관하여』 2권 7장에서 자세히 다뤄졌다. 그는 1차 포에니 전쟁 때, 점을 치기 위해 풀어놓은 닭들이 모이를 먹지 않자, 그 닭들을 물에 처넣게 했다고 한다. 한편 그의 아버지 Appius Claudius Caecus(기원전 312년 감찰관)가 여기 언급된 것은, 그가 장님(caecus)이 된 이유가 불경

그의 동료 루키우스 유니우스가 흉조가 나왔는데도 항해하다가 대함대를 잃은 것[111]도 그런 일입니다. 이 일은 똑같은 방식으로 아가멤논에게도 일어났지요.[112] 그는 아카이아 인들이 자기들끼리

소란을 피우며 내장점술사의 기술을 공개적으로 짓밟기 시작했을 때,

함성만 순조롭고 새점은 불길한데, 닻줄을 풀라 명했다.

하지만 그런 옛날 일을 예로 들 필요가 어디 있겠습니까? 마르쿠스 크랏수스에게 어떤 일이 일어났는지[113] 우리는 보고 있습니다. 그는 무서운 일을 알리는 전조를 무시했었죠. 그 일과 관련해서, 형님의 동료이자, 제가 형님께 자주 들은 바에 따르면 훌륭한 점복관인 압피우스[114]가 감찰관일 때, 충분히 현명치는 못하게, 훌륭한 사람이고 특

죄 때문이라는 설명이 있어서, 아버지와 아들의 '불경'을 연결시키기 위해서인 듯하다. 그는 대제단(Ara Maxima)에서 헤르쿨레스를 섬기는 제의를 막았다가 그 벌로 눈이 멀었다고 한다.

111 P. 클라우디우스는 시칠리아의 드레파눔 곶 앞에서 카르타고의 아드헤르발(Adherbal)과 해전을 벌였으나 패배하고 말았다.

112 다음 인용구절은 대개 파쿠비우스의 『테우케르』에서 따온 것으로 여겨지는데, 그 경우라면 여기 그려진 출항은 트로이아 함락 이후 희랍군이 고국으로 돌아갈 때의 일이다. 하지만 이것이 다른 작품에서 나온 것이고, 이 구절이 그리는 출항이 트로이아 전쟁 시작 때 아울리스에서 떠나려는 것이라는 주장도 있다.

113 크랏수스는 카이사르, 폼페이우스와 함께 1차 삼두정을 이뤘던 인물로, 기원전 53년 파르티아 인들과 싸우다가 3만 명 이상의 병력을 잃고 자신도 전사했다.

114 Appius Claudius Pulcher. 기원전 54년 집정관. 그는 키케로의 정적인 클로디우스의 형제로서, 원로원 의원으로서는 유일하게 키케로가 추방에서 귀환하는 것에 반대표를 던졌던 인물이다. 그는 최소한 기원전 63년부터 기원전 48년 죽을 때까지 점복관단에 속했었으므로, 기원전 53/2년부터는 키케로의 '동료'였다. 그는 기원전 50년에 감찰관으

출한 시민인 그나이우스 아테이우스[115]를 원로원에서 배제했지요. 그러고는 그가 새점을 날조했다고 이유를 댔지요.

그건 그냥 그렇다고 치지요. 만약 압피우스가, 아테이우스가 새점을 조작했다고 판단했다면, 이것은 감찰관 권한에 합당한 것이라 하겠습니다. 하지만 바로 그 이유 때문에 대 재난이 로마 인민을 덮쳤다고 덧붙인다면, 그것은 전혀 점복관에게 합당치 않을 것입니다. 왜냐하면 그게 재난의 이유였다면, 책임은 새점 결과가 좋지 않다고 보고한 사람에게가 아니라, 그 말에 따르지 않은 사람에게 있기 때문입니다. 조짐이 좋지 않다는 보고가 진실했다는 것은, 저 점복관이면서 동시에 감찰관인 분께서 말씀하신 것처럼, 결과가 입증했으니 말입니다. 하지만 설사 그 말이 거짓이었다 하더라도, 그것은 전혀 재난의 원인이 될 수 없었을 것입니다. 왜냐하면, 무서운 조짐auspicium은, 다른 조짐이나 언어적 징표omen, 징조signum와 마찬가지로 어떤 일이 일어나는 원인이 되지 않으니까요. 그것은 당신이 미리 알아서 피하지 않으면 일어나게 될 일을 알려 주는 것일 뿐입니다.

30. 따라서 아테이우스의 보고가 재난의 원인을 이룬 것이 아니며, 그는 그저 전조가 주어져 있으므로 크랏수스에게, 조심하지 않으면 일어나게 될 일을 경고했던 것입니다. 결론적으로, 그 보고는 아무

로 선출되어, 옛날식 엄격함으로 많은 사람을 원로원에서 쫓아냈다.
115 기원전 55년 호민관을 지낸 후 공직은 맡지 않았다. 그는 46년부터 카이사르 쪽에 가담했으나, 키케로는 그를 믿을 수 있는 친구로 생각하고 있었다. 『친구들에게 보내는 편지』13권 29장 2절 참고.

효력도 없었거나, 그게 아니라 압피우스가 그렇게 판단하는 것처럼 효력이 있었다면, 잘못은 경고했던 사람에게가 아니라, 그것을 따르지 않은 사람에게 속하는 것입니다.

[XVII] 또, 어떤가요? 조점관 지위를 가장 뚜렷하게 드러내는 당신들의 저 지팡이lituus는 어디에서 유래해서 당신들께 주어졌습니까? 로물루스께서 도시를 건립할 때 바로 그 지팡이로 새점칠 영역을 설정했던[116] 것이지요. 한데 그것은, 끝 부분이 약간 구부러져 휘어진 작대기로, 진군 음악에 쓰이는 저 나팔lituus과 비슷하게 생겼기 때문에 거기서 이름을 가져왔지요. 그것은 팔라티움에 있는 살리이[117]들의 성전에 보관되어 있다가, 그 성전이 불탔을 때도 온전한 채 발견되었습니다.[118]

31. 또 어떻습니까? 로물루스 이후 여러 해가 흘러 타르퀴니우

---

116 새점을 치기 전에, 먼저 허공에 가로 세로로 가상의 금을 그어서 새가 나타날 영역을 지정하는 것이 관행이었다. 보통 전하기로, 로마의 첫 번째 왕을 정할 때, 로물루스는 팔라티움 언덕을, 레무스는 아벤티누스 언덕을 그 영역으로 정했는데, 레무스에게 독수리들이 먼저 나타났으나 그 숫자가 잠시 후 로물루스에게 나타난 독수리 숫자보다 적어서, 순서로는 레무스가 이겼고 숫자로는 로물루스가 이겼기 때문에 결판이 나지 않았다고 한다. 리비우스『로마사』1권 6장 참고. 하지만 지금 여기서 언급되는 사건은, 로물루스가 도시 세울 자리를 정한 다음 그 도시를 어떻게 나눌 것인지 결정하기 위해 점을 친 일이라고 보는 학자도 있다.

117 Mars Gradivus를 위해 봉사하는 사제들. 열두 명씩 두 무리로 구성된 이들은 로마가 단일한 국가가 되기 전부터 존재했으며, 주된 임무는 3월과 10월의, 전쟁할 수 있는 시기를 열고 닫는 축제에서 무장을 갖추고 춤추는 것이었다. 이 제의는 평화에서 전쟁으로, 전쟁에서 평화로 이행하는 것을 기리자는 목적에서 행해졌다.

118 이 화재 사건은 기원전 390년 갈리아 인들의 침입 때의 일이다. 리비우스『로마사』5권 41장 참고. 하지만 리비우스도 지팡이 발견에 대해서는 언급하지 않고 있으며, 키케로 역시 그 얘기는 허구라고 일축하고 있다. 2권 80장 참고.

스 프리스쿠스[119]가 다스릴 때 앗투스 나비우스[120]가 그 지팡이를 가지고 어떤 새점 영역을 설정하였는지를, 언급하지 않은 사람이 옛 기록자들 중에 누가 있습니까? 그는 어렸을 때 가난해서 돼지를 쳤었는데요, 돼지 중 한 마리를 잃어버리고서 맹세를 했다지요. 혹시 자기가 그 돼지를 되찾으면 자기 포도밭에서 가장 큰 포도송이를 신께 바치겠노라고 말입니다. 그래서 돼지를 찾아낸 다음, 포도밭 한가운데 서서 남쪽을 보면서 전체 포도밭을 네 부분으로 나누었고, 그 중 세 부분에서는 새들이 좋은 전조를 주지 않아서, 남은 네 번째 부분을 더 세밀하게 나누어 마침내 놀라운 크기의 포도송이를 찾아냈다고 기록된 것을 우리는 읽습니다.

그 일이 알려지자 모든 이웃들이 그에게로 와서 자기들 일에 대해 충고를 구했고, 그는 큰 이름과 명예를 얻었지요.

32. 이 때문에 프리스쿠스 왕이 그를 자기에게 오라고 부르는 사건이 벌어지게 되지요. 그는 그의 새점 기술을 시험하고자, 자기가 뭔가를 생각하고 있다면서, 그게 이뤄질 수 있는지를 물었습니다. 그는 새점을 쳐보고는, 이뤄질 수 있다고 대답했습니다. 그러자 왕은, 자기가 생각한 것은 숫돌이 면도칼로 잘릴 수 있는지 하는 것이었다고 말

---

119 로마의 다섯 번째 왕.
120 로마의 제3대 왕인 Tullus Hostilius 때부터 조점관으로 유명하던 인물이다. 그의 이름에는 '아버지'를 의미하는 인도유럽어 어근 atta가 들어 있고, Navius라는 이름도 '신전'을 의미하는 naos와 관련되어 있어서, 실존 인물이라기보다는 전설적인 새점의 창시자라는 해석도 가능하다. 여기 소개된 이야기는 『신들의 본성에 관하여』 2권 9장에도 언급되어 있다.

했지요. 그러고는 앗투스에게 시도해 보라고 명했습니다. 그래서 숫돌이 민회 장소로 옮겨져 왔는데요, 왕과 대중이 보고 있는 가운데 그게 면도칼에 동강나고 말았습니다. 결국 타르퀴니우스는 앗투스 나비우스를 점복관으로 기용하였고, 백성들도 자기들 일에 대하여 그에게 자문하게 되었지요.

33. 그리고 그 숫돌과 면도칼은 민회 장소에 묻혔고, 그 위에는 우물 테두리 돌이 놓였다고 우리는 전해 들었습니다.

한번 이 모든 것을 부정해 봅시다, 연대기들을 다 태워 버립시다, 이것들이 꾸며 낸 이야기라고 합시다, 신들이 인간의 일을 돌보고 있다는 것보다는 아무것이든 내키는 대로 선언해 봅시다. 그렇지만, 어떻습니까? 당신 자신이 쓴 글[121] 가운데 티베리우스 그락쿠스[122]에 대한 내용은 새점과 내장점이 특별한 기술이라는 걸 인정하지 않았던가요? 그는 새점 천막을 설치한 다음 무심결에 그 새점을 무효로 만들었었죠. 새점이 끝나지 않은 상태에서[123] 도시 경계pomerium를 넘어갔다가는, 그냥 집정관을 뽑기 위한 민회를 개최했었으니까요. 그

---

121 『신들의 본성에 관하여』 2권 4장.

122 Ti. Sempronius Gracchus. 기원전 177년에 집정관을 지냈고, 163년에 다시 집정관을 지냈다. 코르넬리아의 남편이고, 그의 두 아들이 유명한 호민관 그락쿠스 형제이다. 그는 기원전 204년부터 조점관직을 맡고 있었다.

123 사실은 새점이 끝나기는 했지만, 그 효력을 이용하기 전에 도시 바깥에 다녀왔기 때문에 민회가 적법하지 않게 된 것이다. '천막을 치다'(tabernaculum capere)라는 표현은 새점 치는 절차 전체를 가리키는 말이다. 그리고 '천막'이란 마르스 벌판에 준비한 새점 치는 장소인데, 숙영지에서 사용하는 식으로 집 모양이 아니라 가죽으로 담을 두른 개방형이다.

일은 당신도 기록에 남긴 만큼 잘 알려진 것입니다. 게다가 티베리우스 그락쿠스 자신도 조점관으로서, 자기 실수를 자인함으로써 새점의 권위를 확인했었죠. 그리고 내장점술사들의 기술에도 큰 권위가 다가왔습니다. 그들은 선거 직후에 원로원으로 불려가서, 그 민회를 주도한 사람이 적법하지 않았다고 선언했기 때문입니다.[124]

34. [XVIII] 따라서 저는 예언에 두 가지 종류가 있다고 하는 사람들에게 동의합니다. 하나는 기술을 지닌 것이고, 다른 하나는 기술을 갖지 않은 것이라고요. 이렇게 말하는 이유는, 과거의 일들을 관찰을 통해 배운 후에, 새로운 일을 추론하고 추리하는 사람들에게는 기술이 있기 때문입니다. 반면에, 논리나 추론 없이, 관찰되고 기록된 전조들을 사용하지도 않고, 어떤 정신적인 동요나 제약 없이 풀려난 움직임에 의해 미래 일을 제시하는 사람들은 기술을 가지지 않은 것입니다. 왜냐하면 이런 일은 꿈꾸는 사람에게 자주 일어나고, 광기에 의해 예언하는 사람에게도 많이 있으니까요. 이를테면 보이오티아의 바키스[125]나, 크레테의 에피메니데스,[126] 에뤼트라이의 시뷜라[127] 등이

---

124 선거가 시작된 다음에 우선권을 갖는 켄투리아의 책임자가 갑자기 죽었는데, 그락쿠스는 선거를 그냥 진행시켰다. 나중에 그는 이 사실을 원로원에 알렸고, 원로원 의원들은 내장점술사들을 불러 자문했다. 그들은 그 사건을 통해 신들이 이번 집정관 선거가 무효라고 경고한 것이라고 해석했다.

125 요정들에 의해 신들려 예언한 사람으로 알려져 있다. 그가 했다는 예언이 헤로도토스(『역사』 8권 20, 77, 96장과 9권 43장)와 아리스토파네스(『평화』 1070행, 『새』 962~3행)에 의해 인용되어 전해진다. 고대에 그의 예언집이 널리 유포되었던 것으로 보인다.

126 솔론과 동시대인으로 기원전 7세기 후반, 6세기 초반에 살았던 사람이다. 그에 대한 많은 전설적인 이야기들이 전해지지만, 아리스토텔레스는 그의 예언 능력을 부인했다

그렇습니다. 이런 종류에는 다음과 같은 신탁도 포함되어야겠죠. 즉 '공평하게 만든 제비뽑기'[128]에 의해 나오는 것 말고, 신적인 영감과 영향으로 쏟아져 나오는 것들 말입니다. 물론 제비뽑기 자체가 비웃음을 당해서는 안 됩니다, 특히 땅에서 솟아났다고 우리가 듣는[129] 저 제비뽑기들[130]처럼 고대의 권위를 갖고 있는 경우에는 말입니다. 그렇지만 저로서는, 신적인 영감이 있어야 사태에 적절하게 제비가 나오게끔 될 수 있다고 믿습니다. 이러한 모든 일을 제대로 해석하는 사람이어야, 문법학자들이 시인들에 대해 그러하듯이, 그들이 그 뜻을 해석하는 저 신들의 예언에 최대로 가까이 다가가는 것 같습니다.

35. 그러니 오랜 세월에 의해 든든하게 선 일들을 잘못된 공격으로 뒤엎으려 하는 것은 대체 무슨 현명함이란 말입니까? 저는 그 일들의 원인을 찾지 못합니다. 그것은 아마도 자연의 어두움에 감싸여

(『수사학』 1418a 22).

127 에뤼트라이는 소아시아 서해안 중부에 있는 도시, 현대식 이름은 Litri. 시뷜라라고 불리는 여사제가 여럿 있는데, 에뤼트라이의 시뷜라는 Herophile라는 이름으로 알려져 있다. 파우사니아스 『그리스 안내서』 10권 12장 3절 참고. 그녀는 보통 트로이아 전쟁이 일어날 것을 미리 알았다고 하지만, 기원전 9세기 사람이라는 주장도 있다.

128 거의 같은 확률로 '그렇다' '아니다'만 결정되는 제비뽑기를 가리키는 것으로 보인다. 배심원을 뽑기 위해 제비의 무게를 모두 똑같게 만든 경우에도 이런 표현이 사용된다.

129 Q. Lutatius Catulus가 기록한 지방 역사서 monumenta Paenestinorum을 가리키는 것으로 보인다. 2권 85장 참고.

130 Numerius Suffustius라는 사람이 프라이네스테(로마 동쪽 35킬로미터, 현대명 Palestrina)에서 신의 지시에 따라 돌을 쪼갰더니, 거기서 고대 문자로 몇 개의 참나무 판에 새겨진 신탁들이 나왔으며, 이 신탁집은 그곳의 행운의 여신 신전에 보관되어 있었다고 한다. (신탁집 자체가 제비뽑기는 아니지만, 결국 거기 쓰인 내용 중 어떤 것이 각 사람에게 해당될지는 일종의 제비뽑기에 의해 결정될 터이니, '제비뽑기'sortes라는 말을 사용해도 무방할 것이다.)

숨어 있겠지요. 신께서는 제가 그런 것들을 알기보다는, 그저 그것을 이용하기를 바라셨기 때문입니다. 따라서 저는 그것들을 이용할 것이고, 내장들과 관련해서 온 에트루리아가 정신이 나갔다는[131] 주장에 휩쓸려 들어가지 않을 것입니다. 혹은 그 민족이 번개와 관련해서 실수를 저지르고 있다든지, 전조를 잘못 해석하고 있다든지 하는 주장에도 마찬가지입니다. 왜냐하면 자주 땅의 울림이, 자주 땅의 울음이, 또 자주 땅의 움직임이 우리의 국가에, 그리고 다른 나라들에게 중대하고 진실한 많은 일들을 예언했었기 때문입니다.

36. 또 어떻습니까? 근래에 여기서 노새가 새끼를 낳았는데, 그것이 본성적으로 새끼를 낳지 못하는데 출산을 했으므로, 예언가[132]에 의해 재앙이 믿을 수 없을 정도로 생겨나리라고 해석된다면,[133] 그게 왜 비웃음 받을 일입니까?

또 이건 어떻습니까? 푸블리우스의 아들인 티베리우스 그락쿠스는 두 번 집정관직을, 그리고 감찰관직을 맡았으며,[134] 최고의 조점

---

131 로마의 내장점은 에트루리아에서 도입되었다.
132 haruspex는 원래 희생 제물의 내장을 보고 길흉을 점치는 역할을 했지만, 이러한 전조를 해석하는 기능도 있었기에, 내장이 문제되지 않는 문맥에서는 '예언가'로 옮겼다.
133 퀸투스는 특히 기원전 50년, 또는 49년에 있었던 사건을 생각하는 듯하다. 노새가 새끼를 낳은 사건은 헤로도토스 『역사』 3권 151장 등에서 매우 특이한 전조로 기록되어 있다.
134 앞에 33장에 나온 그 그락쿠스이다. 그는 기원전 169년에 감찰관직을 수행했다. 키케로는 다른 글에서 그의 현명함과 통찰력을 칭찬하고 있다. 『최고선악론』 4권 65장, 『연설가에 관하여』 1권 38장 참고. 그의 아버지 P. 그락쿠스는 기원전 189년에 호민관을 지낸 것으로 보인다.

관이자 현명한 인물이고 탁월한 시민이었습니다. 한데 그는, 그의 아들 가이우스 그락쿠스가 써서 남긴 바에 따르면,[135] 집에서 두 마리 뱀이 잡히자 예언가를 불렀답니다. 그러자 그들은 대답했다지요, 만일 수컷을 놓아 주면 그락쿠스의 아내가 곧 죽어야 하고, 암컷을 놓아 주면 그락쿠스 자신이 죽으리라고요.[136] 한데 그락쿠스는 이제 나이 먹은 자신이 죽는 것이 아직 젊은 아내, 푸블리우스 아프리카누스의 딸[137]이 죽는 것보다 더 적절하다고 판단했습니다. 그래서 암컷을 놓아 주었고, 자신은 며칠 뒤에 죽었습니다.[138] [XIX] 예언가들을 비웃읍시다, 그들이 헛되고 무익하다고 말합시다, 그들의 지식을 가장 현명한 인물도, 결과도, 사실도 공인하였지만, 우리는 경멸합시다. 경멸해 봅시다, 바뷜로니아 인들도, 그리고 카우카수스 산[139]에서 하늘의 징조signum들을 살피며 숫자의 도움을 받아 별들의 도정을 좇는 사람들도. 저는 제안합니다, 저들을 어리석고 헛되고 뻔뻔하다고 판결합시다. 한데 그들은, 자신들이 말하는 바에 따르면, 47만 년 동안 포착

---

135 가이우스 그락쿠스가 마르쿠스 폼포니우스에게 쓴 편지를 가리키는 듯한데, 플루타르코스에 따르면 가이우스가 책도 썼다고 하니 그쪽일 가능성도 있다. 『티베리우스 그락쿠스』 8장 7절 참고.

136 이 일화에 대해서는 플루타르코스 『티베리우스 그락쿠스』 1장 2~3절 참고. 여기 등장하는 뱀들은 각기 주인 부부의 수호신이거나 아니면 이 집의 수호신들로 해석된다.

137 유명한 그락쿠스 형제의 어머니 코르넬리아, 그녀는 한니발을 제압한 스키피오 아프리카누스의 딸이다.

138 티베리우스 그락쿠스는 기원전 220년경에 태어난 것으로 추정되며, 그가 죽은 해는 기원전 147년인 것으로 보인다. 그의 아내 코르넬리아는 기원전 191년경에 태어난 것으로 보이기 때문에, 이 무렵 40대 초중반이었을 터이니 남편과는 30년 정도 차이가 난다.

139 페르시아 북쪽, 흑해와 카스피 해 사이에 대략 동서로 뻗은 산맥.

한 것을 기록으로 가지고 있다고 합니다. 이들이 거짓말을 하고 있다고 판정합시다, 이들에 대하여 이후 세대의 판결이 어떠할지는 두려워하지 맙시다.

37. 자, 이방인들은 헛된 거짓말쟁이들이라고 합시다. 하지만 희랍인들의 역사도 거짓된 것일까요?

우선 자연적인 예언에 대해 말해 보자면요, 크로이소스[140]에게 퓌토[141]의 아폴로께서 대답하신 것들을, 그리고 아테나이 인들에게, 라케다이몬 인들에게, 테게아 인들에게, 아르고스 인들에게, 코린토스 인들에게 답하신 것들을 모르는 사람이 어디 있겠습니까? 크뤼십포스[142]는 헤아릴 수 없이 많은 신탁들을, 그것도 아주 풍성한 권위와 증거와 더불어 수집했습니다. 그것들은 당신도 잘 알고 계시니 그냥 넘어가지요. 저는 이것 하나만 방어하겠습니다. 델포이의 신탁소는 그렇게 붐비지도, 그렇게 유명하지도 않았을 것이고, 온 백성과 왕들이 그토록 많은 봉헌물을 바치지도 않았을 것입니다, 만일 온 세월이 저 신탁들이 참되다는 것을 검증하지 않았더라면 말입니다. 물론 이제 벌써 오래전부터 그렇지 않습니다만.[143]

---

140 기원전 6세기 뤼디아의 왕, 페르시아로 침공하기 전에 델포이에 신탁을 구했다. 헤로도토스 『역사』 1권 53장 참고.
141 델포이의 별칭.
142 1권 6장 참고. 그는 『신탁에 관하여』라는 책을 썼던 것으로 알려져 있다.
143 델포이 신탁이 점차 영향력을 잃어 간 것은 헬레니즘 시대부터이다. 키케로는 옛날식으로 운문 신탁을 내리는 관행이 사라진 지 오래되었다고 적고 있다. 2권 117장 참고. 서기 2세기에 트라야누스와 하드리아누스 때 잠깐 델포이의 영향력이 살아나긴 했지만, 대세는 달라지지 않았다. 플루타르코스 『신탁의 쇠락에 관하여』 참고.

38. 그래서 오늘날에 와서 신탁의 참됨이 덜 두드러지기 때문에 영광도 덜하게 된 것과 마찬가지로, 예전에 그게 정말 참되지 않았더라면 그렇게 영광을 누리지 못했었을 것입니다. 한데 어쩌면 퓌티아 여사제의 정신을 신적인 영감으로 흔들던 저 땅의 기운[144]이 세월이 가면서 사라져 버렸을 수도 있습니다. 마치 우리가 볼 때 어떤 강물들이 사라져 버리거나 말라 버리고, 또 어떤 강물들이 다른 길로 방향을 바꾸고 돌아서 흐르는 것처럼 말이죠. 하지만 당신이 원하는 대로 설명해도 될 것입니다. 그것은 워낙 큰 문제이니 말입니다. 다만 한 가지는 변치 않고 남아 있게 될 것입니다. 우리가 온 역사를 뒤집어엎지 않는 한, 수 세기 동안 저 신탁이 진실했었다는 사실은 부인할 수 없다는 점입니다.

39. [XX] 하지만 신탁에 대해서는 그냥 지나갑시다. 이제 꿈으로 가 보지요. 크뤼십포스는 이 문제에 대해 논하면서, 안티파테르[145]가 꿈 연구할 때 그랬듯이, 많은 사소한 꿈들을 수집했고요, 그것들을 안티폰[146]의 해석법에 따라 설명하여 밝혔습니다. 그것들은 해석자의 명민함을 보여 주긴 했지만요, 좀 더 무게 있는 사례들을 이용하는 게

---

144 델포이의 바위 사이로 어떤 가스가 새어 나와 그것을 마신 여사제가 환각에 빠져서 신탁을 내렸다는 이야기가 전해진다. 플리니우스『자연사』2권 208장 참고.
145 1권 6장 참고.
146 아테나이 출신 소피스트 안티폰(기원전 5세기)이 꿈의 해석에 대한 책을 쓴 것으로 알려져 있지만, 그가 람누스 출신의 수사학자 안티폰(기원전 5세기)과 같은 인물인지에 대해서는 학자들 사이에 논란이 있다.

합당했습니다. 쉬라쿠사이 인들의 참주였던 디오뉘시오스[147]의 어머니는, 박식하고 바지런하고 자기 저서의 주제와 동시대에 살았던 필리스토스[148]가 쓴 글에 따르면, 이 디오뉘시오스를 임신하여 뱃속에 품고 있을 때, 자기가 어린 사튀로스를 낳은 꿈을 꾸었다고 합니다. 그러자 그녀에게 조짐들을 해석하는 사람들이 ── 이들은 시킬리아에서 '갈레오타이'[149]라고 불렸었는데요 ── 필리스토스에 따르면, 이렇게 대답했다고 합니다. 그녀가 낳은 그 아이는 희랍에서 가장 유명하게 되고, 또 아주 오래가는 행운을 누리리라고 말입니다.

40. 제가 당신을 우리나라의, 그리고 희랍 시인들의 이야기로 끌어가는 것까지는 필요치 않겠지요? 제가 이런 말을 하는 이유는, 엔니우스의 시에서 저 유명한 베스타 여사제가 이렇게 말하기 때문입니다.

---

147 헤르모크리토스의 아들로 기원전 405년에서부터 367년, 그가 죽을 때까지 쉬라쿠사이의 참주였다. 그의 어머니 이름은 알려져 있지 않으며, 여기 소개된 꿈은 기원전 430년경의 사건인 듯하다.

148 디오뉘시오스의 친구이자 조력자였으나, 기원전 386년에 망명하여 디오뉘시오스 사후에야 귀국했다. 그 후에는 디오뉘시오스 2세를 도와 356년까지 봉사하였다. 6권에 달하는 시칠리아 역사를 기록하였고, 396년까지의 디오뉘시오스의 행적에 대한 책도 저술했던 것으로 알려져 있다.

149 시칠리아의 예언자 가문. 이들은 쉬라쿠사이 도시에 속한 것은 아니나, 디오뉘시오스에게 중용되어 그의 통치에 종교적 정당성을 부여하는 역할을 수행하였다. 이들의 조상은 아폴론의 아들이자 '북풍 너머 사람들'의 왕인 갈레오테스인데, 도도네의 신탁에 따라 시칠리아로 이주하였다고 한다. 하지만 학자들은 이들이 원래 점박이 도마뱀(galeotes)을 관찰하여 예언하던 사람들일 것이라고 추정하고 있다.

꿈에서 놀라 깨어난 그녀는, 노파가 떨리는 손으로

등불을 날라 왔을 때, 공포에 질려 눈물을 흘리며 이렇게 말했다.

"우리들의 아버지가 사랑했던, 에우뤼디케의 딸이여,[150]

지금 나의 온몸에서 힘과 생명이 떠나가요.

왜냐하면 한 잘생긴 남자가 나를, 쾌적한 숲과

강둑과 낯선 장소를 가로질러 납치해 가는 것을 보았기 때문이어

요.[151] 그런 다음,

친애하는 자매여, 내가 혼자서 방황하는 게 보였어요,

머뭇머뭇 길을 더듬으며, 당신을 찾으며. 하지만 마음에 간절히 원하

면서도

당신을 만날 수 없었어요. 그 어떤 길도 발을 든든하게 잡아 주지 못

했어요.

---

150 로물루스와 레무스의 어머니는 흔히 누미토르의 딸 레아 실비아로 알려져 있지만, 이설
들도 많이 있다. 플루타르코스 『로물루스』 1장 참고. 지금 이 시에서는 로물루스의 어머
니 이름이 일리아이고, 그녀는 아이네아스의 딸이며, 에우뤼디케는 아이네아스의 첫 부
인으로, 지금 일리아를 도우러 온 '노파'가 그 에우뤼디케의 딸 크레우사인 것으로 설정
되어 있다. 우리에게 잘 알려진 『아이네이스』의 판본과는 이름과 관계들이 많이 다르다.
『아이네이스』에는 아이네아스의 첫 아내는 크레우사, 그가 이탈리아로 와서 얻은 두 번
째 아내는 라비니아이고, 로물루스와 레무스는 한참 후대에야 태어나는 것으로 되어 있
다. 하지만 엔니우스도, 지금 엔니우스를 인용하고 있는 키케로도 모두 『아이네이스』가
발표되기 이전 사람임을 기억해야 한다.

151 여기 인용된 내용은 지금까지 전해지는 엔니우스의 『연대기』 단편 중 맨 앞부분 것이다.
베스타 여사제인 일리아가 전쟁의 신 마르스에게 납치되는 꿈을 꾸었다는 내용인데, 그
다음 부분이 전해지지 않기 때문에 원문에서는 어떤 식으로 이야기가 발전했는지 불분
명하지만, 일리아는 이 꿈을 꾸면서 동시에 신과 결합하였고 벌써 로물루스 형제를 임
신했을 가능성이 있다. 지금 이 부분에서 퀸투스가 인용하는 꿈들은 모두 임신-출산과
관련된 것이기 때문이다.

41. 그러는 중 아버지께서 다음과 같은 말로 나를 재촉하시는 듯

했어요. '오, 딸이여, 너는 먼저 고통들을 겪어야 하며,

그 후에 강물로부터 행운이 다시 솟아나리라.'

이렇게 말씀하신 후에 아버지께서는, 자매여, 갑자기 떠나가셨고,

내가 마음으로부터 원하는데도 자신을 드러내 보이지 않으셨어요.

내가 푸른 하늘의 영역을 향하여 많이도 손을 뻗고

눈물을 흘리며 애원하는 목소리로 불렀는데도 말이죠.

그런 다음 내가 마음으로부터 슬퍼하는 가운데 잠이 내게서 떠나갔

어요."

42. [XXI] 이 얘기는 시인이 지어낸 것이지만서도, 꿈들의 일반적

인 양태에서 멀리 떨어져 있지 않습니다. 그리고 다음 것도 허구일 수

있습니다.[152] 그것 때문에 프리아모스가 동요되었다는 것이죠. 왜냐

하면

임신으로 몸 무거운 어머니 헤쿠바가, 꿈에서

자신이 불타는 횃불을 낳는 것을 보았기 때문이다. 이런 일이 있자,

아버지

---

152 여기 인용된 구절은 엔니우스의 비극 『알렉산데르』의 일부이며, 이 꿈 이야기는 에우리
피데스의 『알렉산드로스』의 구절들을 거의 번역한 것으로 보인다. '알렉산드로스'는 헬
레네를 납치하여 트로이아 전쟁의 불씨가 된 파리스의 다른 이름이다.

프리아모스 왕은 그 꿈 때문에 마음에 두려움을

품고 걱정에 사로잡혀 한숨을 쉬면서,

떨리는 울음소리 내는 양들을 신들께 제물로 바쳤고,

국가의 평온을 바라면서 아폴로께 청하여

해석을 구하였다, 자신에게 가르침을 주십사고,

그토록 심중한 꿈의 조짐들은 어떤 일을 향해 가는 것인지를.

그러자 아폴로께서 신탁을 통하여 신적인 목소리로

지시하셨다, 그 소년을, 앞으로 프리아모스에게

처음 태어나는 아들을 키우기를 자제하라고,[153]

그는 트로이아의 파멸이요, 페르가모스[154]의 역병이라고.

43. 제가 말씀드린 대로, 이것들은 지어낸 이야기 속의 꿈들이라 할 수 있습니다. 그리고 거기에 아이네아스의 꿈도 덧붙일 수 있습니다. 그것은 우리의 파비우스 픽토르[155]가 희랍어로 된 『연대기』에 적

---

153 여기 쓰인 표현 temperaret tollere에서 tollere는 아버지가 아이를 화덕 위로 '들어 올림'으로써 그 아이를 키우기로 결정했다는 의사를 밝히던 (로마의) 관습에서 온 표현이다.

154 트로이아의 내성(內城). 종종 '트로이아'를 대신하는 표현으로 사용된다.

155 Q. Fabius Pictor. 기원전 230년대에 갈리아 인들과 싸웠으며, 로마군이 한니발에게 대패했던 칸나이 전투 이후에는 델포이 신탁을 구하는 사절로 파견되었다. 리비우스『로마사』 22권 57장 5절 참고. 그는 산문으로 역사를 기록한 최초의 로마인이다. 리비우스 『로마사』 2권 40장 1절 참고. 이 사람은 로마사를 희랍어로 기록하였는데, 그 이유는 주로 당시 카르타고를 옹호하는 역사가들에 맞서서 로마인들의 입장을 알리기 위해서였다고 한다. 이 저술은 나중에 Numerius Fabius Pictor라는 사람에 의해 라틴어로 옮겨졌는데, 퀸투스는 이 라틴어 번역과 희랍어 원작을 구별하기 위해 특별히 '희랍어『연대

은 것으로 위의 것과 같은 부류에 속하지요. 아이네아스가 행한 일과 그에게 일어난 모든 일들이 그가 잠을 잘 때 그에게 보인 그대로 일어났으니 말입니다.

[XXII] 그렇지만 조금 더 가까운 일들을 살펴봅시다. '오만한' 타르퀴니우스[156]의 꿈은 어떤 식의 것이었나요? 그것에 대해서는 악키우스[157]의 『브루투스』에서 타르퀴니우스 자신이 이렇게 말하고 있습니다.

44. 이제 밤이 다가와서, 지친 사지를 잠으로 달래려

내가 휴식에 몸을 맡겼을 때,

나는 꿈에 보았소, 한 목자가 털 가진 양 무리를,

빼어나게 아름다운 것들을 내게 몰아오는 것을.

나는 거기서 같은 핏줄의 두 마리 숫양을 골라냈고,

기』라는 표현을 사용하고 있다.

156 로마의 제7대 왕. 그의 통치를 마지막으로 왕정이 끝나고 공화정으로 이어졌다. 로마의 제5대 왕도 이름이 타르퀴니우스이기 때문에, 제5대 왕에게는 '옛날의'(priscus), 제7대 왕에게는 '오만한'(superbus)이라는 수식어를 붙여 구별하고 있다. 사실 '오만한' 짓을 한 것은 왕 자신이라기보다 그의 아들이다.

157 기원전 170~90년경. 로마 최고의 극작가 중 하나로 꼽히는 인물. 그의 『브루투스』의 중심인물 브루투스는 로마에서 왕정을 끝내고 들어선 공화정의 첫 집정관이다. 보통 알려지기로, 나중에 카이사르 암살의 주동자 중 하나인 M. Iunius Brutus가 그 암살 사건 직후에 이 작품을 상연하려다가, 당시로서는 너무 선동적이라고 판단해서인지 중도에 포기했다고 한다. 하지만 당시 법무관(praetor)이었던 브루투스가 개인 비용을 들여서, 기원전 44년 7월 6일 아폴론 축제(Ludi Apollinares)에서 이 작품을 상연했다는 주장도 있다.

그 중 더 뛰어난 쪽을 희생 제물로 바쳤소.[158]

그러자 그 양의 형제가 뿔을 기울여서는

내게 달려들어 그 타격으로써 나를 쓰러뜨렸소.

그리하여 심하게 다친 나는 바닥에 쓰러져

드러누운 채, 하늘에서 엄청나고 놀라운

일을 목도하였소. 태양의 타오르며 빛나는 구체가

오른쪽으로 돌아서는 새로운 길로 미끄러져 갔던 것이오.

45. 그러면 그 꿈에 대해 해몽가들이 어떤 해석을 내렸는지 알아
봅시다.

왕이시여, 사람들이 생활 중에 느끼고, 생각하고, 걱정하고, 보는 것
들은,

그리고 깨어 있을 때 말하고 행하는 것들은, 그것들이 꿈속에 나타난
다 하더라도

놀랄 일이 아닙니다. 하지만 진실로 그 정도의 꿈이라면 공연히 나타
난 게 아닙니다.

그러니 그대가 어리석다고 여기는, 가축이나 다름없다고 깎아내리는
인물이

---

158 타르퀴니우스가, 브루투스의 형 L. Iunius Brutus를 자기 권력에 위협이 된다고 생각해
서 죽인 일을 암시한다. 리비우스 『로마사』 1권 56장 7절 참고.

가슴에 탁월한 지혜로 무장을 갖추고서, 그대를 왕위에서

몰아내지 않도록 조심하십시오. 왜냐하면 태양에 관하여 당신께 보

인 바로 그 사건은

국가의 상황이 곧 변화하리란 것을 예고하기

때문입니다. 이 변화는 국가에 유리하게 돌아갈 것입니다. 왜냐하면

가장 강력한 천체가

왼쪽을 떠나 오른쪽으로 그 행로를 취함으로써, 로마가

최고의 국가가 되리라는 것이 아주 아름답게 예언되었기 때문입니다.

46. [XXIII] 자, 이제 나라 밖의 사례들로 돌아가 봅시다. 폰토스 출
신의 헤라클레이데스[159]는 박식한 인물이고, 플라톤의 제자이자 추종
자인데요, 그는 팔라리스[160]의 어머니가 꿈에 본 것을 적고 있습니다.
그녀는 집에 성스럽게 모셨던 신들의 조각상을 보고 있었는데요, 그
중 메르쿠리우스가 오른손에 들고 있던 잔에서 피를 쏟아붓는 것이
보였답니다. 한데 그 피가 땅에 닿자 막 들끓어 올라서는, 온 집이 피
로 넘칠 정도가 되는 것이 보였지요. 한데 이러한 어머니의 꿈을 아들
의 끔찍한 잔인성이 입증하고 말았습니다.

159 흑해 남쪽 폰토스 출신. 기원전 390~310년경.
160 기원전 565~549년 시칠리아의 아크라가스(현재의 Agrigento) 참주. 청동으로 소를
    만들어 그 안에 자기 적들을 넣고 구워 죽였다고 알려져 있다. 『투스쿨룸 대화』 2권
    17~18장, 『최고선악론』 5권 85장 참고. 그는 결국 반란자들에게 붙잡혀 청동 소 안에 구
    워졌다고 한다.

제가, 저 유명한 왕자 퀴로스[161]를 위해 마기[162]들이 해석해 준 게 어떠했는지를, 디논[163]의 『페르시아 연대기』에서 인용할 필요가 있을까요? 그가 기록하기를, 퀴로스가 잠자는 중에 태양이 자기 발 근처에 있는 것을 보고서, 세 번이나 손으로 잡으려 했지만 허탕을 쳤고, 태양은 방향을 바꿔 빠져나가서는 사라져 버렸다고 합니다. 그러자 페르시아 인들 가운데 현명하고 박식한 것으로 알려진 마기들이 그에게 말했답니다, 태양을 세 번 잡으려 한 것은 퀴로스가 30년 동안 통치하리라는 전조라고요. 그런데 그 일은 그대로 이루어졌지요. 그는 40세에 통치를 시작했는데, 70세까지 살았으니 말입니다.

47. 확실히 이방 종족들에게도 예견하고 예언하는 사람이 있습니다, 인도 사람 칼라누스[164]가, 죽음을 향해 불타는 장작더미로 올라가며 했던 말이 옳다면 말이죠. 그는 '오, 삶에서 영광스럽게 떠나감이여, 헤라클레스에게 일어났던 일처럼,[165] 필멸의 몸이 타 버리면 정신은 빛 속으로 나아가리라!' 그리고 알렉산드로스가 그에게, 혹시 원

---

161 기원전 600년경 출생. 페르시아 아카이메니데스 왕조의 시조. 여기 소개된 꿈은 페르시아의 중요한 종교적 상징인 태양을 제국 창시자와 연결시키고 있다.

162 메디아와 페르시아 종교의 사제들.

163 콜로폰 출신. 기원전 340년대에 크테시아스의 뒤를 이어서, 페르시아의 역사와 풍습을 기록한 저작을 남겼다.

164 원래 이름은 Sphines. 플루타르코스 『알렉산드로스』 65장 3절 참고. 브라만 계급 출신으로 기원전 326년에 알렉산드로스를 만나 그를 수행하며 인도와 관련된 문제들에 충고를 주었다. 그는 페르시아로 돌아가는 길에 병이 들자, 자기들 관습에 따라 불타는 장작더미에 몸을 던져 죽은 것으로 알려져 있다.

165 헤라클레스는 독 묻은 옷을 입고 괴로워하다가 스스로 불타 죽었으며, 이후 그가 신에게 받은 부분은 하늘로 올라가서 신이 되었다고 한다.

하는 게 있으면 말하라고 명했을 때, 그는 말했지요, '고맙소, 나는 곧 당신을 보게 될 것이오'라고. 그리고 그 일은 그대로 이루어졌습니다. 며칠 뒤에 알렉산드로스가 바뷜론에서 죽었으니까요.[166] 저는 지금 꿈이라는 주제에서 조금 멀어지고 있습니다만, 곧 거기로 돌아갈 것입니다. 에페소스의 디아나 신전이 불타던 바로 그 밤에 올륌피아스에게서 알렉산드로스가 태어났다는 것[167]은 잘 알려져 있지요. 그리고 날이 밝기 시작했을 때, 마기들이 외치기를 간밤에 아시아의 재앙과 위험이 태어났다고 했다는 것도요. 인도와 마기들에 대해서는 이 정도로 하지요.

48. [XXIV] 이제 꿈으로 돌아갑시다. 코일리우스[168]가 기록하기를, 한니발은 라키니아 유노의 신전[169]에 있던 황금 기둥을 옮겨 내리려고 하다가,[170] 그게 순금인지 아니면 겉에만 금을 입힌 것인지 의심이 생겨서 뚫어 보았답니다. 그리고 그게 순금이라는 걸 확인하고 들어 옮기기로 했다지요. 한데 그가 잠들었을 때 유노께서 나타나서 그러지 말라고 경고하고, 혹시 그 일을 감행한다면 자기가 그의 지금 잘 보고 있는 눈을 잃게 만들리라고 위협했답니다. 영리한 사람인 한니발은

---

166 사실은 두 죽음 사이에 1년 이상의 시간차가 있다. 칼라누스가 죽은 것은 기원전 324년 4월경이었고, 알렉산드로스가 죽은 것은 기원전 323년 6월이었다.

167 플루타르코스 『알렉산드로스』 3장 3절, 키케로 『신들의 본성에 관하여』 2권 69장 참고.

168 L. Coelius Antipater. 기원전 2세기 말에 제2차 포에니 전쟁에 대한 역사서를 썼다.

169 이탈리아 남부 크로톤에서 동남쪽으로 10킬로미터쯤 떨어진 라키니움 곳에 있던 신전.

170 이 사건은 기원전 205~3년경에 있었던 일로 보인다. 그 무렵 이 지역 이탈리아 인들은 한니발을 저버리고 로마 쪽에 가담했기 때문에, 한니발로서도 더는 지역민들의 호의를 유지하려 애쓰지 않게 되었다.

그걸 무시하지 않았지요. 그래서 뚫어 낸 그 금으로 작은 송아지[171]를 만들도록 시켜서, 그걸 기둥 꼭대기에 덧붙이게 했답니다.

49. 다음 이야기는 실레노스[172]의 희랍어로 된 역사책에 나오는데요, 코일리우스는 이 사람의 기록을 따르고 있죠. (이 실레노스는 한니발의 행적을 아주 열심히 연구했지요.) 한니발이 사군툼을 차지하였을 때,[173] 그는 자신이 꿈속에서 윱피테르에 의해 신들의 회의에 초대된 것을 보았습니다. 그가 회의에 가자, 윱피테르는 이탈리아를 향해 진격하라고 명했고, 그 회의에 모인 신 중 하나를 안내자로 주었죠.[174] 그래서 한니발은 그를 안내자로 삼아 군대와 함께 나아가기 시작했지요. 그러자 그 안내자가 한니발에게 뒤돌아보지 말라고 경고했습니다. 하지만 그는 그 지시를 오랜 동안은 따를 수가 없었고, 결국 호기심에 떠밀려 뒤를 돌아보고 말았습니다. 그러자 거대하고 무시무시한 짐승이 보였는데, 그것은 뱀으로 에워싸여 있었고, 가는 데마다 나무와 덤불과 집들을 뒤엎어 버렸지요. 그는 놀라서 신에게, 저 엄청난 괴물이 무엇인지를 물었습니다. 그러자 그 신은 그것이 이탈리아

---

171 헤라 여신은 여러 신화와 제의에서 소와 연관되어 있다.
172 시칠리아 칼레악테 출신. 한니발을 수행하고, 그의 행적을 기록하였다.
173 사군툼은 스페인 남동부 지중해에 면한 도시로 로마의 동맹시였다. 한니발은 기원전 219년에 이 도시를 차지한다. 여기 소개된 꿈은 리비우스 『로마사』 21권 22장 6절에도 나오는데, 그는 한니발이 이 꿈을 꾼 게 스페인 지역의 카르타고 영역과 로마 영역을 가르는 에브로 강을 건널 때였다고 적고 있다.
174 여기서 안내자로 지명된 신이 헤르메스라는 주장도 있지만, 한니발이 자신을 게뤼온의 소 떼를 몰고 이탈리아로 들어갔던 헤라클레스에 비겼기 때문에, 안내자로는 헤라클레스가 더 어울린다는 주장도 있다.

가 겪을 참상이라고 대답하고는, 그의 등 뒤에서 무슨 일이 일어나는지 신경 쓰지 말고 그저 앞으로만 나아가라고 명했지요.

50. 한편 아가토클레스[175]가 쓴 역사서에는 카르타고 사람 하밀카르[176] 이야기가 있습니다. 그는 쉬라쿠사이를 공격하던 중 꿈속에서, 자신이 다음 날 쉬라쿠사이에서 식사를 하게 되리라는 음성을 들었습니다. 한데 다음 날이 밝았을 때, 그의 진중에서 카르타고 병사들과 시킬리아 병사들 사이에 큰 분쟁이 일어났지요. 쉬라쿠사이 인들은 그것을 눈치채고 갑자기 진영으로 쳐들어왔고, 하밀카르는 그들에게 생포되어 끌려갔습니다. 이렇게 해서 사실이 꿈을 확증하였던 것이지요. 역사는 이러한 사례들로 가득하고, 일상생활 역시 이런 것으로 채워져 있습니다.

51. 다음 얘기는 실화인데요, 푸블리우스 데키우스[177]는, 데키우스 가문에서 처음으로 집정관이 되었던 퀸투스 데키우스의 아들이지요. 한데 마르쿠스 발레리우스와 아울루스 코르넬리우스가 집정관이던 해[178]에 그 푸블리우스는 천부장tribunus militum[179]이었는데요, 우리의 군대가 삼니움 인들에 의해 압박을 당하자, 아주 대담하게 전투

---

175 퀴지코스 출신. 기원전 3세기 말, 2세기 초에 활동했던 문법학자, 역사가.
176 Gisgo의 아들. 기원전 311년부터 시칠리아에서 카르타고 인들을 지휘하였다. 그가 생포된 사건은 기원전 309년에 있었던 것으로 보인다.
177 P. Decius Mus. 기원전 340년 집정관 역임. 같은 이름의 아들도 295년에 집정관이었으며, 역시 같은 이름의 279년 집정관도 그의 자손인 것으로 추정된다.
178 기원전 343년.
179 tribunus militum의 역할은 시대에 따라 다르지만, 이 시기에는 군사적인 기능에 한정되어 있었다.

의 위험 속으로 돌진했지요. 그는 좀 더 조심해야 한다는 충고를 받았지만, 이렇게 말했다죠 ─ 이건 연대기에 나오는 얘기입니다만 ─ 자기가 꿈속에서 적들 한가운데를 휘젓고 다니다가 최고의 명예를 얻고서 죽는 걸 보았다고요. 그는 그때에는 다치지 않은 채로 군대를 곤경에서 구해 냈습니다만,[180] 3년 뒤 그가 집정관일 때는, 자기를 '바치고'는 무장을 갖추고서 라티움 인들의 전열로 돌진하였지요.[181] 그의 이러한 행동에 의해 적들은 제압되어 궤멸하고 말았습니다. 그의 죽음은 너무나 영광스러운 것이어서, 그의 아들도 같은 것을 열망할 정도였지요.[182]

52. 하지만 이제, 혹시 그게 좋다면, 철학자들의 꿈으로 가 봅시다.

[XXV] 플라톤의 글에 보면[183] 소크라테스는, 감옥에 갇혀 있을 때 그의 친구인 크리톤에게, 자기가 사흘 안에 죽으리라고 말하고 있습

---

180 1차 삼니움 전쟁 때의 일이다. 집정관 아울루스 코르넬리우스가 계곡에서 적들에게 포위되어 있을 때, 데키우스가 그를 구출해 냈다. 리비우스 『로마사』 7권 34장 이하 참고.

181 341년 라티움 인들이 로마인들이 자신들을 동맹자로서가 아니라 종속민으로 대우하는 것에 분개하여 반란을 일으켰고, 다음 해에 데키우스는 집정관으로서 진압에 나섰다. 그와, 그의 동료 집정관인 Manlius는 전투 전에 똑같은 꿈을 꾸었는데, 곧 있을 전투에서 한쪽은 지휘관을 잃을 것이고, 다른 쪽은 전체 군대를 잃으리라는 내용이었다. 이어 전투가 벌어져서 로마군의 왼쪽 날개가 패퇴하자, 데키우스는 devotio('신께 바침')라는 일종의 주문을 외면서 적들에게로 돌진하였다. 이것은 하늘과 땅의 신들을 불러 적에게 공포를 일으키고, 자신과 저들의 생명을 취해 달라고 요구하는 원시적 주술이고, 대속(代贖) 제의이다. 그 결과 데키우스는 전사하고, 그의 군대는 대승을 거두었다. 리비우스 『로마사』 8권 6~10장 참고.

182 기원전 295년의 집정관이었던 P. Decius Mus는 제3차 삼니움 전쟁에서 삼니움 족과 갈리아 인들의 압도적인 군대를 맞아서 자신을 '바쳤다'. 리비우스 『로마사』 10권 24장.

183 『크리톤』 43d~44b.

니다. 그 이유는, 자기가 꿈속에서 아주 아름다운 여인을 보았는데, 그녀가 그의 이름을 부르면서 다음과 같은 호메로스의 시행을 읊었기 때문이라는 것입니다.

순조로운 바람은 사흘째에 그대를 프티아 땅에 데려다 놓으리라.[184]

한데 이 일은 그가 말한 대로 이루어졌다고 기록되어 있습니다. 한편 소크라테스의 제자인 크세노폰(아, 이 사람은 어떤 인물, 얼마나 큰 인물이었던가요!)[185]은 그가 작은 퀴로스와 함께 수행했던 저 군사 행동에서[186] 자신이 꾼 꿈들을, 그리고 그것들이 놀랍게 성취되었음을 기록하고 있습니다.[187]

---

184 『일리아스』 9권 363행에서 아킬레우스가, 트로이아를 떠나 고향으로 돌아가겠노라고 선언하면서, "사흘째에 나는 흙이 깊은 프티에 땅에 도착할 수 있을 것이오"라고 말한 것을 조금 바꾼 것이다. 이런 인용문의 바탕에는 '프티에 땅에'(Phthien)라는 구절과, '죽다'(phthinein)라는 단어가 비슷한 점을 이용한 말장난이 깔려 있다.

185 키케로는 크세노폰을 매우 높게 평가하고 있다. 그는 『퀴로스의 교육』을 매우 열광적으로 읽었고(『친구들에게 보낸 편지』 9권 25장 1절 참고), 젊었을 때는 『경영론』을 직접 번역하기도 했다(『의무론』 2권 87장 참고).

186 '작은' 퀴로스는 페르시아 왕 다레이오스 2세의 작은 아들로, 왕위를 계승한 자기 형 아르탁세륵세스에 대항하여 401년에 반란을 일으켰다. 크세노폰은 희랍 용병들과 함께 이 모험에 동행했는데, 첫 전투에서 퀴로스가 전사하여 큰 곤경에 빠진다. 거기서 탈출한 과정이 『원정기』(Anabasis)에 기록되어 있다.

187 크세노폰의 『원정기』에는 그가 꾼 두 가지 꿈과 그 결과가 소개되어 있다. 하나는 희랍군 지휘관들이 적들의 계략에 빠져 거의 모두 죽음을 당한 후에 꾼 것으로, 자기 아버지 집에 벼락이 떨어져서 불타는 꿈이었다. 크세노폰은 이 꿈이 자기들의 탈출을 예고하는 것일 수도 있고, 파멸을 예고하는 것일 수도 있다고 생각했다. 그는 떨쳐 나서서, 새 지휘관들을 뽑아 탈출하자고 동료들을 설득하였고 결과적으로 희랍 용병 전체를 구할 수

53. 크세노폰이 거짓말을 하고 있다거나, 아니면 환각에 빠졌다고 해야 할까요?

또 이건 어떻습니까? 특출하고 거의 신적인 재능의 소유자[188] 아리스토텔레스가, 자기 친구인 퀴프로스 출신 에우데모스에 대해 다음과 같이 적었을 때,[189] 그 자신이 실수를 저지른 걸까요, 아니면 다른 사람들을 오도하고자 했던 것일까요? 에우데모스는 마케도니아를 향해 여행하던 중 페라이에 당도했지요. 그 도시는 당시에는 텟살리아에서 아주 유명했지만,[190] 참주인 알렉산드로스[191] 밑에서 잔인한 통치를 받고 있었지요. 한데 그 도시에서 에우데모스는 너무나 심한 병에 걸려 모든 의사가 포기할 지경이었습니다. 그런데 그가 잠들어 있을 때, 빼어난 용모를 지닌 젊은이가 나타나 말했습니다, 그는 곧 완쾌할 것이고 며칠 내로 참주 알렉산드로스가 죽을 것이며, 에우데

있었다. 『원정기』 3권 1장 11절 이하 참고. 다른 꿈은, 그가 발에 차꼬를 차고 있다가 그것이 저절로 벗겨져 자유롭게 걸을 수 있게 되는 내용이다. 이 꿈 이후에, 젊은이들이 적들의 공격을 받지 않고 강을 건널 곳을 찾아냈고, 그 결과 희랍 용병들은 큰 손실 없이 적대적인 종족의 지역을 빠져나올 수 있었다. 『원정기』 4권 3장 8절 이하 참고.

188 키케로는 아리스토텔레스를 앞지를 사람은 플라톤 정도뿐이라고 생각했다. 『투스쿨룸 대화』 1권 22장 참고.

189 아리스토텔레스의, 지금은 전해지지 않는 '외부인 용 저작' 『에우데모스』의 내용으로, 여기 나오는 에우데모스는 달리는 알려진 바가 없는 인물이다. 그보다 훨씬 유명한 동명이인으로, 아리스토텔레스의 제자인 천문학자, 로도스 출신 에우데모스가 있다.

190 희랍의 텟살리아 동부에 있는 페라이는, 키케로 시대에는 별로 중요한 도시가 아니었지만, 기원전 4세기 전반에는 일련의 강력한 참주들의 통치하에 매우 번성했었다.

191 기원전 369년경부터 358년까지 페라이를 통치한 인물. 권력을 유지하기 위해 자기 아저씨를 살해하고, 테바이 사절단에게 맹세한 것을 어기고, 이웃 도시 주민들을 학살하는 등 잔인하고 부정한 자로 기록되어 있다.

모스 자신은 5년 뒤에 집으로 돌아가리라고 말입니다. 그런데, 아리스토텔레스가 적기를, 앞의 두 가지는 금방 이루어져서, 에우데모스는 완쾌했고 참주는 자기 아내의 형제들에게 살해되었다고 합니다.[192] 그 후 5년의 시간이 흘렀을 때, 에우데모스는 저 꿈에 근거하여 자기가 시킬리아에서 고향인 퀴프로스로 돌아가리라고 기대하고 있었지만, 쉬라쿠사이 근방에서 전투 중에 죽고 말았답니다.[193] 그래서 저 꿈은, 에우데모스의 영혼이 육체를 떠나게 되면, 그때에야 고향에 돌아간다는[194] 의미였던 걸로 해석되었습니다.

54. 이제 철학자들에 덧붙여, 가장 박식했던 인물이자 진정 신적인 시인, 소포클레스를 봅시다. 그는 헤라클레스 신전에서 금으로 된묵직한 접시가 도난당했을 때, 꿈속에 그 신 자신이 누가 그 짓을 했는지 말씀하시는 걸 보았습니다. 한데 소포클레스는 그 꿈을 한 차례, 그리고 또 한 차례 무시했습니다. 하지만 같은 일이 자주 반복되자, 그는 아레오파고스[195]로 올라가서 그 일을 공개했지요. 아레오파고스

---

192 『의무론』 2권 25장 참고.
193 에우데모스는 기원전 354년 여름, 쉬라쿠사이를 차지하기 위해 디온과 디오뉘시오스 2세가 벌인 전투에서 죽은 것으로 보인다. 플루타르코스 『디온』 22장 3절 참고. 한데 그의 꿈이, 참주 알렉산드로스가 암살되던 해인 358년 것이라면, 그의 죽음은 꿈을 꾼 때부터 5년이 채 지나지 않아 일어난 셈이 된다. 그래서 그가 죽은 것은 353년 하반기 힙파리노스가 쉬라쿠사이를 공격할 때였다는 주장도 있다.
194 이러한 이론에 대해서는, 플라톤의 이름으로 전해지는 위작 『악시오코스』 365b 참고.
195 원래 귀족들의 협의체였으나, 솔론 시대쯤부터는 전직 아르콘들로 채워졌다. 하지만 에피알테스의 개혁(기원전 462/1년) 이후 아르콘이 추첨되면서부터 권력이 약해지고, 이전의 권한 대부분이 박탈되었다. 하지만 살인, 상해, 방화, 그리고 종교적인 범죄에 대해서는 그 후에도 여전히 권한을 가졌던 것으로 보인다.

의 재판관들은 소포클레스가 지목한 그 사람을 체포하도록 명했습니다. 그자는 조사를 받고 자백하였으며 그 접시를 내놓았습니다. 이 사건 때문에 그 신전은 '고발자 헤라클레스'의 신전으로 불리게 되었지요.

55. [XXVI] 한데 제가 희랍의 예를 들 이유가 뭐 있겠습니까? 왠지 모르게 저는 우리나라의 사례들이 더 마음에 끌립니다. 모든 역사가들, 그러니까 파비우스,[196] 겔리우스[197]들이 다음과 같은 얘기를 전하지만, 특히 코일리우스[198]가 그렇습니다. 라티움 전쟁 때[199] 대봉헌 축제ludi votivi maximi[200]가 처음 개최되는 중이었는데, 갑자기 도시에 무장을 갖추라는 경보가 내려졌습니다. 그래서 축제가 중단되었고, 나중에 그 축제를 다시 여는 것으로 결정되었습니다. 그래서 축제를 시작하기 전, 대중이 다 착석했을 때에, 노예 하나가 회초리로 매를 맞으며 멍에를 지고서 원형 경주장을 가로질러 끌려갔습니다. 그 후 로마의 시골 사람 하나가 자다가 꿈을 꾸었는데, 어떤 이가 와서는 그

---

196 1권 43장에 소개된 Q. Fabius Pictor. 다음에 소개되는 꿈을 파비우스가 어떻게 전하는지는 할리카르낫소스 출신 디오뉘시오스(기원전 1세기)의 『로마고대사』 7권 71장 1절에 옮겨져 있다.
197 Gnaeus Gellius. 기원전 2세기 후반의 연대기 작가. 기원전 146년까지의 역사를 기록하였다.
198 1권 48장 주석 참고.
199 지금 여기 전해지는 상황은 기원전 493년에 끝난 전쟁과 가장 잘 맞는다.
200 이 경기대회는 Aulus Posthumius가 기원전 496년 레길루스(Regillus) 호수 전투에서 승리를 거두기 전에 서원한 것이다. 이 행사 중 볼스키(Volsci) 인들의 침입으로 비상이 발령되었다.

축제의 인도자[201]가 자기 마음에 들지 않았다고 하면서, 그 말을 원로원에 가서 전하라고 명했답니다. 하지만 그는 감히 그러지를 못했지요. 그러자 다시 그 사람이 나타나서 같은 것을 명하면서 경고했다지요, 자기의 위력을 맛보려 하지 말라고. 그는 그래도 그 일을 행하지 못했습니다. 그러자 그의 아들이 죽었고, 꿈속에 같은 경고를 세 번째로 받았지요. 그런 다음 그는 병이 나서 친구들에게 그 사실을 말했습니다. 그러고는 그들의 의견에 따라 들것에 실린 채로 의사당으로 옮겨졌지요. 그는 자기 꿈을 원로원에 다 보고한 후, 완쾌되어 제 발로 걸어 집으로 돌아갔답니다. 그래서 기록에 전하는 바에 따르면, 그 꿈은 원로원에서 진실된 것으로 인정받았고, 저 축제는 또 한 번 시행되었다고 합니다.[202]

56. 같은 코일리우스의 글에 따르면, 가이우스 그락쿠스는 여러 사람에게 얘기했다지요, 자기가 재무관quaestor에 출마했을 때 자기 형인 티베리우스가 꿈에 나타나 말했다고요. 그가 아무리 늦추려 해도,[203] 결국 자기 형이 죽은 것과 같은 식으로 죽게 될 것이라고 말입

---

201 축제 때 매를 맞으면서 끌려간 노예를 가리킨다. 이런 축제들은 노예를 때리면서 행사장을 한 바퀴 도는 것으로 시작하곤 했다.

202 이 이야기는 리비우스 『로마사』 2권 36장에도 전해지는데, 꿈을 꾼 사람의 이름은 Tiberius Atinius라고 한다. 그의 이름이 Titus Latinius로 전해지는 것도 있는데, 핵심은 이 사람이 정치에 관여하지 않았던 평범한 농부였다는 점이다.

203 가이우스 그락쿠스는 기원전 126년에 재무관직을 맡았는데, 그때 그는 28세로 그 직책을 맡을 수 있는 최소 연령보다 3년 정도 위였다. 이 꿈에서 형인 티베리우스는 동생이 공직에 늦게 나서는 것을 꾸짖은 셈이다.

니다.[204] 이것은 가이우스 그락쿠스가 호민관이 되기도 전의 일이었는데, 코일리우스 자신이 직접 들었으며, 그락쿠스는 그 얘기를 여러 사람에게 했다고 적고 있습니다. 이 꿈보다 더 확실한 것을 찾을 수 있을까요?

[XXVII] 또 이건 어떻습니까? 스토아학파 사람들이 자주 언급하는 저 두 가지 꿈을 대체 누가 비웃을 수 있는지요? 하나는 시모니데스[205]의 꿈입니다. 그는 어떤 모르는 사람이 죽어 쓰러져 있는 것을 보고는 그를 매장해 주었습니다. 이후 그는 배를 타려고 생각하고 있었는데, 자기가 매장해 준 사람이 꿈에 나타나서 그러지 말라고 경고했다지요. 배를 타고 떠나면 파선되어 죽으리라고 말입니다. 그래서 시모니데스는 돌아섰고요, 그때 배를 타고 간 다른 사람들은 죽음을 당했다고 하지요.

57. 다른 꿈은 유명한 것으로, 이렇게 전해지는 것입니다. 아르카디아 출신의 두 친구가 함께 길을 떠나 메가라로 갔는데, 한 사람은

---

204 형제가 모두 원로원과 심한 갈등을 겪다가 피살되어, 시체가 티베리스 강에 던져졌다. 하지만 형 티베리우스는 카피톨리움에서 의자 다리에 맞아서 죽었고(플루타르코스 『티베리우스 그락쿠스』 20장 2절), 동생 가이우스는 복수의 여신들의 숲에서 자기 노예에게 암살된 것으로 보이기 때문에(플루타르코스 『가이우스 그락쿠스』 17장 2절) 둘이 완전히 같은 방식으로 죽은 것은 아니다.

205 케오스 출신의 서정시인(기원전 556~468). 2차 페르시아 전쟁 때, 테르모퓔라이에서 전사한 스파르타군에게 바쳐진 묘비명이 그의 작품이라고 알려져 있다. 여기 나온 이야기는, 죽은 사람이 은혜를 갚는 내용으로 여러 문화권에 퍼져 있는 민담의 모티프이다. 이 이야기의 근원으로 보이는 묘비명이 『팔라티나 명문집』(*Anthologia Palatina*) 7권 77장에 시모니데스의 이름으로 전해진다.

여관에 머물고, 다른 사람은 친구 집으로 갔다지요. 그들은 식사를 마치고 쉬게 되었는데요, 첫 잠이 깊을 무렵 친구 집에 머물고 있는 사람의 꿈에 다른 데로 간 친구가 나타나 말했답니다. 여관 주인이 자기를 죽이려 획책하고 있으니, 도와 달라고 말입니다. 그는 처음엔 그 꿈에 크게 놀라 깨어났지만, 곧 정신을 가다듬고 그 꿈이 별 가치 없는 것이라 생각하여 다시 누웠답니다. 그러자 자고 있는 그에게 다시 같은 사람이 나타나서, 자기가 살아 있을 때 돕지 않았으니, 죽어서라도 자기 죽음에 대한 복수가 없지 않게 해 달라고 호소하더랍니다. 자기는 여관 주인에게 살해되어 수레에 던져졌으며, 그 위에는 똥이 얹혀 덮여 있다고요. 그러면서 청했답니다, 아침에 수레가 성 밖으로 나가기 전에 성문으로 가 보라고요. 그는 이 꿈에 완전히 확신하게 되었고, 아침에 성문으로 가서 소몰이꾼과 마주쳐 물었답니다, 그 수레에 무엇이 들어 있냐고요. 그러자 상대는 겁에 질려 달아났으며, 거기서 시체가 나왔고, 전모가 드러나서 여관 주인은 처벌을 받았답니다. [XXVIII] 이 꿈보다 더 신적인 것이라 할 만한 게 또 어디 있겠습니까?

58. 하지만 우리가 더 많은 옛 사례들을 찾을 이유가 어디 있습니까? 저는 자주 형님께 저의 꿈을 얘기했고, 또 자주 형님에게서 형님의 꿈 얘기를 들었습니다. 저는, 제가 총독으로 아시아를 다스릴 때,[206]

---

206 퀸투스는 기원전 61년 3월에 아시아 속주에 발령을 받아, 58년이 될 때까지 직책을 수행했다. 여기서 퀸투스는 자신을 proconsul이라고 칭하고 있는데, 이것이 학자들 사이에 더러 의혹을 불러일으켰다. 이 호칭은 보통 이전에 집정관(consul)직을 맡았던 사람에게 쓰이는 것인데, 퀸투스는 62년에 법무관(praetor)을 지냈을 뿐 집정관에 선출된 적

자는 중에 보았지요, 형님이 말을 타고서 어떤 큰 강의 둑으로 다가 가다가 갑자기 앞으로 달려 물속으로 빠지더니 다시 나오질 않는 것 이었습니다. 그래서 저는 무서움에 떨며 큰 공포에 사로잡혔지요. 그 런데 형님께서 다시 즐거운 모습으로 나와서, 같은 말을 탄 채로 맞은 편 둑으로 올라가는 것이었습니다. 그래서 우리는 서로 포옹하게 되 었지요. 이 꿈의 의미는 분명했고, 아시아의 전문가들은 제게, 나중에 실제로 일어난 그 일들[207]이 있게 될 거라고 예언했지요.

59. 이제 형님의 꿈으로 가 보지요. 물론 저는 그 이야기를 형님 자신에게서 들었습니다만, 우리의 살루스티우스[208]도 제게 자주 얘기 했지요. 우리에게는 영광스럽고, 조국에게는 재난이었던 저 도피 때, 형님은 아티나 들판[209]의 어떤 시골집에 머무르고 있었는데, 밤새 잠 들지 못하다가 동틀 녘에야 겨우 잠이 들어, 깊고 농도 짙게 자기 시 작했다지요. 그래서 일정이 촉박했지만, 살루스티우스는 조용히 하 라고 주변에 명하고, 형님을 깨우는 걸 허락지 않았답니다. 형님은 거 의 제2시가 되어서야 일어났고, 그에게 꿈을 이야기해 주셨다지요.

은 없었기 때문이다. 하지만 이 말이 여기서 '집정관 대행'이라는 원래의 뜻으로 사용되 었다고 보면 별 문제가 없는 데다가, 사실 법무관 역임자가 총독직을 맡을 때면 이 호칭 을 써도 된다는 규정도 있었다.

207 기원전 58년에 키케로가 클로디우스 일당을 피해 해외로 도피했다가, 그다음 해에 복귀 하게 된 일을 가리킨다.

208 키케로의 도피 때 브룬디시움까지 그와 동행했던 인물로, 그가 키케로의 해방 노예라는 주장도 있지만, 그보다는 키케로의 오랜 친구(『앗티쿠스에게 보낸 편지』 1권 11장 1절)라 고 보아야 한다는 주장도 강력히 제기되고 있다.

209 이탈리아 남부 포필리우스 가도가 통과하는 지역.

꿈속에서 형님이 어떤 황막한 곳을 쓸쓸히 방황하고 있었는데, 가이우스 마리우스[210]가 월계수로 장식된 속간fasces을 들고 나타나 형님께, 왜 우울한지 물었다는 것입니다. 그래서 형님께서는 자신이 조국으로부터 폭력에 의해 밀려났노라고 대답했으며, 그러자 그는 형님의 오른손을 잡고는 용기를 내라 말하고는, 제일 가까이에 서 있던 릭토르lictor에게 형님을 인계하여, 형님을 자신의 기념 신전[211]으로 데려가라고 했다지요. 거기서 형님께 안전이 있게 될 것이라고 말하면서 말입니다. 살루스티우스는, 자기가 그 대목에서 외쳤다고 말했지요, 형님을 위해 신속하고 영광스런 귀환이 예비되어 있다고요. 그리고 그는, 형님 자신도 그런 꿈을 꾼 것에 아주 기뻐하는 듯 보였노라고 했습니다. 그 후 저 자신에게도 다음과 같은 소식이 신속하게 전해졌습니다. 마리우스의 기념 신전에서, 탁월하고 정말로 빛나는 인물인 집정관[212]에 의해 발의되어, 형님의 귀환에 대한 원로원의 더없이 장엄한 저 결정이 이루어졌으며, 그것이 그 사람 많은 극장에서 믿을 수 없을 정도의 환호와 갈채로 지지를 받았다는 소식을 듣고서, 형님께서는 아티나 벌판의 저 꿈보다 더 신적인 것은 있을 수 없다고 하셨

---

210 마리우스는 키케로의 고향인 아르피움 출신이어서 키케로가 자기 연설과 저술에 그를 많이 인용했다. 특히 마리우스가 망명을 겪은 후에 일곱 번째 집정관직을 맡은 것 때문에 키케로는 자신도 앞으로 다시 영광스러운 공직을 맡으리라는 기대를 가졌던 것 같다.
211 마리우스는 킴브리 인들과 테우토네스 인들에게서 노획한 재물들을 이용하여, 자기 집 근처에 '명예'와 '용기'의 신전을 지었다. 그 위치는 현재의 티투스 개선문 근처였던 것으로 추정된다.
212 P. 코르넬리우스 렌툴루스 스핀테르. 기원전 57년 집정관.

다는 얘기 말입니다.

60. [XXIX] '그러나 많은 꿈이 거짓되다'라는 반론이 있을 수 있겠지요. 하지만 그보다는 아마, 꿈의 의미가 우리 보기엔 분명치 않다고 해야 할 것입니다. 그렇지만 어떤 꿈들은 거짓되다고 해보지요. 그렇더라도 우리가 진실한 꿈들에 대해 무슨 반박을 하겠습니까? 그리고 만일 우리가 온전한 상태로 휴식을 취한다면, 참된 꿈들은 훨씬 더 많이 생겨날 것입니다. 한데 우리가 지금 음식과 술에 무거워진 채로 잠자리에 들기 때문에 혼란되고 뒤엉킨 꿈을 꾸는 것입니다. 플라톤의 『국가』에서 소크라테스가 무엇이라 말하는지 한번 보십시오. 그는 이렇게 말합니다.[213]

'자고 있는 사람에게서 영혼의 저 부분, 그러니까 정신과 이성에 참여한 부분이 잠에 취해 둔해졌을 때, 그 안에 어떤 야수성과 거친 야만성이 들어 있는 부분이, 마실 것과 먹을 것에 정도 이상으로 부풀어 오르면, 잠자는 중에 날뛰고 무절제하게 설친다. 그러면 그에게는 정신과 이성을 상실한 온갖 그림이 닥쳐와서, 어머니와 몸을 섞는 꿈을 꾸기도 하고, 그 어떤 다른 사람과든 신과든, 그리고 자주 동물과도 그렇게 한다. 또 누군가를 난도질하기도 하고, 불경스럽게 유혈사건을 일으키고, 많은 부정하고 끔찍한 짓을 경솔하고 뻔뻔하게 자행한다.

61. 하지만 어떤 사람이 생활에 있어서나 섭식에 있어서나 건전

---

213 『국가』 9권 571c~572a.

하고 절도 있는 상태로 휴식을 취하면, 그래서 정신과 계획을 관장하는 영혼의 저 부분은 활발하고 올곧으며, 훌륭한 사색의 만찬으로 만족해 있고, 반면에 욕망에 의해 양육되는 영혼의 저 부분은 결핍 때문에 기진하지도 않고 포만 때문에 넘치지도 않으며(한데 이 양자는 정신의 날카로움을 앞질러 묶어 버리곤 하는 것들이다, 본성에게 무엇인가 부족할 때도 그렇고, 지나쳐서 넘칠 때도 그렇고), 영혼의 저 세 번째 부분, 그 안에 분노의 불길이 들어 있는 부분은 안정되고 잦아들면, 그때 영혼의 생각 없는 두 부분은 억제되고, 이성과 정신에게 속한 저 세 번째 부분은 빛을 발하고, 꿈을 꾸기에 강건하고 명민한 상태가 될 것이다. 그러면 그에게는 휴식 중의 꿈들이 평온하고 진실한 것으로 나타날 것이다.' 저는 플라톤의 말을 그대로 옮겼습니다.[214]

62. [XXX] 그러면 이보다는 에피쿠로스의 말을 들어야 할까요? 왜 이런 말을 하느냐면, 카르네아데스는 논쟁에 대한 열성 때문에 어떤 때는 이 말을, 어떤 때는 저 말을 하기 때문입니다. '반면에 에피쿠로스는 자기가 생각한 대로 말한다'라고 하시겠지요. 그렇지만 그는 우아한 어떤 것도, 적절한 어떤 것도 말하지 않습니다. 그런데 이 사람을 플라톤과 소크라테스보다 앞세우시려는 것인가요? 설명을 더 내놓지 않더라도 그저 권위만으로도 저 사소한 철학자들을 압도해 버

---

214 이 부분이 플라톤의 구절들을 지나치게 자유롭게 옮겨서 번역이 아니라 '풀어쓰기'라는 주장도 있지만(예를 들면 Pease), 플라톤의 핵심을 제대로 전달하고 있다고 보는 학자도 있다(예를 들면 Wardle).

릴 분들 앞에요? 어쨌든 플라톤은 육체가 이런 식으로, 즉 영혼의 오류와 혼란을 일으킬 어떤 것도 없게끔 준비된 채로, 꿈을 향해 떠나기를 충고합니다. 그리고 퓌타고라스학파 사람들도 이것 때문에 콩을 먹지 말도록 금지한 게 아닌가 생각됩니다. 그 음식이 크게 팽창하여, 진리를 찾는 영혼의 평온을 저해하는 성질이 있기 때문에 말입니다.

63. 따라서, 정신이 잠에 의해 육체와의 접촉과 결속에서 풀려났을 때, 과거를 기억하고, 현재를 보고, 미래를 예견합니다. 왜냐하면 자는 사람의 육체는 마치 죽은 사람처럼 누워 있지만, 영혼은 살아서 활기를 띠고 있으니까요. 그리고 영혼은 이 일을 죽은 후에, 그러니까 육체에서 완전히 떠났을 때 더 많이 행하게 되지요. 그래서 죽음이 다가오면 훨씬 더 미래를 볼 수 있게 되는 것입니다. 그래서 중하고 치명적인 병에 걸린 사람들이, 죽음이 임박했다는 사실을 아는 것이지요. 바로 그래서 이들에게 죽은 자들의 영상이 더 많이 나타나고, 또 그럴 때 명성도 정말 가장 간절히 원하게 되는 것입니다. 그리고 그때에, 마땅히 그래야 하는 것과는 완전히 다른 방식으로 살아온 사람들이 자신의 죄에 대해 크게 뉘우치곤 하지요.

64. 죽어가는 사람들이 미래를 내다본다는 것은 포세이도니오스가 다음과 같은 예로써도 입증하고 있습니다. 그가 말하기를, 어떤 로도스 사람이 죽어가면서, 동갑내기 여섯 명의 이름을 대고, 그들 중 누가 제일 먼저 죽고, 누가 두 번째인지, 그 다음은 누구인지를 말했다는 것입니다. 한데 그는 사람들이 신들의 충동에 의해 꿈을 꿀 때, 세 가지 방식이 있다고 구별합니다. 한 가지는, 영혼 자신이 가진 신

들과의 친족관계로 인해 자체적으로 미래를 보는 것입니다. 다른 것은, 공기가 불멸의 영혼들로 가득 차 있는 것입니다. 그 영혼들에는 말하자면 진리의 표지가 각인되어 나타나 있지요. 세 번째 것은, 신들 자신이 잠자는 사람들과 대화하는 것입니다. 그리고 방금 말씀드린 것처럼, 죽음이 임박하면 영혼들이 미래를 예견하는 일이 더 쉽게 일어납니다.

65. 이것 때문에 제가 앞에 얘기한 칼라누스[215]의 사례도 생겨나고, 호메로스의 헥토르의 사례도 생기는 것이지요. 헥토르가 죽어가면서 아킬레우스의 임박한 죽음에 대해 언급하는 것[216] 말입니다.

[XXXI] 만일 그런 게 전혀 가능하지 않다면, 우리가 저 단어를 그냥 습관적으로 생각 없이 사용해서는 안 되는 것이었겠죠. 즉, ‘내가 집에서 떠날 때, 내 영혼은 내가 헛되이 가는 것임을 앞질러 알아채고 praesagire 있었다’[217]와 같이 말합니다. 왜냐하면 ‘알아채다’sagire는 ‘날카롭게 감지하다’sentire acute이니까요. 그래서 어떤 노파들을 ‘현명하다’sagae고 하는 것입니다. 그들은 많은 것을 알기를 원하니까요. 또 개들이 ‘영리하다’sagaces는 것도 그렇고요. 그래서 일들이 드러나기 전에 미리 알아보는 사람을 두고 ‘미리 알아챈다’praesagire고, 즉 미래의 일을 ‘앞질러 감지한다’ante sentire고 하는 것입니다.

---

215 1권 47장.
216 『일리아스』 22권 355행 이하.
217 플라우투스의 『황금항아리』 178행.

66. 따라서 영혼 속에는 밖에서 들어와 신적으로 안에 담겨 있는 예지 능력이 있습니다. 그것이 지나치게 타오르면 광기라고 불리는 데요, 그때에 영혼은 육체로부터 떨어져 나가 신적인 자극에 의해 충동을 받게 되지요. 다음과 같은 것입니다.[218]

헤카베 : 한데 왜 너는 갑자기 불타는 눈으로 광란하는 듯 보이는 게냐?

조금 전의 그 현명하고 처녀다운 절도는 어디로 간 것이냐?

캇산드라 : 어머니, 당신은 여자들 가운데서도 월등하게 뛰어난 최고의 여성이어요.

저는 신들이 내린 예언에 떠맡겨졌어요.

원치 않는 저를 아폴론께서 정신 나간 채 운명을 말하도록 충동하고 있으니까요.

아, 진정 동갑내기 처녀들이여, 나의 현실은 내 아버지를 부끄럽게 하는구나,

그 뛰어난 인물을! 나의 어머니, 저는 당신을 불쌍히 여깁니다, 저는 저 자신에게도 역겨워요.

최고의 후손을 프리아모스에게 당신은 낳아 주셨는데, 저를 제외하고는 말이죠. 이것이 슬픈 일입니다,

---

218 여기 인용된 시는 악키우스의 『헤쿠바』나 엔니우스의 『알렉산데르』의 일부인 것으로 추정되는데, 요즘은 대체로 엔니우스의 것이란 입장이 일반적이다.

저는 방해가 되는데, 그들은 도움이 되고, 저는 막아서는데, 그들은 순종한다는 것이죠.

아, 얼마나 부드럽고, 성격을 잘 드러내는 섬세한 시인가요! 하지만 이것은 제 주장을 입증하기에 약간 미흡합니다.

67. 제가 말하고자 하는 것, 그러니까 광기가 종종 진실을 예언한다는 점은 이렇게 표현되어 있습니다.

도착했구나, 도착했구나, 피와 화염에 휩싸인 횃불이![219]
긴 세월 동안 그것은 숨어 있었도다! 시민들이여, 도움을 보태라, 불을 꺼라!

이제 말하는 것은 캇산드라가 아니라 인간의 육체 속에 들어온 신입니다.

이미 대양은 빠른 선단으로
뒤덮였도다! 거대한 떼거리가 파멸을 밀어오누나![220]
당도하리라, 돛 부푼 배를 몰아

219 어렸을 때 버려진 파리스가 목자들 사이에서 자라서 트로이아에 왔을 때, 그것을 본 캇산드라가 외치는 말이다.
220 파리스가 납치해 온 헬레네를 되찾기 위해 희랍군 선단이 트로이아를 향해 출발했다는 뜻이다.

사나운 무리가 해안을 가득 채우리라!

68. [XXXII] 저는 비극과 신화에 대해서 이야기를 하고 있는 듯하군요. 하지만 저는 형님 자신에게서, 같은 종류의 것으로서 지어낸 게 아니라 실제로 있었던 일을 들었습니다. 가이우스 코포니우스가 뒤르라키움[221]에 계시던 형님에게로 왔는데, 그는 법무관 권한으로 로도스의 함대를 지휘하고 있었으며, 아주 현명하고 학식 있는 사람이었죠. 한데 그가 말하기를 어떤 로도스 5단노선의 노꾼이 예언했다는 것입니다. 예언의 내용은, 서른 날이 지나지 않아서 희랍이 피에 젖게 될 것이고, 뒤르라키움은 약탈당할 것이며, 선원들은 배로 도망쳐 오를 것이고, 도망 중에 돌아보면 끔찍한 화재를 목격하게 되리라는 것이었죠. 하지만 로도스의 함대는 재빨리 귀환해 고향으로 돌아가리라 했고요. 그래서 형님 자신도 크게 동요했고, 그때 거기 있었던 아주 박식한 사람들, 마르쿠스 바르로[222]나 마르쿠스 카토[223]도 그랬지

---

221 희랍 서부 해안 도시. 현대의 알바니아 두러스. 기원전 49년 카이사르가 이탈리아로 진격하자, 폼페이우스는 자기 지지자들에게 이 도시로 집결할 것을 명했다. 폼페이우스는 이 도시를 포위하려던 카이사르의 시도를 저지하고는, 그를 추격하여 텟살리아의 파르살로스로 행군해 갔다. 키케로는 몸이 좋지 않아 뒤르라키움에 머물러 있었다가, 거기서 파르살로스 전투 결과를 듣는다.

222 Marcus Terentius Varro (기원전 116~27년). 『라틴어론』, 『농경론』의 저자. 내전 때 폼페이우스 편에 가담했으나 카이사르에게 용서를 받고, 카이사르 사후에는 일시적으로 안토니우스의 압박을 받았으나, 나중에 아우구스투스의 호의를 입어 평온한 연구 생활을 했다.

223 M. Pocius Cato. 1권 24장 참고.

요. 한데 정말로 며칠 지나서 파르살로스로부터 라비에누스[224]가 도 망쳐 왔지요. 그는 군대의 파멸[225]을 전했고, 곧 예언의 나머지 부분도 실현되었지요.[226]

69. 양곡이 창고에서 약탈되고 쏟아져 온 대로와 골목길을 뒤덮 었으니까 말입니다. 그리고 형님 일행은 겁에 질려 황급히 배에 올랐 고, 밤중에 도시 쪽으로 돌아보았을 때 상선들이 타오르는 것을 보았 지요. 그것은 따라나서기를 원치 않았던 병사들이 불 지른 것이었고 요. 끝으로, 형님 일행은 로도스 함대에게 버림을 받았고, 앞에 말한 사람이 참된 선견자였음을 깨닫게 되었죠.

70. 저는 할 수 있는 한 짧게, 꿈에 의한 예언과 광기에 의한 예언 에 대해 설명했습니다. 이 두 종류 모두의 원리는 하나입니다. 그것 은 우리의 크라팁포스가 늘 언급하는 것이지요. 즉 인간 영혼의 일부 는 외부에서 끌어서 가져온 것이라는 점입니다. (우리는 이 원리로부 터, 신적 영혼이 외부에 있으며, 인간 영혼은 거기서 유래되었다는 점을 이

---

224 Titus Labienus (기원전 100년경~45년). 갈리아에서 카이사르의 부장으로 활약했으나, 내전 때 폼페이우스 진영에 가담했다. 파르살로스에서 그는 폼페이우스 군의 왼쪽 날개 기병을 지휘했으나, 그가 패함으로써 폼페이우스의 전략에 큰 차질이 생겼다. 기원전 46년 공화정파가 탑수스에서 패한 후, 라비에누스는 히스파니아에 있던 '아들' 폼페 이우스와 합류했으나, 문다 전투에서 전사하게 된다.
225 기원전 48년 8월 9일 카이사르 군대가 폼페이우스의 군대를 격파한 것을 가리킨다. 카 이사르의 『내전기』 3권 99장 3절에 따르면, 폼페이우스파 전사자는 1만5천 명, 포로는 2만4천 명 이상이었다고 한다.
226 파르살로스 전투 후 패잔병 일부는 폼페이우스를 따라가지 않고 뒤르라키움으로 퇴각 했는데, 카토는 그곳을 지키기 어렵다고 판단하여, 9월경에 군대를 데리고 케르퀴라로 옮겨 갔다. 로도스 함대는 동쪽으로 이동했다가 카이사르에게 항복했다.

해할 수 있지요.) 한데, 인간 영혼의 저 부분, 그러니까 각기 감각, 운동, 욕구를 가지는 부분은 육체의 주도성으로부터 분리될 수가 없습니다. 하지만 영혼의 부분 중 추론과 이해력에 참여하고 있는 부분은, 육체로부터 최대한 멀리 떨어져 있을 때 가장 활기 있습니다.

71. 그래서 크라팁포스는 참된 예언과 참된 꿈들의 예를 보이고는, 다음과 같이 논증을 결론짓고는 하지요. '눈들이 없이는 눈의 기능과 활동도 존재할 수 없지만, 그리고 어떤 때는 눈들이 제 기능을 다하지 못할 수도 있지만, 일단 어떤 사람이 한 번 참을 분별하게끔 눈을 사용했다면, 그 사람은 참을 분별하는 눈의 감각을 가진 것이다.' 따라서, 마찬가지로 예언 능력 없이는 예언의 기능과 활동이 존재할 수 없지만, 그리고 어떤 사람이 예언 능력을 가지고 있으면서도 때로 실수하기도 하고 진실을 분별하지 못하는 수도 있지만, 일단 어떤 한 가지 일이 우연히 일어난 것으로 보이지 않게끔 예언되었다면, 이것으로 예언 능력이 존재한다는 걸 확증하는 데 충분할 것입니다. 한데 그와 같은 종류의 것들이 헤아릴 수도 없을 만큼 많습니다. 따라서 예언 능력의 존재가 인정되어야만 합니다.

72. [XXXIII] 그런데 추정에 의해 제시되거나, 이미 일어난 사건들에 따라 주목되고 기록된 부류의 예언들은, 제가 앞에 말했듯 자연적인 것이 아니라 기술적인 것이라고 불립니다. 이런 것에는 내장점, 새점, 해몽 등이 들어가지요. 이것들은 소요학파에 의해서는 배척되고, 스토아학파에 의해서는 옹호되는 것들입니다. 이들 중 일부는 기념비에 기록되고 또 분과학문이 되었는데요, 에트루리아 인들의 내장

점에 관한 책, 번개와 천둥에 관한 책들이, 그리고 또 형님이 관여하는 새점에 대한 책들이 드러내 주는 것들이지요. 한편 다른 것들은 갑작스레 즉흥적으로 추정에 의해 제시되는 것들입니다. 예를 들면 호메로스의 작품에서 칼카스가 참새들의 숫자에 근거하여 트로이아 전쟁의 전체 햇수를 예언한 것[227] 따위입니다. 그리고 술라가 쓴 역사책[228]에 기록되어 우리가 보는 것도 마찬가지입니다. 그 일은 형님도 보고 있는 데서 일어난 사건인데요, 술라가 놀라[229] 벌판의 본부 앞에서 제사를 드리고 있을 때, 갑자기 제단 밑에서 뱀이 나왔고, 내장점술사인 가이우스 포스투미우스는 그에게 군대를 출격시키라고 청했지요. 그래서 술라는 그렇게 했고, 놀라 도시 앞에 있던 삼니움 인들의 튼튼하기 그지없는 성채를 함락했지요.

73. 추정에 의한 예언은 디오뉘시오스의 경우에도 그가 정권을 차지하기 직전에 있었지요. 레온티니[230] 들판을 통과해 나아가던 중, 그는 자기 말을 강으로 몰아들였는데, 말이 우묵한 데 빠져서 나오질

---

227 『일리아스』 2권 301행 이하. 희랍군이 아울리스에 모여 제사를 드릴 때, 뱀이 나타나서 참새 새끼 여덟 마리와 어미까지 잡아먹는 사건이 있었는데, 칼카스는 이것을 보고 트로이아가 (9년 지나) 10년째에 함락되리라고 예언하였다.

228 술라는 잠시 정계에서 물러난 기간에 자신의 행적을 정당화하는 회고록을 집필하였다. 전체 22권 분량의 완결되지 않은 이 자료를 플루타르코스가 많이 이용하였다. 대개 이 저작은 '회고록'(hypomnemata)이라고 불리는데, 키케로만 이것을 historia라고 부르고 있다.

229 Nola. 이탈리아 반도 남서부 캄파니아의 도시. 기원전 90년 삼니움 인들에게 함락되어 요새화된 것을, 술라가 89년 또는 88년에 되찾았다.

230 시칠리아의 쉬라쿠사이에서 북서쪽으로 35킬로미터 정도 떨어진 도시.

못했지요. 그가 끌어내려고 무진 애를 썼지만 성공하지 못했고, 필리스토스[231]가 말한 바에 따르면, 아주 침통하게 그곳을 떠났답니다. 하지만 그가 얼마만큼 진행했을 때, 갑자기 히힝거리는 소리가 들려 뒤돌아보니, 말이 날래게 달려오는 게 보였고 그는 크게 기뻐했다지요. 한데 그 말의 갈기에는 벌떼가 자리 잡고 있더랍니다. 그것은 디오뉘시오스가 며칠 뒤에 권력을 차지하리라는 걸 보여 주는 사건이었죠.

74. [XXXIV] 이것은 또 어떻습니까? 레욱트라[232] 대참사가 있기 얼마 전에 라케다이몬 사람들에게 어떤 전조가 있었던가요! 헤라클레스 신전에서 무구들이 소리를 내고, 헤라클레스 신상이 엄청나게 땀을 흘렸을 때 말입니다. 한편 같은 시기 테바이에서는, 칼리스테네스[233]가 전하는 바에 따르면, 헤라클레스 신전의 문이 빗장으로 잠겨 있다가 갑자기 스스로 열렸답니다. 그리고 벽에 걸려 있던 무기들은 바닥에 내려진 채로 발견되었다지요. 또 같은 때 레바디아[234]에서는 트로포니오스[235]에게 바치는 제의가 진행 중이었는데, 거기 있던 수

---

231 쉬라쿠사이 참주 디오뉘시오스와 그의 행적을 기록한 필리스토스에 대해서는 1권 39장 참고.

232 보이오티아 남부의 소도시. 기원전 371년 클레옴브로토스가 이끌던 스파르타 군은 여기서 에파미논다스가 이끄는 테바이 군에게 대패했다. 이 사건은 희랍 세계의 주도권이 테바이에게로 넘어가게 된 계기로 유명하다.

233 아리스토텔레스의 친척이자 제자. 알렉산드로스 대왕을 수행하여 궁정사를 썼으나, 나중에 처형되었다. 여기 나온 이야기는 그가 쓴 10권짜리 『헬레니카』에 언급된 것이다.

234 보이오티아의 도시.

235 원래 뛰어난 목수였는데, 적들에게 쫓기다 땅속으로 사라졌다고 한다. 그는 기원전 4세기에 특히 높이 섬겨졌으며, 지하에 있는 신탁소에서는 한밤중에 신탁을 내렸다고 한다.

닭들이 그치지 않고 열심히 울어 대더랍니다. 그러자 보이오티아의 조점관들은 테바이 인들의 승리를 확언했다지요. 왜냐하면 그 새들은 패배하면 침묵하지만, 승리하면 울어 대곤 했기 때문입니다.

75. 또 같은 시기, 많은 조짐들에 의해 라케다이몬 사람들에게 레욱트라 전투의 재난에 대한 경고가 주어졌습니다. 라케다이몬 사람들 가운데 가장 유명했던 뤼산드로스[236]의 조각상이 델포이에 서 있었는데, 그의 머리에 갑자기 아주 거칠고 험한 풀로 된 왕관이 생겨난 것도 그렇습니다. 또한, 뤼산드로스의 저 유명한 해전 승리 후에 라케다이몬 사람들에 의해 델포이에 설치되었던 황금 별들이 있었는데요, 아테나이 인들이 참패했던 그 해전에서는 카스토르와 폴룩스께서 라케다이몬 함대와 동행하는 것이 목격되었다고들 하지요. 이 신들의 표지인 저 황금별들, 제가 방금 언급한 그 별들이 델포이에 설치되어 있다가 레욱트라 전투 조금 전에 떨어져 버렸고, 다시는 발견되지 않았습니다.

76. 하지만 스파르타 인들에게 나타난 가장 큰 전조는 바로 이것이었습니다. 즉, 그들이 도도네의 제우스께 승리에 대하여 신탁을 구하고자, 사절들이 그 안에 제비들이 들어 있는 그릇을 제자리에 놓았을 때, 몰롯소스 인들의 왕이 재미 삼아 키우던 원숭이가 제비들과 제

---

236 탁월한 전략과 외교력으로 펠로폰네소스 전쟁에서 스파르타의 승리를 이끌어 낸 장군. 함대를 조직하여 기원전 405년 아이고스포타모이에서 아테나이를 상대로 결정적 승리를 거두었다.

비뽑기를 위해 준비된 다른 것들을 휘저어 버렸고 그래서 물건들이 사방으로 흩어졌다는 것이죠. 그러자 신탁을 주관하던 여사제가, 라케다이몬 사람들은 승리에 대해서가 아니라 안전에 대해 생각해야 한다고 말했다고 합니다.

77. [XXXV] 또 이것은 어떻습니까? 2차 포에니 전쟁 때, 가이우스 플라미니우스[237]는 두 번째 집정관직을 수행하던 중, 미래 일에 대한 조짐을 무시함으로써 국가에 엄청난 재난을 가져오지 않았던가요? 그가 군대를 사열하고 나서, 아르레티움 방향으로 진영을 옮기고는 한니발을 향해 군단들을 이끌어 갈 때, 그 자신과 그의 말이 스타토르 윱피테르[238]의 조각상 앞에서 갑자기 이유도 없이 넘어졌는데, 전문가들에게는 이것이 전투를 개시하지 말라는 뜻으로 보였지만, 그는 신적인 조짐이 호의적이지 않은데도 전혀 개의치 않았습니다. 같은 플라미니우스가 트리푸디움[239]으로 점을 쳤을 때, 닭점 주관자는 전투 개시일을 뒤로 미루려 했습니다. 그러자 플라미니우스는 그에게 물었지요, 만일 닭들이 나중에도 계속 모이를 먹지 않으면, 어떻게 해야 한다고 보는지를요. 그 사람이 그러면 가만히 기다려야 한다고 대답하자, 플라미니우스는 이렇게 말했다죠. '닭들에게 식욕이 있

---

237 C. Flaminius. 기원전 217년 한니발에게 트란수멘 호수 근처에서 궤멸적인 패배를 당했다. 그 호수의 이름은 Transumen, Trasumenus, Trasymenus, Trasimenus 등 여러 가지 표기로 전해진다.

238 이 신의 주된 기능은 '군대의 패주를 멈춰 세우는 것'이지만, 여기서는 플라미니우스의 진군을 멈추어 세우는 것(stare)이 이 조짐의 의미로 해석되고 있다.

239 닭에게 먹이를 주고 그것으로 전투 개시 여부를 점치는 기술. 1권 27~8장 참고.

으면 일을 수행할 수 있고, 닭이 배부른 상태라면 아무것도 하지 말라니, 정말 훌륭한 점술이군!' 그래서 그는 깃발을 거두고 자기를 따르라고 명했지요. 그때 첫째 부대의 기수가 깃발을 원래 있던 자리에서 옮길 수가 없었고, 다른 사람들이 도우러 왔지만 전혀 도움이 되지 않았습니다. 플라미니우스는 그 사실을 보고 받았지만, 그가 늘 하던 대로 무시해 버렸지요. 그 결과 세 시간 안에 그의 부대는 궤멸해 버렸고, 그 자신도 죽고 말았습니다.

78. 또한 코일리우스[240]가 덧붙인 바에 따르면, 다음과 같은 놀라운 일들도 있었답니다. 그 파멸적인 전투가 벌어지던 바로 그 시간에, 리구리아와 갈리아, 그리고 많은 섬과 전 이탈리아에 엄청난 지진이 일어나서, 수많은 도시들이 파괴되고 여러 곳에서 산사태가 났으며, 땅이 주저앉고 강물이 반대 방향으로 흐르고 바닷물이 강으로 넘쳐 들어왔다는 것입니다.

[XXXVI] 예언의 확실한 예측들이 전문가들에 의해 이루어지고 있습니다. 예컨대, 저 프뤼기아의 미다스가 소년이었을 때, 잠들어 있던 그의 입에 개미들이 밀알을 모아들였지요. 예언자들은, 그가 더할 수 없이 부유한 사람이 되리라고 예언했습니다. 그리고 그것은 성취되었지요. 또한 어린 플라톤이 요람에서 잠을 자고 있는데, 벌들이 그 입술에 모여 앉았다지요. 그래서 그가 연설에 있어 특별한 설득력을 지니게 되리라는 게 예견되었지요.

240 포에니 전쟁 기록자. 1권 48장 참고.

79. 또, 어떻습니까? 당신의 기쁨이요 총아인 로스키우스[241] 말입니다. 그 자신이, 혹은 그를 위하여 온 라누비움이 거짓말을 해온 건 아니겠지요? 그가 아직 요람에 있던 시절에 그는 솔로니움에서 양육되었는데, 그곳은 라누비움 지역의 벌판이었지요. 밤중에 잠에서 깨어난 유모가 등불 빛에 보니, 자는 아이가 뱀에 휘감겨 있었죠. 그녀는 그 광경에 크게 놀라 비명을 질렀지요. 하지만 그의 아버지가 그것을 에트루리아 점술가들에게 알렸을 때, 그들은 누구도 그 아이보다 더 유명하지 못하리라고, 누구도 그보다 더 고귀하게 되지 않으리라고 답했답니다. 그래서 이 장면을 파시텔레스[242]가 은으로 새겼고, 우리의 아르키아스[243]는 그것을 시행들로 표현했지요.

그러니 우리는 무엇을 기대하고 있습니까? 우리가 광장에 있을 때, 아니면 길이나 집에 있을 때 불멸의 신들이 우리와 소통하는 것을 기대하나요? 물론 그들은 우리에게 자신들을 직접 드러내지 않습니다. 그보다는 멀리서 넓게 자신들의 힘을 펼치지요. 때로는 그것을 땅

---

241 퀸투스 로스키우스 갈루스 라누비누스. 라누비움 근처의 솔로니움 출신. 당시 매우 유명한 배우여서, 술라에 의해 기사계급으로 승격되기까지 했다.
242 전해지는 사본들에는 모두 '프락시텔레스'라고 되어 있으나, 기원전 4세기 사람인 그가 키케로와 동시대인이었던 로스키우스에 대해 글을 쓴다는 것은 있을 수 없는 일이므로, 학자들은 대개 '파시텔레스'로 고쳐 읽고 있다. 파시텔레스는 이탈리아 남부 출신의 희랍인으로 기원전 89년 로마 시민권을 얻었다.
243 안티오크 출신의 쉬리아 인. 기원전 120년경 출생. 경구(警句)시 시인으로 이름을 얻었으며 특히 즉흥시를 잘 짓는 것으로 유명했다. 그가 로마에 처음 온 것은 기원전 102년으로, 기원전 62년에 그의 시민권 유효 여부에 대한 분쟁이 생겼을 때 키케로가 그를 변호한 바 있다.

의 동굴 속에 담아 두고, 때로는 인간의 본성 속에 얽어 넣기도 하면서 말입니다. 왜 이런 말을 하느냐 하면, 델포이에서는 땅의 힘이 퓌티아 여사제에게 영감을 불어넣고,[244] 시뷜라의 경우에는 본성의 힘이 그러하기 때문입니다.[245] 자, 이것은 어떻습니까? 우리는 땅의 종류가 얼마나 다양한지 보고 있지 않은가요? 그 중 어떤 부분은, 히르피니 인들의 지역에 있는 암프상투스 호수[246]나 아시아의 플루토니아[247]처럼 죽음을 가져옵니다. 이 둘은 우리가 직접 눈으로 보았지요. 또 들판의 어떤 부분은 질병을 가져오고, 어떤 부분은 건강을 주며, 어떤 데는 명민한 종족을 낳고, 어떤 부분은 우둔한 자들을 낳지요. 이 모든 일은 천기가 다른 것 때문에, 그리고 땅에서 나오는 기운이 다른 데서 비롯된 것이지요.

80. 또한 어떤 형상 때문에 영혼이 격하게 요동하는 경우도 자주 있고, 묵직한 목소리나 노랫소리 때문에 그런 경우도 자주 있습니다. 또 근심이나 두려움 때문에 그런 경우도 있는데, 다음 같은 경우지요.

---

244 델포이 여사제는 땅에서 솟아나는 가스를 마시고 몽환 상태에서 신탁을 내렸다고 전해진다.
245 쿠마이 시뷜라는 지하 공간에서 신탁을 내렸지만, 여기서 퀸투스는 그런 사실을 인정하지 않는 듯하다.
246 히르피니 인들은 이탈리아 중부 삼니움 종족의 한 지파. 암프상투스 호수에서는 황산과 이산화탄소가 섞인 유독 가스가 분출하여, 그 위로 날아가는 새들까지 질식시키는 것으로 알려져 있다.
247 플루토니움이란 말은 유독 가스가 나오는 성역 일반을 가리키며, 아시아의 마이안드로스 강 계곡에 그런 곳이 많지만, 키케로가 여기서 염두에 두고 있는 곳은 특히 히에라폴리스 주변의 성소인 듯하다.

그녀는 마치 미친 것처럼, 아니면 박쿠스의 제의에 움직여진 것처럼
정신이 이상해져 언덕들 사이에서 자신의 테우케르를 되풀이 불렀
다.[248]

[XXXVII] 또한 저 시적 영감도 영혼 속에 신적인 힘이 있음을 입증
합니다. 왜냐하면 데모크리토스는 광기 없이는 누구도 위대한 시인
이 될 수 없다고 했으니까요. 그리고 플라톤도[249] 같은 말을 하고 있습
니다. 그러는 게 좋다면 그로 하여금 그걸 '광기'라고 부르라고 하지
요. 그 광기가 플라톤의 『파이드로스』에서 칭찬받고 있는 것처럼 그
렇게 칭찬을 받는 한 말입니다. 한데 이건 또 어떻습니까? 형님께서
재판에서 하는 연설 말인데요, 만일 영혼 자체가 뒤흔들린 게 아니라
면, 어떻게 웅변 자체가 격렬하고 장중하고 풍성하게 될 수 있겠습니
까? 사실 저는 자주 형님에게서도, 그리고 조금 가벼운 데로 가자면,
형님의 친구 아이소포스[250]에게서도, 표정과 동작이 너무나 열정적이
어서, 어떤 힘이 그를 정신의 의식으로부터 멀리 끌어가 버린 듯 보이
는 걸 목도한 바 있습니다.

---

248 파쿠비우스 『테우케르』의 한 구절이다. 트로이아 전쟁에 갔던 아이아스는 아킬레우스
　　의 무구를 얻으려다 실패한 후 자결한다. 전쟁이 끝나고 아이아스의 이복 동생 테우크
　　로스(테우케르)가 혼자 돌아오자, 그의 아버지 텔라몬은 그를 추방한다. 그러자 테우크
　　로스의 어머니 헤시오네가 여기 인용된 격렬한 반응을 보인다.
249 『이온』 534b, 『소크라테스의 변명』 22b~c, 『파이드로스』 245a 참고.
250 Clodius Aesopus. 키케로 당시의 유명한 비극 배우. 그는 키케로가 망명으로부터 돌아
　　올 수 있도록 도움을 주었다. 여기에 표정이 언급된 것으로 보아, 그는 때때로 가면 없이
　　도 연기를 했던 듯하다.

81. 또한 전혀 실체적인 게 아니지만 흔히 형상들이 닥쳐와서, 어떤 모습을 제공합니다. 그런 일은 브렌누스[251]와 그의 갈리아 군대에게 일어났다고 전해지지요, 그가 델포이의 아폴론 신전을 향해 불경스러운 전쟁을 끌어갔을 때 말입니다. 그때에 퓌티아 여사제가 신탁을 받아 이렇게 말했다고 전해지지요.

이 따위 짓이 어찌 될지는 내가, 그리고 흰 빛의 처녀들[252]이 주시하리라.

그 결과 처녀신들이 그 군대를 향하여 무기를 든 모습이 보였고, 갈리아 인 군대는 눈더미에 휩쓸려 버리는 사건이 일어났지요.

[XXXVIII] 아리스토텔레스는, 건강이 상하여 광기를 보이는 사람들과 우울증melancholici으로 지칭되는 사람들도 그 영혼 속에 어떤 예지적이고 신적인 것을 지닌다고 생각했었죠.[253] 하지만 저로서는, 위장병 환자나 정신질환자에게 이런 것이 부여되어도 되는지 의혹을 가지고 있습니다. 왜냐하면 예언은 흠 있는 육체가 아니라 온전한 영

---

251 '브렌누스'는 고유명사가 아니라 '왕'이라는 뜻의 일반적 명칭으로, 여기서는 기원전 279년 4만 이상의 병력을 이끌고 희랍 땅으로 쳐들어갔던 갈리아 지도자를 가리킨다. 그는 델포이로 진격했다가 산사태와 눈보라를 만나고, 병사들이 갑작스런 공포에 사로잡혀 그곳에서 퇴각했다고 한다.
252 이 구절은 고대부터, 아테네와 아르테미스를 가리키는 것으로 해석되어 왔다.
253 지금 이 구절의 근거로 꼽히는 아리스토텔레스의 저작은 『에우데모스 윤리학』 1248a 39~40, 『문제들』 954a34 이하, 『꿈을 통한 예언에 관하여』 463b12~21 등이다.

혼에 속한 것이기 때문입니다.

82. 예언 능력이 진실로 존재한다는 것은 스토아학파의 다음과 같은 논리에 의해 확증됩니다.[254] '만일 신들이 존재하고, 그들이 인간들에게 앞으로 일어날 일을 밝혀 주지 않는다면, 그들은 인간들을 사랑하지 않는 것이거나, 무슨 일이 일어날지를 모르는 것이다. 혹은 그들은, 미래에 있을 일을 아는 게 인간들에게 이익이 되지 않는다고 여기거나, 앞으로의 일을 인간들에게 미리 알리는 것이 자기들의 존엄성에 어울리지 않는다고 생각하는 것이다. 혹은 그들이 신이긴 하지만 인간들에게 미래 일을 알려 줄 길이 없어서다. 하지만, 그들은 인간들을 사랑하지 않는 것이 아니다. 왜냐하면 신들은 인간 종족에게 유익하고 우호적이기 때문이다. 또한 그들은 자신들이 세우고 계획한 것들을 모르지도 않는다. 또 앞으로 일어날 일을 우리가 아는 것이 무익하지도 않다. 왜냐하면 우리가 미리 안다면 좀 더 조심할 것이기 때문이다. 또 그들은 미래를 알려 주는 것이 자신들의 존엄성과 상충한다고 여기지도 않는다. 호의보다 더 가치 있는 것은 없기 때문이다. 또한 그들이 미래를 미리 알 수 없는 것도 아니다.

83. 따라서, '신들은 존재하지만 미래를 알려 주지 않는다'는 것은 옳지 않다. 한데 신들은 존재한다. 따라서 신들은 인간들에게 미래를 알려 준다. 그리고 신들이 미래를 알려 준다면, 우리에게 그 알려

---

254 키케로는 이 논변을 포세이도니오스의 글에서 빌려 온 듯하다. 하지만 포세이도니오스와 후기 스토아학파는 이와는 다른 방식의 논변을 따랐다.

준 것을 알 방법을 주지 않는다는 것은 옳지 않다. 왜냐하면 그럴 경우, 알려 주는 게 쓸모없기 때문이다. 또한 만일 신들이 알 방법을 주었다면, 예언 능력이 존재하지 않는다는 건 있을 수 없다. 따라서 예언 능력은 존재한다.'

84. [XXXIX] 이러한 논리를 크뤼십포스도 디오게네스도 안티파테르도 이용했지요. 그러니 제가 논증한 것이 정말로 진실하다는 것을 의심할 이유가 무엇이겠습니까? 논리가 저와 동조하고, 사태들이, 여러 사람들이, 여러 민족들이, 희랍인들과 이방인들이, 또 우리 조상들이 그랬다면, 그리고 언제나 이것이 이렇게 여겨져 왔다면, 또 최고의 철학자들, 시인들, 가장 박식한 인물들이, 국가를 건립하고 도시를 세웠던 사람들이 그랬다면 말입니다. 아니면, 우리는 짐승들이 말을 할 때까지 기다려야 할까요? 우리는 인간들의 합의를 권위 삼아 만족해서는 안 되는 건가요?

85. 사실 제가 언급한 예언의 종류 중 어떤 것에 대해서도 그게 왜 무효인지 제시된 논거가 없습니다. 다음과 같은 것 말고는 말입니다. 즉, 각각의 예언에 대하여 그것의 원인이 무엇인지 근거를 대기 어렵다는 점이지요. 당신은 묻겠지요. '내장점술사는 왜, 다른 내장은 온전한데 허파에 균열이 있다고 해서 일의 실행을 중지시키고 다른 날을 제시하는 것인지?'라고요. 또, '조점술사가 갈가마귀 소리는 길한 것으로, 까마귀 소리는 불길한 것으로 여기는 이유는 무엇인가?' '점성술사가, 아이가 태어날 때 목성이나 금성이 달과 만나면 좋은 것으로, 토성이나 화성이 그러하면 안 좋은 것으로 여기는 이유는 무엇

인가?' '신들은 왜 우리가 잘 때는 충고를 주면서, 깨어 있을 때는 그렇지 않은가?' '광기에 빠진 캇산드라는 미래를 예견하는데, 현명한 프리아모스는 같은 일을 하지 못하는 이유는 무엇인가?' 등도요.

86. '이런 각각의 일이 일어나는 이유는 무엇인가' 하고 당신은 묻습니다. 아주 올바른 질문입니다. 하지만 지금은 그것이 문제가 아닙니다. 물음은 '예언이 일어나느냐 아니냐'이지요. 그것은 마치, 만일 제가 '철을 자신에게로 끌어 잡아당기는 자석이 존재한다'고 하면서, 왜 그렇게 되는지 이유를 제시하지 못한다면, 당신은 그런 일이 일어난다는 것까지 부정하는, 그런 경우와 같습니다. 형님께서는 예언에 대하여 똑같은 일을 하고 계십니다. 그것을 우리 자신이 보고 듣고 읽으며, 조상들에게서 전해 들었는데 말입니다. 철학이 등장하기 전에도 — 그것은 최근에야 발명된 것이지요 — 이 일에 대해서 대중이 의심을 품었던 적이 없었고요, 철학이 발전한 다음에도, 그 어떤 권위라도 지닌 철학자 중 누구도 달리 생각하지 않았습니다.

87. 저는 이미 퓌타고라스와 데모크리토스, 소크라테스에 대해 이야기했습니다. 고대인들 중에서 크세노파네스를 제외하고는 누구도 저는 빼놓지 않았습니다. 또 저는 구舊 아카데메이아 학파[255]와 소

---

255 플라톤이 죽은 직후의 아카데메이아 학파, 또는 그 시기의 주장으로 돌아간 키케로 시대의 아카데메이아 학파를 가리키는 말이다. 키케로는 후자의 뜻으로 사용하고 있다. 플라톤의 학교를 직접 이어받은 아카데메이아 학파는 세 시기, 또는 다섯 시기(아래의 마지막 문단 참고)로 나누어 볼 수 있다. '구舊) 아카데메이아 학파'(제1 아카데메이아)에 속하는 사람으로 스페우십포스, 크세노크라테스, 폴레몬 등이 있는데, 이들은 기원전 347년부터 270년 사이에 차례로 학교를 이어받았다. 그 밖에도 폰토스의 헤라클레이데

요학파, 스토아학파도 덧붙였습니다.[256] 에피쿠로스 한 사람만 동의하지 않았지요. 하지만 사실 이 사람은 이익 추구와 무관한 덕은 결코 존재하지 않는다고 여겼으니,[257] 예언에 대한 이런 태도가 그보다 더 추할 게 뭐 있겠습니까?

스, 크란토르, 크라테스 등이 여기 속한다. 이들은 플라톤의 가르침에 주로 퓌타고라스 학파의 이론을 혼합하였던 것으로 보인다. 크란토르의 글은 키케로가 『위로에 관하여』와 『투스쿨룸 대화』를 저술하는 데 이용했다. '중기 아카데메이아 학파'(제2, 3 아카데메이아)의 창시자는 아르케실라오스(기원전 315~241년)이며, 기원전 155년 로마에 파견된 사람 중 하나인 퀴레네 출신 카르네아데스(기원전 214~129년), 그리고 그의 후계자인 카르타고 출신 클레이토마코스도 여기 속한다. 이들은 플라톤의 이론을 지키기보다는 주로 스토아학파의 교설을 논파하는 데 주력하였다. 이들은 소크라테스를 모범으로 내세웠지만, 그가 자신의 무지를 '안다'고 한 것도 너무 심한 말이었다고 보았다. 이들이 보기에, 지식을 향한 도정에서 인간이 도달할 수 있는 가장 먼 지점은 '그럴 법한 의견'이었다. 이들의 학설은 『신들의 본성에 관하여』 3권에서 볼 수 있다. '신(新) 아카데메이아 학파'(제4, 5 아카데메이아)는 클레이토마코스의 제자이자 키케로의 스승인 필론에게서 시작된다. 이 학파는 다시 적극적 주장을 내세우는 쪽으로 돌아갔는데, 필론의 제자인 안티오코스에서는 절충적인 경향이 두드러진다. 안티오코스는 원래의 플라톤 이론에 스토아학파와 소요학파의 이론을 결합시킴으로써 아카데메이아 학파를 개혁하기 위해 노력했다. 키케로는 안티오코스 밑에서도 공부했고, 그의 글들을 『최고선악론』을 저술하는 데 이용하였다. 카이사르 살해에 가담했던 브루투스는 이렇게 스토아적으로 변화한 아카데메이아 학파의 주된 지지자였다.

이상의 설명은 섹스투스 엠피리쿠스가 『퓌론주의 개요』(1.220, 232)에서 전하는 방식이고, 디오게네스 라에르티오스(4.28)도 이를 따르고 있다. 엠피리쿠스는 좀 더 세분화된 구별법도 전하고 있는데(『퓌론주의 개요』 1.220, 235), 플라톤 당시와 그 직후를 첫 단계(제1 아카데메이아)로 잡고, 주요 변화가 있을 때마다 시기를 구분하여 5단계로 나누는 것이다. 제2기에는 아르케실라오스가, 제3기에는 카르네아데스와 클레이토마코스가, 제4기에는 필론과 카르미다스가, 제5기에는 안티오코스가 속한다. 한편 키케로는 『아카데미카』 1.46에서 제2~4기를 '신 아카데메이아'로 놓고, 제5기는 다시 첫 시기로 돌아갔다고 해서 '구 아카데메이아'로 지칭한다.

256 이 철학자들의 의견은 1권 5장에 나오는데, 사실 이들을 인용한 것은 등장인물 퀸투스가 아니라, 저자 키케로이다. 아마도 키케로가 마지막 단계에 글을 완전히 다듬지 못해 이런 불일치가 생겨난 듯하다.

[XL] 한편, 더할 수 없이 명확한 기록들에 의해 확인되고 그것들을 새겨 지닌 저 옛 시대가 움직이질 못할 사람이 어디 있겠습니까? 호메로스는 칼카스가 월등하게 탁월한 조점술사라고 적고 있으며, 그가 일리움으로 가는 데 있어 선단의 안내자였다고 했는데요,[258] 제가 보기엔 지리적 지식 때문이 아니라, 새점에 대한 지식 때문에 그랬던 것 같습니다.

88. 암필로코스[259]와 몹소스[260]는 아르고스 인들의 왕이었지만, 조점술사이기도 했습니다. 그들은 킬리키아의 해안에 희랍인의 도시를 건립하였지요. 그리고 이들 전에는 암피아라오스[261]와 테이레시아스[262]가 전혀 저열하거나 이름 없는 자가 아니었으며, 엔니우스가 이

---

257 이런 입장을 보여 주는 에피쿠로스의 단편은 전해지지 않지만, 그가 이런 견해를 가졌다는 보고는 흔히 보인다. 디오게네스 라에르티오스『저명한 철학자들의 생애와 그들의 주장』10권 138장, 세네카『행복한 삶에 관하여』6권 3장 참고.

258 『일리아스』1권 68~72행.

259 대 예언자 멜람푸스의 후손이자 암피아라오스의 아들(『오뒷세이아』15권 248행). 그는 트로이가 함락된 후 칼카스가 방랑하는 데 동행했던 것으로 알려져 있다. 코인토스 스뮈르나이오스『포스트 호메리카』14.366~9 참고.

260 테이레시아스의 딸인 만토와 아폴론 사이에 태어난 예언자. 그는 이오니아의 콜로폰 부근에서 벌어진 예언 대결에서 칼카스를 이겼다고 알려져 있다(아폴로도로스『요약집』6장 2~4절 참고). 몹소스와 암필로코스가 이끄는 사람들은 킬리키아와 쉬리아, 포이니케에 도시를 건립했다고 한다. 스트라본『지리서』668장 참고.

261 원래는 희랍 원주민의 땅의 신이었던 듯하나, 신화상으로는 아르고스의 예언자로서 테바이를 공격한 일곱 영웅에 포함되어 있다. 테바이 공격 도중 땅이 갈라져서 전차와 함께 땅속으로 사라졌으며, 그가 사라진 자리는 신탁소가 되었다.

262 테바이의 예언자, 호메로스의 『오뒷세이아』11권, 아이스퀼로스의『테바이를 공격하는 일곱 영웅』, 소포클레스의『오이디푸스 왕』,『안티고네』, 에우리피데스의『박코스의 여신도들』,『포이니케 여인들』등에 등장한다.

렇게 표현한 자들과는 비슷하지도 않았습니다.

그들은 자신들의 이익을 위해 지어낸 의견을 세웠도다.[263]

그들은 저명하고 고결한 인물이었으며, 새들과 전조들에 의해 충고를 받아서 미래 일을 말해 주곤 했지요. 이들 중 한 사람에 대해 호메로스는 말하기를, 저승에서조차 '그 하나만이 지혜를 유지하고 있었고, 다른 그림자들은 그저 떠돌아다닐 뿐'이라고 했습니다.[264] 한편 암피아라오스에 대해서는 희랍 땅에서 그의 명성을 너무나도 높여서 그는 신으로 여겨지고, 사람들이 그가 묻힌 땅에서 신탁을 구할 정도입니다.[265]

89. 또 이것은 어떻습니까? 아시아의 왕 프리아모스는 아들인 헬레노스와 딸인 캇산드라를 예언자로 가지고 있지 않나요? 전자는 새점으로, 후자는 정신적 영감과 신적인 떨림에 의해서 말입니다. 그와 같은 부류로 어떤 마르키우스 형제들이 있지요.[266] 그들은 고귀한

---

263 확실치는 않지만, 엔니우스의 『텔라몬』의 한 구절로 추정된다.

264 그래서 오뒷세우스는 테이레시아스를 만나기 위해 저승을 방문한다. 이 구절은 『오뒷세이아』 10권 495행을 옮긴 것이다.

265 헤로도토스 『역사』 1권 46장 2절, 8권 134장 2절 참고.

266 키케로는 여기와 2권 113장에서 두 명의 마르키우스에 대해 언급하고 있지만, 1권 115장에서는 마르키우스가 한 명인 것처럼 말하고 있다. 대개의 저자들(예를 들면, 리비우스 『로마사』 25.12.2, 플리니우스 『자연사』 7.119)은 마르키우스가 한 명인 것으로 전하고 있다. 그는 신탁집에 예언을 남겼고, 그 중 두 가지가 2차 포에니 전쟁 중에 주목을 받았다고 한다. 아마도 키케로가 마르키우스를 둘로 알고 있는 것은, 그 이름으로 전해지

가문에서 태어났고, 우리 조상들의 기록에 남아 있어서 우리가 그걸 보고 있습니다. 또, 어떻습니까? 호메로스는[267] 코린토스 사람 폴뤼이도스가 다른 사람들을 위해 많은 것을 예언하고, 또 트로이아로 떠나는 자기 아들을 향해 죽음을 예언했다고 말하고 있지 않습니까? 일반적으로 옛사람들 사이에서는 나라를 다스리는 자들이 새점 또한 관장하고 있었습니다. 왜냐하면 그들은 예언하는 것도 현명한 것과 마찬가지로 왕에게 속한 특성이라 생각했기 때문입니다. 이에 대해서는 우리나라 관행도 증거라고 할 수 있는데요, 왕들이 또한 조점술사였으니까요.[268] 그리고 나중에는[269] 사적私的인 시민들이 이 성직을 맡아서 국가를 종교적 권위에 의지하여 다스렸지요.

90. [XLI] 그리고 이런 예언의 기술은 야만 종족들에게서도 무시되지 않았습니다. 갈리아에도 드루이다이[270]가 있으니 말입니다. 그들 가운데 한 사람, 당신의 손님이자 찬양자인 아이두이 출신 디비티아쿠스[271]를 저 자신이 알고 있지요. 그는 자신이, 희랍인들이 '자연

는 예언이 두 가지 있었기 때문인 듯하다.
267 『일리아스』 13권 663행.
268 로물루스가 새점을 친 것은 1장 3절과 30절 참고.
269 '왕들이 축출된 이후'를 가리킨다. 나중까지도 종교적 기능을 관장하는 사람에게 '성스러운 일들의 왕'(rex sacrorum)이라는 호칭이 쓰였다.
270 켈트족의 박식한 사제들. 대개 귀족 출신이고, 신과 인간 사이를 연결해 주는 역할을 했다. 원래는 '현자'라는 뜻이었던 듯하다.
271 또는 디비키아쿠스. 퀸투스는 기원전 54~51년에 갈리아 지역에서 카이사르와 함께 활동했었다. 하지만 그가 디비티아쿠스를 안 것은 그보다 전인 기원전 62~61년, 디비티아쿠스가 세쿠아니 족에게 대항하여 로마의 도움을 청하러 왔을 때였던 것으로 보인다. 이 디비티아쿠스는 로마인에게 아주 호의적이었던 것으로 기록되어 있다. 예를 들면 카

학'physiologia이라고 부르는, 자연에 대한 학문[272]도 알고 있노라고 말했었죠. 그리고 때로는 새점에 의해, 때로는 예측에 의해 앞으로 일어날 일을 예언하곤 했죠. 또한 페르시아 인들 가운데서는 마기들이 새점을 치고 예언을 합니다. 그리고 그들은 충고를 주기 위해, 그리고 자기들끼리 토론하기 위해 신전에 모입니다. 한데 형님 동료들도 이전에 노나이Nonae[273]에 같은 일을 행하곤 했었지요.

91. 그리고 누구도, 마기들의 기술과 지식을 배우기 전에는 페르시아 인들의 왕이 될 수 없습니다. 또 당신은 어떤 종족과 민족들이 이 지식에 몰입한 것을 볼 수도 있습니다. 카리아에는 텔멧소스[274]라는 곳이 있는데, 이 도시는 내장점 지식에 있어 탁월합니다. 마찬가지로 펠로폰네소스의 엘리스는 두 가문을 따로 갖고 있습니다. 하나는 이아미다이[275]이고, 다른 하나는 클루티다이[276]죠. 이들은 내장점에 뛰어난 것으로 이름났습니다. 쉬리아에서는 칼다이아 인들이 점성술 지식과 명민한 재주로 특출합니다.

92. 에트루리아는 하늘의 번개와 관련된 일을 아주 해박하게 알

이사르 『갈리아 전쟁기』 1.19.2 참고.

272 physiologia는 말 그대로 '자연(physis)에 대한 학문(logos)'이지만, 여기에는 신학과 예언기술까지 포함된다.

273 3, 5, 7, 10월의 경우에는 7일, 다른 달에는 5일을 가리키는 말. 원래 이두스(Idus, 3, 5, 7, 10월은 15일, 다른 달은 13일)보다 9일(nonus)만큼 앞이란 뜻이다.

274 할리카르낫소스에서 서쪽으로 9킬로미터 떨어진 도시.

275 이아모스의 후손들로, 페르시아 전쟁 때 플라타이아이 전투를 앞두고 점을 쳤던 티사메노스도 그 중 하나이다. 헤로도토스 『역사』 9권 33장.

276 아르타디아 출신의 올림피아 제우스 신탁소 사제 가문.

고 있고 그것을 잘 해석합니다. 그 조짐과 전조에 의해 무엇이 예고되는지 말입니다. 바로 이것 때문에 우리 조상들 사이에서 원로원이 ── 그때는 원로원의 힘이 매우 강하던 때였는데요 ── 그런 훌륭한 결정을 내렸던 것이지요. 즉, 지도층 자식들 가운데 여섯을 에트루리아 각 부족에게 보내어 그 지식을 배우도록 하자는 것이었습니다. 그렇게 훌륭한 기술이 사람들의 가난 때문에 종교의 권위를 벗어나 상업적인 이윤추구로 빠져나가 버리는 일이 생기지 않게끔 말입니다. 또한 프뤼기아 인들, 피시다이 인들, 킬리키아 인들, 아라비아 인들은 새들의 전조를 가장 많이 이용합니다. 같은 일이 움브리아에서도 행해졌다는 것을 우리는 전승에 의해 알고 있습니다.

93. [XLII] 한데 제가 보기에 각 민족이 사는 지역 자체의 특성에서 예언기술의 특성이 따라나온 것 같습니다. 이런 말을 하는 이유는요, 아이귑토스 인들과 바뷜론 인들은 넓게 열린 들판의 평탄한 지역에 살고 있는데요, 거기는 땅에서 솟아난 지형이 전혀 없어서 하늘을 관찰하는 데 방해될 게 없으므로, 별들을 살피는 데 모든 주의를 쏟아부었죠. 한편 에트루리아 인들은 종교생활에 깊이 젖어 아주 열심히 아주 자주 희생 제물을 바치므로, 내장을 살피는 데에 주의를 가장 크게 기울입니다. 또 공기의 밀도 때문에 그들의 지역에 하늘에서 벼락이 많이 떨어지므로, 그리고 같은 이유에서 많은 기이한 일들이 더러는 하늘에서, 더러는 땅에서 생겨나고, 인간과 짐승의 잉태와 출산에서도 그러하므로, 그들은 전조를 해석하는 데 있어 가장 능숙한 자들이 되었습니다. 이런 전조들의 힘에 대해서는, 형님도 늘 말하시듯, 우리

조상들께서 현명하게 붙여 놓은 명칭들이 증언합니다. 그것들이 보여 주고, 조짐을 주고, 드러내 주고, 예고함으로 해서, '보여진 것' '조짐' '드러난 것' '예고'로 지칭되기 때문입니다.

94. 한편 아라비아 인들, 프뤼기아 인들, 킬리키아 인들은 들과 산에서 여름이고 겨울이고 돌아다니며 짐승을 먹이는 데 크게 의존하므로, 이로 인해 새들의 노래와 나는 모습에 주목하기가 더 쉬웠습니다. 피시다이 인들에게도 같은 이유였고요, 우리나라의 움브리아도 마찬가지였죠. 반면에 전체 카리아와, 특히 제가 앞에 언급한 텔멧소스 인들은 아주 비옥하고 생산적인 들판에 거주하기 때문에, 그들 가운데서는 그 풍요함으로 인해 많은 기이한 것이 만들어지고 생겨날 수 있으므로, 이들은 전조를 관찰하는 데 열심이었습니다.

95. [XLIII] 사실 모든 최고의 국가들에서 새점과 다른 종류의 예언들이 가장 번성한다는 것을 보지 못하는 사람이 어디 있겠습니까? 신적인 예언을 이용하지 않는 왕이 대체 어디 있었으며, 또 그런 백성이 어디 있었습니까? 평화 시뿐 아니라, 더 크게는 전쟁 시에 그러하지요. 그때는 안전을 위한 투쟁과 다툼이 더 치열하니 말입니다. 우리 민족은 전시에는 내장점 없이는 아무 일도 행하지 않고, 평화 시에도 새점 없이는 아무것도 안 하지만, 그것은 그냥 지나가고 나라 바깥을 봅시다. 아테나이 인들은 항상 모든 공적인 집회에서 그들이 '만테이스'라고 부르는 어떤 신적인 사제들을 곁에 두고 있었습니다. 또 라케다이몬 사람들은 자신들의 왕들에게 조점관을 보조자로 주었습니다. 마찬가지로 그들은 원로들[277] ── 그들은 공적인 협의체를 이렇게 불

렀는데요 ─ 에게도 조점관이 동석하기를 원했었죠. 그리고 중대한 일들에 대해서는 항상 델포이나 암몬, 또는 도도나에서 신탁을 구했었습니다.

96. 라케다이몬 인들의 국가를 관장했던 뤼쿠르고스는 자신의 법들을 델포이 아폴론의 권위로 굳건하게 만들었습니다. 그 법들을 뤼산드로스[278]가 변경하고자 했을 때, 동일한 종교심이 그것을 막았지요. 그리고 라케다이몬 인들을 이끌었던 사람들은 밤새워 고심하고도 만족하지 못했을 때면, 꿈을 얻기 위해 도시 가까이 벌판에 있는 파시파에의 성역[279]에서 잠을 자곤 했지요. 그들은 잠자는 중에 얻는 신탁이 참된 것이라고 생각했기 때문입니다.

97. 이제 우리나라의 사례로 돌아갑니다. 얼마나 자주 원로원은 10인 위원[280]들에게 시뷜라 신탁집을 살펴보라고 명했던가요! 얼마

---

277 희랍어로는 gerousia.

278 1권 75장 참고.

279 파우사니아스 『희랍 안내서』 3.26.1과 플루타르코스 『아기스』 9.2에 따르면 이 성역은 스파르타에서 멀리 떨어진 것으로 되어 있어서, 학자들은 키케로가 뭔가 혼동한 것으로 보고 있다. 파우사니아스는 여기 나오는 파시파에를, 신화에 등장하는 미노스의 아내, 미노타우로스를 낳은 존재로 소개하지 않고, 달의 다른 이름이라고 설명한다. '모든 곳을(pasi) 비춘다(phanein)'의 어원을 살린 설명이다. 하지만 이곳에서는 '모든 사람'이 아니라, 왕의 감독관(ephor)들만 신탁을 구할 수 있었다는 설명도 있다. 이들이 왕과는 다른 신탁소를 이용함으로써 상호견제 시키려는 의도에서 만들어진 관행일 수 있다.

280 '10인 위원'은 앞에 1권 4장에서 설명한 decemvir이다. 키케로 시대에는 이들의 숫자가 15명이었으므로 여기서 이 명칭을 사용하는 것은 약간 시대착오인데, 퀸투스가 옛 명칭을 쓴 이유는, 이들이 신탁집을 참고한 사례의 대부분이 아직 (15인이 아니라) 10인 위원회였던 시절에 있었던 것이고, 또 (그 구성원을 15인으로 확대한) 술라의 개혁 이후에는 정치적 의도에 따라 신탁집이 이용되었기 때문이다.

나 중요한 일들에서 얼마나 자주 그것은 예언자들의 응답과 일치했던가요! 이렇게 말하는 이유는 다음과 같습니다. 두 개의 태양이 보였을 때도,[281] 세 개의 달이 나타났을 때도,[282] 하늘에 횃불이 나타났을 때도,[283] 밤중에 태양이 보였을 때도,[284] 하늘에서 굉음이 들렸을 때도, 하늘이 갈라지고 거기에 불덩이들이 보였을 때도, 그리고 프리베르눔[285]에서 산사태가 나서 원로원에 전해졌을 때도, 아풀리아에서 땅이 끝도 없이 깊게 가라앉고 엄청난 지진으로 대지가 흔들렸을 때도, 이 전조들에 의해 로마인들에게 엄청난 전쟁들이, 그리고 위험천만한 반란들이 예고된 것이지요. 그리고 이 모든 경우에 예언자들의 대답은 시빌라의 시행들과 일치하였습니다.

98. 또 어떻습니까? 쿠마이에서 아폴로 상이 땀을 흘리고, 카푸아에서는 승리의 여신상이 그랬을 때 말입니다. 또 어떻습니까? 남녀추니가 태어난 것은 뭔가 치명적 전조 아니었습니까? 아트라투스 강[286]이 핏빛으로 흘렀을 때는요? 또 자주 돌의 비가 내리고, 이따금은 피의 비가, 더러는 흙비가, 어떤 때는 젖의 비까지 쏟아졌는데, 그때는 어떻습니까? 카피톨리움 언덕의 켄타우로스 상에 벼락이 떨어졌을

---

281 해가 두 개 나타난 사례로 리비우스 28.11.3, 29.14.3과 키케로 『신들의 본성에 관하여』 2.14 참고. 해가 세 개 나타난 사례로 리비우스 41.21.2 참고.
282 플리니우스 『자연사』 2.99 참고.
283 아마도 별똥별을 가리키는 말인 듯하다. 플리니우스 『자연사』 2.96 참고.
284 오로라를 가리키는 것으로 추정된다. 플리니우스 『자연사』 2.100 참고.
285 중부 이탈리아의 서해안 도시. 현대의 Priverno.
286 '검은색'(ater)에서 나온 이름인 것으로 보이지만, 이곳 한 군데만 기록되어 있어서 어디인지 확인되지 않은 강이다.

때, 아벤티누스 언덕의 문들과 사람들에게, 그리고 투스쿨룸의 카스토르와 폴룩스 신전에, 또 로마에서 경건의 신전에 그랬을 때는요? 예언자들이 그것에 대해 답을 주고, 그 예언된 일들이 결국 일어났으며, 시뷜라의 신탁집에서도 같은 것이 예언되어 있음이 발견되지 않았던가요?

99. [XLIV] 근래에도 마르시 전쟁[287] 때 퀸투스의 딸 카이킬리아의 꿈[288] 때문에 원로원에 의해 '구원자' 유노[289]의 신전이 재건되었지요. 바로 이 꿈에 대해서 시센나[290]는, 글자 그대로 놀랍게 사실과 맞아들어 갔다고 해놓고는, 그는 일관성 없게도 — 제가 보기엔 아무래도 어떤 에피쿠로스파 사람에게 오도된 듯한데 — 꿈은 믿을 필요가 없다고 했지요. 하지만 그는 전조들에 대해서는 논박하지 않았고요, 마르시 전쟁이 시작될 때 신상들이 땀을 흘렸다는 것, 피의 강이 흘렀다는 것, 하늘이 찢어지고, 어둠 속에서 전쟁의 위험을 알리는 목소리들이 들렸다는 것, 그리고 — 이것은 예언자들에게 가장 음침한 것으로 보였던 것인데요 — 라누비움의 방패[291]들을 쥐가 갉아먹었다는 것 등을 전하고 있습니다.

---

287 동맹시 전쟁(기원전 91~89년)을 일컫는 다른 표현이다. 로마 동쪽에 살던 마르시 족이 이 전쟁을 주도했기 때문에 생긴 지칭이다.
288 신전이 너무 더러워서 여신이 떠난다는 내용이다. 1권 4장 참고.
289 1권 4장 주석 참고.
290 L. 코르넬리우스 시센나. 기원전 67년 사망. 동맹시 전쟁에 대한 역사서를 썼다.
291 라누비움의 '구원자' 유노 신전에 있던 방패들을 가리키는 듯하다. 여기 모셔진 신상은 작은 방패를 갖추고 있었다. 플리니우스『자연사』8.221 참고.

100. 또 이것은 어떻습니까? 연대기에 보면 베이이 전쟁[292] 때 이런 일이 있었죠. 알바누스 호수가 정도 이상으로 불어났을 때, 어떤 베이이의 귀족 하나가 우리 쪽으로 도주하여 이렇게 말했다죠, 베이이 사람들에게 기록된 채 전해지는 예언에 따르면 이 호수에 홍수가 났을 때는 베이이를 함락할 수 없다고요. 그리고 만일 호수가 넘쳐흘러 스스로 달려서 바다로 흘러 들어가면, 로마인들에게 큰 재난이 있으리라고요. 하지만 만일 바다까지 다다를 수 없게끔 물을 뺀다면, 그때는 우리들에게 유리하게 되리라는 것이었죠. 이 말 때문에 우리 조상들에 의해 저 놀라운 알바누스 호수의 배수로가 만들어졌지요. 한데 베이이 인들이 전쟁에 지쳐서 원로원에 사절을 보냈을 때, 그들 가운데 한 사람이 말했다고 전해집니다, 저 탈주자가 원로원에 진실을 전부 말할 용기를 내지 못했던 거라고요. 왜냐하면 저 예언서의 기록에 의해서 베이이 인들은, 곧 갈리아 인들이 로마를 함락하리라는 것까지 알고 있었으니까요. 한데 이 예언이 베이이가 굴복한 지 6년 뒤에 성취된 것을 우리는 알고 있습니다.

101. [XLV] 또한 자주 전투에서 파우누스의 목소리가 들리고, 또 험한 시기에 숨겨진 장소로부터 진실을 전하는 소리가 울려왔다고 사람들은 얘기합니다. 이런 부류가 아주 많지만 그 가운데 두 가지만,

---

292 에트루리아 동맹에서 가장 부유하던 베이이는 기원전 406~396년 사이에 로마에게 포위 공격을 받았고, 결국 카밀루스 장군에게 굴복하였다. 리비우스 『로마사』 5권 15장, 플루타르코스 『카밀루스』 4장 참고.

그렇지만 아주 중요한 것을 예로 들겠습니다. 도시 함락보다 아주 오래 전은 아니었을 때, 베스타의 숲에서 목소리가 들렸는데요, 이 숲은 팔라티움 언덕의 뿌리 부분에서 새 길 쪽으로 뻗어 내려간 것이었죠. 목소리가 전한 내용인즉, 성벽과 문을 보수해야 한다고, 이렇게 미리 준비하지 않으면 로마가 함락되리라는 것이었죠. 이 경고는 아직 방비할 수 있었을 때는 무시되었는데요, 결국 나중에 엄청난 재앙을 당하고서야 사람들이 그 죄를 보속했지요. '말씀하시는'Loquens 아이우스[293]를 위한 제단이 ——우리는 그것이 지금도 담으로 둘려 있는 것을 보고 있습니다만 —— 저 장소를 향하여 봉헌되었던 것입니다. 또한 이것도 많은 사람들에 의해 기록되었는데요, 지진이 일어났을 때 요새에 있는 유노 신전에서부터 목소리가 울려 나오기를, 새끼 밴 암돼지를 예방 제물로 바치라 했다지요. 이런 이유 때문에 저 유노 여신을 '충고자'Moneta라고 부르게 되었다는 겁니다. 그러니 신들에 의해 보내지고, 우리 조상들에 의해 유효한 것으로 판정을 받은 이것들을 우리가 비웃어야 할까요?

102. 퓌타고라스학파 사람들은 신들의 목소리만이 아니라 인간의 목소리에도 주목했는데, 그들은 그것을 언어적 징표omen라고 불렀지요. 우리 조상들께서도 그것에 그런 힘이 있다고 여겨서, 어떤 일이건 시작할 때면 "이 일이 선하게, 호의를 얻어서, 행복하게, 운 좋게 되기를!"이라고 소리 내어 말하곤 했지요. 그리고 공개적으로 행해지

---

293 '아이우스'라는 이름도 '말하다'(aio)와 연관된 것으로 보인다.

는 종교적인 행사에서는 "불길한 발언을 삼갈지어다"라고 명하곤 했지요. 축제를 선언할 때는 "분쟁과 다툼을 멀리할지어다"라고 했고요. 마찬가지로 식민도시를 건설하기 위해서 식민단을 이끌 사람이 정화의식을 행할 때나, 지휘관이 군대를 사열할 때, 감찰관이 국세조사를 할 때에도, 희생동물들을 이끌어 갈 사람으로 좋은 이름 가진 자들을 뽑곤 했습니다. 같은 원칙을 집정관들도 징병할 때 준수했는데요, 첫 병사는 좋은 이름을 가진 사람이 되도록 한 것입니다.

103. 형님도, 자신이 집정관으로서도 지휘관으로서도, 그 원칙을 극도의 종교적인 조심성을 가지고서 지켰던 것을 알고 계실 것입니다. 또 우리 조상들께서는 투표 때 첫 번에 투표하는 무리가 적법한 선거의 '언어적 징표'이기를 기대했습니다.[294]

[XLVI] 이제 언어적 징표 중에 잘 알려진 예들을 한 번 제시해 보겠습니다. 루키우스 파울루스[295]가 두 번째 집정관직을 맡았을 때, 그는 페르세스 왕[296]과의 전쟁을 수행하게 되었는데요,[297] 그렇게 결정

---

294 기원전 241년에서 219년 사이에 켄투리아 회의 규정이 바뀐 다음부터, 제1계급에서 켄투리아 하나를 제비뽑기로 선택하여 그들이 첫 투표단이 되게 했다. 이때 불길한 이름을 지닌 투표단이 뽑히지 않으면 신들이 그 선거를 지지하는 것으로 해석되었다.
295 기원전 182년과 168년에 집정관 역임. 퓌드나 전투에서 페르세스에게 승리를 거둠으로써 제3차 마케도니아 전쟁을 종결지었다.
296 또는 페르세우스. 마케도니아의 마지막 왕. 로마는 기원전 171년에 그와 전쟁을 하기로 결의하였으나, 파울루스가 승리할 때까지 별 성과를 거두지 못했다.
297 리비우스 『로마사』 44.17.7에는 전쟁을 지휘할 사람을 지명하는 제비뽑기 절차에 대해 자세히 소개되어 있지만, 아이밀리우스 파울루스의 경우에는 따로 제비뽑기를 하지 않은 것으로 알려져 있다. 그는 바로 그 전쟁을 위해 선출되었기 때문이다. 플루타르코스 『아이밀리우스 파울루스』 10.3 참고.

된 날 저녁 그가 집으로 돌아갔을 때, 그의 딸 테르티아에게 ── 그녀는 그때 아주 어린 아이였지요 ── 입을 맞추다가, 딸의 슬픈 기색을 알아차렸답니다. '무슨 일이 있었니, 우리 테르티아? 왜 슬퍼하고 있니?' 하고 묻자, 그녀는 '아빠, 페르사가 죽었어요'라고 답했답니다. 그러자 그는 딸을 더 꼭 껴안으며 '그 징표를 받아들이마, 내 딸'라고 말했지요. 한데 딸은, 그 이름을 가진 강아지가 죽어서 그랬던 것이었죠.

104. 저는 마르스의 사제인 루키우스 플락쿠스가 이런 얘기를 하는 것을 들을 적이 있습니다. 메텔루스 집안에 속한[298] 카이킬리아가 자기 자매의 딸을 결혼시키려고, 언어적 징표를 얻기 위해 어떤 작은 성소를 방문했다고 합니다. 그렇게 하는 게 옛날의 관습이었으니까요. 처녀는 서서, 카이킬리아는 의자에 앉아 기다렸지만, 오랜 동안 목소리가 들려 나오지 않았습니다. 처녀가 지쳐서 이모에게 청했다지요, 잠깐만 그녀의 의자에 앉아서 쉬게 허락해 달라고요. 그래서 그녀는 답했답니다. "물론이지, 애야, 네게 내 자리를 양보하마." 한데 이것이 나중에 일어날 일의 언어적 징표였습니다. 얼마 있다가 카이킬리아는 죽고, 처녀는 카이킬리아가 결혼했었던 그 사람, 자기 이모부와 결혼했던 것입니다. 사람들이 이런 얘기를 무시하거나 비웃을

---

298 원문에 '메텔루스의'(Metelli)라고 소유격으로 되어 있어서, 카이킬리아가 메텔루스의 딸인지 아내인지 약간 논란이 있는데, 전통적인 견해는 카이킬리아가 메텔루스의 아내라는 쪽이다. 그러면 메텔루스는 자기 처조카와 재혼하는 것인데, 이런 종류의 족내혼은 상류층에 흔한 관행이었다.

수 있다는 걸 저도 잘 알고 있습니다. 하지만 신들이 보내신 징표들을 무시하는 것은 그들이 존재하지 않는다고 생각하는 것과 같습니다.

105. [XLVII] 새점에 대해서는 제가 무엇을 말하겠습니까? 그것은 형님 동료들의 몫이지요. 제 말은, 새점을 옹호하는 일은 형님께서 하셔야 한다는 뜻입니다. 형님께서 집정관일 때 조점사인 압피우스 클라우디우스가 형님께 알렸었죠, 국가의 안전에 대한 새점이 안 좋으니, 비참하고 혼란스러운 내전이 있으리라고요. 그 사건은 몇 달 뒤에 일어났고, 형님에 의해 며칠 사이에 진압되었죠. 압피우스 클라우디우스는 제가 아주 열렬하게 지지하는 조점사입니다. 왜냐하면 오랜 세월을 돌이켜 보면 유일하게 그 사람만 그저 새점 의식을 노래하는 정도가 아니라, 예언의 기술을 제대로 유지하고 있기 때문입니다. 한데 형님의 동료들은 그를 비웃고, 때로는 그를 '피시다이[299] 사람'이라고, 때로는 '소란Soran[300]의 조점사'라고 부르곤 했지요. 그들이 보기에는 새점에 미래의 진실에 대한 아무 예견도 지식도 없습니다. 그들은 말하기를, 종교란 무지한 자들을 속이기 위해 교묘하게 꾸며 낸 것이라 합니다. 하지만 이것은 진실과는 동떨어진 생각입니다. 왜냐하면 로물루스가 이끌었던 저 목자들에게는, 그리고 로물루스 자신에게는 다중을 오류로 이끌기 위해 종교라는 허상을 만들어 낼 만한 교활함이 있었을 리 없기 때문입니다. 그보다는 배우기의 어려움과 고

---

299 피시다이 인들은 새점에 특별히 몰두한 것으로 알려져 있다. 1권 2장 참고.
300 라티움의 작은 마을. 그곳 사람들은 미신적인 성향으로 유명하다.

됨이 이 멋진 무시를 낳은 것입니다. 왜냐하면 사람들은 새점이 무엇인지 배우기보다는 새점에는 아무 내용도 없다고 멋지게 말하기를 선호하기 때문입니다.

106. 할 수 있는 데까지 형님의 권위를 이용하자면요, 형님의 「마리우스」라는 시[301] 속에 들어 있는 것보다 더 신적인 예언이 어디 있습니까?

> 이때 높이 천둥 치시는 윱피테르의 날개 돋친 수호자가 갑자기
> 나무 둥치로부터 솟구쳤다, 뱀에 물려 다친 채
> 강한 발톱으로 그 뱀을 꿰어 잡고서.
> 반쯤 죽은 그 뱀은 이리저리 격하게 목덜미를 빛냈다.
> 몸 비트는 그것을 갈가리 찢고 부리를 피로 물들인 후,
> 이제 마음이 흡족하여, 깊은 상처에 대해 복수를 마치고서
> 마지막 숨 토해 내는 그 뱀을 던져 버렸다, 찢긴 그놈을 물결 속에 내쳤다.
> 그러고서 해지는 쪽에서 빛나는 동쪽으로 방향을 돌렸다.
> 날랜 날개로 비약하여 날아가는 이 새를
> 신적인 전조의 관찰자 마리우스가 보았을 때,
> 자신이 찬양을 받으며 귀환하리라는 호의적인 조짐으로 읽어 냈다.

---

301 키케로가 자기와 같은 지역 출신인 마리우스를 찬양하기 위해 젊은 시절에 쓴 시이다.

그때에 하늘의 아버지 자신께서 왼쪽에서 천둥을 울렸고,[302]

이로써 읍피테르께서 독수리 징표가 명백한 것임을 확증하였다.

107. [XLVIII] 또한 저 로물루스의 새점 기술도 목자들의 것이지 결코 도회적인 게 아니었습니다. 그것은 무지한 자들을 속이기 위해서 나온 게 아니라, 식견이 확실한 사람들에 의해 받아들여지고 후손들에게 전해진 것입니다. 그래서 엔니우스의 글에 나오듯이, 새점을 아는 로물루스가, 마찬가지로 새점을 아는 그의 형제와 더불어 이렇게 행동한 것이지요.

그들은 둘 다 왕권을 열망하여, 큰 주의를 기울이며

동시에 새 관찰과 새점에 고심하고 있었다.

무르쿠스에서는[303] 레무스가 새를 관찰하기 위해 자리 잡고[304] 혼자서

상서로운 새를 기다리고 있었다. 반면에, 잘 생긴 로물루스는 높직한

아벤티누스에서 주위를 살피며 높이 나는 종족을 기다리고 있었다.

그들은 다투고 있었던 것이다, 도시를 로마라고 부를지, 아니면 레모

라라고 부를지.

---

302 왼쪽에서 천둥이 울리는 것은 좋은 조짐으로 여겨졌다. 오비디우스 『축제 달력』 4,833, 플리니우스 『자연사』 2,142 참고.

303 '무르쿠스'는 아벤티누스의 옛 이름. 사본들에는 '산에서는'(in monte)이라고 되어 있으나, 로물루스에게만 장소를 명시하고 레무스에게는 그러지 않는 것이 어색하고, 또 운율도 맞지 않아서, 학자들은 대체로 Skutsch의 제안을 좇아 이렇게(in Murco) 읽는다.

304 이 구절도 se devovet 등으로 전하는 것을, sedet atque로 고치자는 제안에 따라 옮겼다.

모든 이의 관심사였다, 어느 쪽이 지도자가 될 것인지.

그들은 기다렸다, 마치 집정관이 신호를 보내려 할 때,

모든 이가 게걸스레 전차 출발대 주위를 주시하듯,

108. 어느 순간 그 알록달록한 출구로부터 전차들을 쏟아낼지 기다리며.

꼭 그와 같이 대중은 기다렸다, 그 얼굴에 미래 일에 대한 두려움을 담고서,

어느 쪽에게 위대한 왕권에 대한 승리가 주어질지를.

그 사이 하얀 해는 밤의 어둠 속으로 물러가 버렸다.

이윽고 밝은 빛이 밖으로 나오며 빛살로써 자신을 보내었을 때,

그와 동시에 멀리 높이서 아름답기 그지없는 날랜 새 한 마리가

왼쪽에서 날아왔다. 그리고 황금이 태양이 떠오르는 것과 동시에

하늘로부터 날아왔다, 네 마리의 세 배에 달하는 새들의

신성한 몸이. 그러고는 날랜 날개로 좋은 조짐의 장소에 내려앉았다.

로물루스는 그것에서 자신에게 우선권이 주어졌음을 알아챘다,

조점술에 의해 확고하게 된 왕권의 보좌와 기반이.

109. [XLIX] 하지만, 이야기가 곁길로 들어서서 여기까지 이르게 된 그 갈림길 지점으로 되돌아가 보지요. 만일 제가 어떤 연유로 해서 각각의 일들이 일어나는지를 전혀 설명하지 못하고, 그저 제가 언급한 저 일들이 일어났었다는 것만 지적한다면, 에피쿠로스나 카르네아데스에게 충분히 대답하지 못한 게 되나요? 또 이것은 어떻습니

까? 만일 기술이 관련된 예지豫知를 설명하기는 쉽지만, 신적인 예지는 조금 더 설명하기 어렵다면 말입니다. 왜 이런 말을 하느냐 하면요, 희생 제물의 내장에 의해서, 또는 번개에 의해서, 아니면 전조에 의해서, 별에 의해서 미리 알게 되는 것들은 오랜 관찰에 의해 알려진 것입니다. 한데 모든 일에 있어서 긴 세월은 오랜 관찰 덕에 놀랄 만한 지식을 가져다줍니다. 그런 지식은 심지어 신들의 개입이나 충동이 없더라도 성립할 수 있습니다. 왜냐하면 각각의 것으로부터 어떤 일이 일어날지, 어떤 것은 어떤 사건을 의미하는지가 반복적인 관찰에 의해 분명해졌기 때문입니다.

110. 다른 종류의 예언은, 앞서[305] 말씀드린 것처럼, 자연적인 것입니다. 이것은 자연학에 적용되는 엄밀한 논의 방식을 따라 신들의 본성에 비추어 보아야 합니다. 우리의 영혼은, 가장 박식하고 가장 현명한 이들[306]이 주장한 바에 따르면, 바로 그 본성으로부터 이끌려 나온 것, 거기서 떼어진 것이니까요. 그리고 우주가 영원한 지성과 신적인 정신에 의해 가득하고 그것으로 채워져 있으므로, 인간의 영혼도 신적인 영혼들과의 접촉에 의해 움직여지는 게 당연합니다. 하지만 사람이 깨어 있을 때는 영혼이 생활의 필요에 복속되고, 육체의 사슬에 방해받기 때문에 신과의 교류에서 분리되어 있습니다.

111. 어떤 부류의 사람들은 아주 드물게 나타나는데요, 이들은 육

---

305 1권 34장.
306 퓌타고라스와 플라톤을 가리키는 말로 보인다.

체로부터 멀리 떨어져 나가서 신적인 일을 아는 데로 모든 주의와 열심을 기울여 휩쓸려 갑니다. 신적인 충동에 의한 것이 아니라 인간적인 추론에 의한 예언도 이런 사람들에게 속해 있습니다. 왜냐하면 이들은 미래의 일들, 예를 들면 홍수라든지, 언젠가 하늘과 땅이 불타 버리게 되리라는 것 등을 자연으로부터 미리 알기 때문입니다. 한편 다른 이들은 공적인 일에 능통해 있어서, 예를 들면 우리가 아테나이의 솔론에 대해서 듣는 것처럼, 참주정이 생겨날 것을 아주 오래 전에 미리 내다봅니다. 이런 이들을 우리는 예지력이 있다고, 즉 앞을 내다본다고 말할 수는 있지만, 신과 관련된 능력을 지녔다고는 결코 말할 수 없습니다. 그런 말을 밀레토스의 탈레스[307]에 대해서 할 수 없는 것이나 마찬가지지요. 그는 자신을 비판하는 자들을 제압하기 위해서, 그리고 철학자도, 그러는 게 적절하다 싶을 때에는 돈을 벌 수 있다는 걸 보여 주기 위해서, 꽃이 피기도 전에 밀레토스 들판의 모든 올리브를 사들였다고 하지요.

112. 아마도 그는 어떤 지식에 의해 올리브 대풍작이 오리라는 걸 알아챘던 것이겠지요. 그리고 그는 또 일식日蝕을 처음으로 예언했다고 전해지는데요, 그 일식은 아스튀아게스가 통치할 때 일어났지요.

---

307 기원전 600년경에 활동했던 이오니아 자연철학의 창시자. 그는 물이 만물의 원질(原質) 이라고 주장했다고 한다. 또 아리스토텔레스『영혼에 관하여』에 따르면, 그는 모든 사물은 신으로 가득 차 있다고 말했다 한다.

[LI] 의사들도 많은 것을, 사공들도 많은 것을, 농부들도 많은 것을 미리 압니다. 하지만 이것들 중 어느 것도 우리는 예언이라고 부르지 않습니다. 저는 자연학자 아낙시만드로스[308]의 예견조차도 그렇게 부르지 않습니다. 라케다이몬 사람들은 그 예견에 의해, 도시와 집을 버리고 무장한 채 들판에서 잠을 자라는 충고를 받았었지요. 지진이 임박했기 때문이랍니다. 그때에 온 도시가 무너져 내리고 타위게토스 산도 그 끝자락이 마치 배의 고물처럼 갈라져 버렸지요. 저 유명한 퓌타고라스의 스승 페레퀴데스[309]조차도 자연학자보다 더 신적인 것으로 여겨지지는 않을 것입니다. 그는 마르지 않던 우물에서 물이 빠져 버린 것을 보고는 지진이 임박했다고 말했답니다.

113. 물론 인간의 영혼은 결코 자연적으로 예언을 하진 않습니다. 광기 중에 예언하는 자들이나 잠자는 사람에게 그러하듯, 전혀 육체적인 것으로 채워져 있지 않을 만큼 비워지고 풀려나기 전에는 말입니다. 그래서 이 두 종류의 것은 디카이아르코스에 의해 지지를 받았지요. 그리고 전에 말했듯, 우리의 크라팁포스에게서도요.[310] 한데 이것들이 자연에서 출발한 것이므로 확실하게 최고의 자리를 차지한다 하더라도, 그저 이것들만 있는 것은 아닙니다. 그런데도 저 두 사람이

---

308 기원전 610경~546. 밀레토스 출신. 그는 만물의 원질이 '한정되지 않은 것'(apeiron)이라고 주장했다고 한다.
309 쉬로스 출신으로 기원전 6세기 중반에 활동했던 사람. 신들의 탄생과 세계의 창조에 대해 썼던 것으로 알려져 있다.
310 디카이아르코스와 크라팁포스에 대해서는 1권 5장 참고. 사실 이 둘의 입장에 대해 이야기한 사람은 등장인물 퀸투스가 아니라, 저자 키케로다.

관찰에는 아무 가치도 없다고 생각한다면, 그들은 많은 것을 없애게 될 것입니다. 거기에 일상생활의 기준이 달려 있는데 말이죠. 하지만 이들이 어떤 것은 양보했으니까요 ── 광기에 의한 예언과 꿈 말인데요, 이건 작지 않은 양보입니다 ── 우리가 이들과 크게 싸울 건 없을 듯합니다. 특히 예언을 전적으로 인정하지 않는 사람들도 있는 상황이니 말입니다.

114. 따라서 그들의 영혼이 육체를 무시하고서 밖으로 날아 나가고 달려 나가는 사람들은 어떤 열기에 불붙고 동요된 사람들인데요, 그들은 자신들이 예언하는 것들을 정말로 보는 것입니다. 육체에 들어붙지 않는 그런 영혼들은 여러 가지 것에 의해 불붙습니다. 예를 들면 어떤 목소리에, 혹은 프뤼기아 노래[311]에 충동을 받는 사람들같이 말입니다. 또한 많은 이들을 숲과 임원林苑이, 많은 이들을 강과 바다가 움직이게 합니다. 저는 또 땅에서 나오는 어떤 증기가 있고, 그것을 들이켠 사람이 신탁을 쏟아 내게 되는 경우도 있었다고 믿습니다. 이런 이들의 정신은 광기에 들려서 앞으로 있을 일들을 한참 전에 봅니다. 다음 구절은 이런 부류에 대한 것이죠.[312]

아, 그대들은 볼지어다! 어떤 자가 세 여신들 사이에서

311 프뤼기아 노래의 이러한 효력에 대해서는 아리스토텔레스 『정치학』 1342b1 참고.
312 엔니우스의 『알렉산데르』의 구절들로 알려져 있다. 캇산드라가 광기에 빠져 미래를 예언하는 장면이다.

유명한 판결을 내리리라. 그 판결에 따라 라케다이몬

여인이, 복수의 여신 중 하나가 오게 되리라.

이와 같은 방식으로, 광기에 의해 예언하는 자들이 자주 많은 것을 예언했는데요, 그냥 말로만이 아니라요, 또한

언젠가 파우누스들과 선견자들이 노래했던 시행들로써도.[313]

115. 비슷한 방식으로 선견자 마르키우스와 푸블리키우스[314]도 노래했었다고 전해집니다. 아폴로의 계시도 이런 방식에 의해 주어졌고요.[315]

[LI] 이런 것이 광기에 의해 예언하는 자들의 방식이고요, 꿈꾸는 것도 이와 결코 다르지 않습니다. 왜냐하면 광기에 의한 선견자들에게는 깨어 있을 때 일어나는 일들이, 우리에게는 잠잘 때 일어나기 때문입니다. 잠잘 때 오히려 영혼은 활발하고, 육체가 누워서 거의 죽어 있을 때 영혼은 감각과 온갖 걱정의 훼방에서 풀려나니까요. 영혼은

---

313 엔니우스 『연대기』 7권 서시의 일부이다.
314 마르키우스에 대해서는 1권 89장 참고. 푸블리키우스는 2권 113장에도 등장하지만, 키케로 자신도 누군지 잘 모른다고(nescio cui) 했다.
315 헤로도토스 등에 의해 전해지는 델포이 신탁은 운문으로 되어 있지만, 돌에 새겨져 전하는 신탁 대부분은 산문으로 되어 있다. 디뒤마에서는 원래 산문으로 신탁이 주어지다가, 기원전 334년 알렉산드로스 대왕 때의 재건 이후 밀레토스 인들이 델포이의 관례를 본떠서 6보격을 도입하였다. 좀 늦게 세워진 신탁소 클라로스의 경우, 운문이 쓰이긴 했지만 6보격이 아니라 여러 운율을 사용하고 있다.

온 영원부터 살아왔고, 또 셀 수 없이 많은 영혼들과 교류했기 때문에, 자연에 속하는 모든 것을 봅니다. 다만, 절제 있게 먹고 적절하게 마셔서, 육체가 잠들어 있는 사이에 영혼 자신은 깨어 있을 정도여야 한다는 조건은 있습니다. 이상이 꿈에 의한 예언이었습니다.

116. 여기서 큰 주제 하나가 생겨납니다. 그것은 꿈에 대한 안티폰[316]의 해석인데, 이것은 자연적인 것이 아니라, 기술적인 것입니다. 이것은 신탁이나 광기에 의한 예언과 같은 부류입니다. 왜냐하면 마치 시인들에게 주석가들이 있듯이, 이들 모두에게는 해석자들이 있으니까요. 그 이유는, 만일 신적인 자연이 금과 은, 구리, 철을 생겨나게 하고서는, 어떻게 그것들의 광맥에 도달할 수 있을지를 가르치지 않았다면, 모두가 헛일이었을 것이기 때문입니다. 또한 땅의 결실도 나무의 열매도 인간 종족에게 아무 유용함이 없었을 것입니다, 만일 그것들을 기르는 방법과 다루는 법을 전해 주지 않았더라면 말입니다. 또 목재에 무슨 유익이 있었겠습니까, 그것을 베고 다듬는 기술이 없었더라면요. 마찬가지로 신들이 인간들에게 준 모든 유용함에는, 그것을 통해 저 유용함을 얻을 수 있는 어떤 기술이 연결되어 있습니다. 따라서 꿈과 광기를 통한 예언, 그리고 신탁에는, 이것들이 매우 불분명하고, 매우 불확실하므로, 해석자들의 설명이 덧붙게 되어 있습니다.

117. 한데, 선견자나 꿈꾸는 사람이 그 당시에는 없는 것들을 어

---

316 1권 39장 참고.

떻게 보는지가 큰 문제입니다. 하지만 그보다 먼저 탐구되어야 하는 것들이 해결되고 나면 지금 우리가 묻는 것들도 좀 더 쉬워질 것입니다. 왜냐하면 이 문제 전체는 신들의 본성에 관한 저 이론과 연관되어 있기 때문입니다. 형님께서는 그것을 둘째 권에서 아주 분명하게 설명하셨죠. 그 이론을 우리가 유지한다면, 우리가 지금 논의하는 주제를 떠받쳐 주는 지반을 세우게 될 것입니다. 즉 '신들은 존재한다, 세계는 신들의 섭리에 의해 운영된다, 신들은 인간들의 일에, 일반적으로뿐 아니라 인간들 개개에 대해서도 관심을 갖고 있다' 등입니다. 만일 이것을 우리가 유지한다면 — 제가 보기엔 깨뜨릴 길이 없는 듯합니다만 — 미래는 신들에 의해 인간들에게 전조로 주어진다는 것이 완전히 필연입니다.

118. [LII] 하지만 어떤 방식으로 전조가 주어지는지는 구별되어야 할 것 같습니다. 왜냐하면 스토아학파 사람들은 각각의 간肝의 균열이나 각각의 새소리에 신들이 간여한다는 것에는 찬성하지 않으니까요. 그것은 품위 있는 일도 아니고, 신들에게 적절한 것도 아니며, 또 그러는 게 도무지 가능하지도 않으니까요. 그보다는, 세상은 처음부터 특정한 일에는 특정한 전조가 미리 나타나게끔, 그렇게 시작되었습니다. 어떤 것은 희생 제물의 내장에서, 어떤 것은 새를 통해서, 어떤 것은 번개를 통해서, 어떤 것은 조짐을 통해서, 어떤 것은 별에서, 어떤 것은 잠자는 가운데 환상을 통해서, 어떤 것은 광기에 빠진 사람의 목소리에서죠. 그것을 잘 잡아낸 사람이라면 오류를 범하는 경우가 별로 없습니다. 그것들은 잘못 추정하고 잘못 해석하면 거짓

된 것이 됩니다. 이건 전조들의 흠 때문이 아니라 해석자들의 무지 때문인 것이죠.

　이러한 입장, 그러니까 어떤 신적인 힘이 있어서 인간들의 삶을 유지해 준다는 것이 자리 잡고 인정받는다면, 일어나는 것을 우리가 확실하게 본 그 전조들이 어떤 원리에 의해 일어나는 건지 짐작하기 어렵지 않습니다. 왜냐하면 희생제물을 선택하는 데서도 어떤 지적인 힘이 인도자가 될 수 있기 때문입니다. 그 힘은 온 세상에 섞여 들어가 있지요. 또 당신이 제물을 바치려 할 때, 내장의 변화가 일어나서, 뭔가 없어지거나 아니면 덧붙을 수도 있습니다. 왜냐하면 자연은 아주 짧은 순간에 많은 것을 만들어 내고, 변화시키고, 축소시킬 수 있기 때문입니다.

　119. 우리로 하여금 이런 사실을 의심할 수 없게끔 하는 강력한 논거가 바로 카이사르의 죽음 조금 전에 있었던 일입니다. 카이사르가 황금 보좌에 처음 앉고 자줏빛 의상을 걸친 채 행진했던 바로 그날,[317] 그가 제물을 바치는데 살진 소의 내장 중에 심장이 없었습니다. 형님도, 피를 가진 그 어떤 짐승에게든 심장이 없을 수 있다고 생각하진 않으시겠지요? 카이사르는 사태의 이러한 기이함에 전혀 동요하지 않았습니다.[318] 스푸린나[319]가, 그의 생각이나 생명에 문제가 생길

317　카이사르는 기원전 44년 왕의 의상과 황금 의자를 사용해도 좋다는 결의를 얻어 냈다. 카시우스 디오 44.16.1, 11.2 참고.
318　전해지는 사본에는 부정어가 없지만, 여러 학자들의 견해에 따라 non이 있는 것으로 옮겼다.

것을 걱정해야 한다고 말하는데 말이죠. 그가 이렇게 말한 것은, 이 두 가지 모두 심장에서부터 출발하기 때문이지요. 그다음 날에는 희생물의 간에 '머리' 부분이 없었습니다. 이것들은 불사의 신들께서 그에게 조심하라는 뜻으로가 아니라, 그의 죽음을 미리 보도록 전조로 보내신 것입니다. 따라서 그게 없으면 저 희생물들이 살 수 없었을 그 부분들이 내장 중에서 발견되지 않았을 때는, 희생을 드리는 바로 그 순간에 저 없는 부분들이 사라졌다고 이해해야 하는 것이지요.

120. [LIII] 신적인 정신은 새들에게서도 같은 것을 이루어 냅니다. 때로는 이리로, 때로는 저리로 새들이 날아감으로써, 그리고 때로는 이쪽에, 때로는 저쪽에 숨음으로써, 또 때로는 오른쪽에서, 때로는 왼쪽에서 노래함으로써 '오스키네스'라고 불리는 것을 주기도 하고요. 왜냐하면, 만일 모든 동물이 자기 원하는 대로 앞으로 옆으로 뒤로 자기 몸을 움직일 수 있다면, 또 자기 지체를 자기가 원하는 대로 굽히고 비틀고 뻗고 움츠릴 수 있다면, 그것도 거의 생각하기도 전에 그렇게 할 수 있다면, 신들에게는 그게 얼마나 더 쉽겠습니까! 모든 것이 그의 의지에 복종하니 말입니다.

121. 같은 신적 정신은 우리에게, 역사가 매우 많이 전해 주는 것과 같은 부류의 전조들도 보냅니다. 우리가 보는 예들은 이러합니다. 만일 해 뜨기 조금 전에 사자자리에서 월식이 일어났다면, 그것은 다

---

319 에트루리아 혈통으로 키케로와도 친분이 있었으며, 기원전 46년 혹은 그 이전부터 주도적인 내장점술사 직분을 수행했다.

레이오스와 페르시아 인들이 군사적으로 알렉산드로스와 마케도니아 인들에게 패하고 다레이오스도 죽는 일이 일어날 전조였던 것입니다.[320] 또 만일 머리가 둘 달린 여자아이가 태어났다면,[321] 그것은 백성들 사이에 내분이 일어나고, 집안에서는 유혹과 간통이 있을 조짐인 것입니다. 만일 여자가 사자를 낳는 꿈을 꾸었다면,[322] 그것은 이 일이 일어난 나라가 외부 종족에 의해 정복될 조짐입니다.

　　다음과 같은 것도 같은 부류에 속합니다. 헤로도토스가 기록한 것인데요, 크로이소스의 아들이 벙어리였는데 말을 했다는 얘기입니다.[323] 이것에 의해 아버지의 왕국과 집이 철저하게 파멸했다는 게 보여진 것이지요. 세르비우스 툴리우스가 자다가 머리에 불이 붙은 사

---

320 여기 언급된 것이 가우가멜라 전투보다 11일 앞서 일어난 월식(기원전 331년 9월 20일, 플루타르코스 『알렉산드로스』 31.8 참고)이라는 설도 있으나, 그 월식은 저녁 늦게 일어난 것이어서 여기 나온 시간과 일치하지 않는다. 다레이오스 3세의 재위 기간(336~331년)에는 다른 월식이 없었다. 그래서 지금 이 표현이 가리키는 것은 기원전 338년 2월 13일에 있었던 월식이라는 주장이 제기되고 있다. 그때 태양은 물병자리에 있었고, 달은 그것과 마주보고 있는 사자자리에 있었다. 하지만 이 경우, 다레이오스가 패배한 331년과 그가 죽은 330년과는 상당한 차이가 있어서 이걸 전조로 볼 수 있을지 좀 문제가 된다.

321 이러한 사건은 리비우스 『로마사』 41.21.12와 타키투스 『연대기』 15.47 등에 기록되어 있다.

322 페리클레스의 어머니가 이런 꿈을 꾸었다는 사실이 헤로도토스 『역사』 6권 131장에 기록되어 있다. 사자 꿈은 특별한 자질을 지닌 자식이 태어날 조짐으로도, 그 자식이 파괴적인 존재가 될 조짐으로도 해석되었다. 대개는 긍정적인 해석이 많지만(예를 들어 아리스토파네스 『테스모포리아 축제의 여인들』 514행), 페리클레스가 펠로폰네소스 전쟁 발발에 큰 책임이 있고 그 전쟁에서 결국 아테나이가 패했으므로, 앞의 꿈도 부정적인 것으로 해석될 여지가 있다.

323 헤로도토스 『역사』 1.85. 사실은 이미 전쟁에 패해서 크로이소스가 죽게 되었을 때 그동안 벙어리였던 아들의 입이 터진 것이므로, 사건이 있기 전에 나타난 다른 전조들과는 다른 종류의 것이다.

건[324]을 전하지 않는 역사책이 어디 있던가요? 따라서 마음을 잘 준비하고 좋은 생각을 품고서, 또 주변을 휴식을 위해 잘 맞춰 놓고서 잠자리에 든 사람이라면 꿈속에서 확실하고 진실한 일들을 봅니다. 또 그와 마찬가지로 깨어 있을 때도, 정결하고 순수한 영혼은 별들과 새들과 다른 전조들과 내장들이 전하는 진실을 향해 더 잘 준비를 갖추고 있는 것입니다.

122. [LIV] 이것은 물론 소크라테스에 대해 우리가 전해 듣는 바로 그것, 그리고 소크라테스가 나오는 책들에서 본인이 자주 언급하던 그것입니다. 자기에게는 어떤 신적인 것이 있는데 ─ 그는 그것을 '다이몬'이라고 불렀지요 ─ 결코 압박을 가하지는 않고, 그저 자주 그를 불러 세우는 그것에게 자신이 늘 복종해 왔노라고 말입니다.[325] 또한 소크라테스는 ─ 한데 이 사람보다 더 나은 권위를 우리가 어디서 구하겠습니까? ─ 크세노폰이, 퀴로스를 따라갈지에 대해 충고를 구했을 때,[326] 자기에게 좋아 보이는 바를 제시한 후에 이렇게 말했다죠. '하지만 나의 충고는 인간의 것일 뿐이라네. 불확실하고 분명치 않은 일들에 대해서는 아폴론께 물어야 한다고 나는 생각한다네.' 아테나이 인들도 공적으로 중대한 문제들에 대해서는 늘 그 신에게 물었었죠.

---

324 이것은 그가 로마의 여섯 번째 왕이 되리라는 전조였다.
325 소크라테스의 다이몬에 대한 언급은 플라톤의 『소크라테스의 변명』 31c~d, 『에우튀데모스』 272e, 『테아이테토스』 151a, 크세노폰의 『변명』 4장, 『향연』 8장 5절 등에 나온다.
326 이 일화에 대해서는 크세노폰의 『아나바시스』 3.1.5 참고.

123. 또 이런 이야기도 전해지지요. 소크라테스는 친구인 크리톤이 한쪽 눈을 동여매고 있는 것을 보고는, 왜 그런지 물었답니다.[327] 크리톤이 대답하기를, 들길을 걸어가고 있는데 나뭇가지가 휘어졌다가 제자리로 돌아가면서 자기 눈을 쳤다고요. 그러자 소크라테스가 말하길, '그건 내가 뒤에서 부르는데 자네가 따르지 않아서네. 나는 늘 그렇듯이 신이 주시는 예언을 이용하는데 말이네.' 소크라테스는 또, 델리온에서 라케스가 지휘하는 가운데 불리한 전투를 치르고는, 라케스 자신과 함께 후퇴하게 되었을 때,[328] 세 갈래 길에 이르자, 다른 사람들이 가는 길로 피하길 원치 않았지요. 사람들이 왜 자기들과 같은 길로 가지 않는지 이유를 묻자, 그는 신께서 막는다고 대답했지요. 한데 그와 다른 길로 도망친 사람들은 적군 기병대와 마주쳤답니다. 안티파테르[329]는 소크라테스에 의해 놀랍게 예언된 것들의 많은 사례를 모았습니다. 하지만 그것들은 그냥 지나가지요. 형님도 잘 알고 계신 것이라, 제가 다시 얘기할 필요는 없을 테니까요.

124. 하지만 이 철학자의 다음과 같은 발언은 위엄 있고 거의 신적인 것입니다. 즉, 그가 불경스러운 판결에 의해 사형선고를 받았을

---

327 이 일화는 현존하는 희랍어 문헌에는 전하지 않는다. 키케로는 이 일화를 포세이도니오스를 통해 알게 된 듯하다.
328 기원전 424년 아테나이는 보이오티아로 진격했으나, 계획에 차질이 생겨 델리온에서 철수할 수밖에 없었다. 투퀴디데스 『펠로폰네소스 전쟁사』 4권 90장, 96장 참고. 멜라노포스의 아들 라케스는 427년경부터 아테나이 장군직을 맡았으며, 델리온 전투에서는 왼쪽 날개를 지휘했다. 『펠로폰네소스 전쟁사』 3.86.1 참고.
329 1권 6장 참고.

때, 평온한 마음으로 죽음을 받아들이겠노라고 한 것입니다. 왜냐하면 그가 집을 떠나올 때도, 자신을 변호한 연단 위로 올라설 때도, 신께서는 어떤 나쁜 일이 닥치려 할 때면 늘 주곤 하던 저 징조를 주지 않았기 때문이라는 것입니다.

[LV] 그래서 저는 생각합니다, 기술이나 추정에 의해 예언을 하는 것으로 보이는 많은 사람들이 오류를 저지르긴 하지만, 그럼에도 진정한 예언은 존재한다고 말입니다. 하지만 다른 기술들에서 그러하듯이, 이 일에서도 사람은 실수를 저지를 수 있습니다. 어떤 조짐이 모호하게 주어졌는데도 확실한 것으로 받아들여지는 일도 있을 수 있습니다. 또 어떤 것이 드러나지 않고 숨어 있을 수도 있습니다. 그것이 상황에 적절한 전조건 그 반대이건 간에요.[330] 하지만 저의 논의 주제를 입증하기 위해 많은 사례도 좋지만, 적은 사례라도 신적인 예지와 예언이 발견된다면 그것으로 제겐 충분합니다.

125. 사실 어떤 한 가지 사례라도 잘 예언되고 예견되어서 그 일이 일어났을 때, 그게 예언된 대로 일어난 것이고, 결코 우연히 아무렇게나 일어난 게 아님이 분명해진다면, 저로서는 아무 망설임도 없이, 예언이 확실하게 존재하며, 그걸 모든 사람이 인정해야 한다고 말할 것입니다.

---

330 여러 가지 조짐이 한꺼번에 보일 때, 조짐들 사이에 등급이 정해져 있었다. 예를 들어 독수리의 움직임은 다른 새들의 움직임보다 중요한 것으로 여겨졌으며, 번개는 가장 강력한 조짐으로 여겨졌다. 조짐들을 관찰하는 사람의 지위도 중요한데, 지위가 높을수록 그가 마주친 것이 더 중요한 조짐으로 여겨졌다.

따라서 제가 보기엔, 포세이도니오스가 그러하듯이 예언의 모든 힘과 원칙을 우선 신에게서 ─ 한데 이에 대해서는 충분히 얘기된 듯하네요 ─ 그리고 운명에서, 그 다음엔 자연에서 찾아야 하는 것 같습니다. 이성은 우리로 하여금 모든 것이 운명에 따라 이루어진다고 인정하도록 몰아갑니다. 한데 희랍인들이 '몫으로 주어진 것'heimarmene이라고 부르는 것을 저는 운명이라고 부르고 있습니다. 그것은 원인들의 질서이고 연쇄로서, 원인이 원인과 연결되어 자신으로부터 사태를 만들어 내는 것입니다. 이것은 온 영원부터 흘러온 영속적인 진리입니다. 그렇기 때문에, '일어나게 되어 있는 일'이 아니었다면, 그 일은 결코 일어나지 않았을 것입니다. 또 마찬가지로, 자연이 바로 그 일을 이룰 원인들을 갖고 있지 않다면, 그것은 결코 '일어나게 되어 있는 일'이 아닙니다.

126. 따라서 다음과 같은 것이 이해됩니다. 즉, 미신적으로서가 아니라 자연학적으로 말해서, 운명은 사건들의 영원한 원인, 왜 이전에 지나간 일들이 그렇게 되었는지, 왜 현재 있는 일들이 그러한지, 왜 나중 일들이 그렇게 될 것인지에 대한 이유라는 것입니다. 그래서 관찰에 의해서도, 어떤 일이 일반적으로 각각의 원인을 뒤따르게 되는지 알 수 있게 됩니다. 물론 그걸 확신하기는 어렵기 때문에 늘 맞는 것은 아닙니다만. 그리고 광기를 통해서나 자면서 미래를 보는 사람들이 앞으로 일어날 일들의 이런 원인을 분간한다는 것은 아주 그럴 법한 일입니다.

127. [LVI] 더욱이 다른 데서 설명할 것처럼[331] 모든 일은 운명에

따라 일어나므로, 만일 영혼으로써 모든 원인들의 연쇄를 꿰뚫어 볼수 있는 인간이 있다면, 그 사람은 정말 어떤 오류도 저지르지 않을것입니다. 왜냐하면 앞으로 일어날 일들의 원인들을 다 알고 있는 사람이라면 필연적으로, 앞으로 있을 모든 일을 다 알 것이기 때문입니다. 하지만 신이 아니고는 누구도 그런 일을 할 수 없으므로, 인간들에게는 어떤 결과들이 있을지 밝혀 주는 어떤 조짐들에 의해서 미래를 예견하는 길만이 남아 있습니다. 앞으로 일어날 저 일들은 갑자기생기는 게 아닙니다. 시간의 흐름은 마치 밧줄을 풀듯이 아무 새로운것도 만들지 않으면서 그저 각각의 것들을 풀어놓는 식입니다. 이것을, 자연적 예언 능력을 갖춘 사람들도, 또 관찰에 의해서 사태의 추이를 인식하는 사람들도 알아봅니다. 방금 언급한 두 번째 부류의 사람들은 원인 자체는 알지 못한다 하더라도, 원인들의 조짐과 표징은알아봅니다. 이런 예언은, 이런 조짐들에 관한 기억과 부지런한 탐구,그리고 선조들이 남긴 기록에 의거하여 이루어지는 것으로, 기술에의한 예언이라 불리는 것이지요. 즉 내장, 번개, 전조, 그리고 하늘의표징들에 대한 것 말입니다.

128. 따라서 예언하는 자들이 전혀 존재하지 않는 것들을 미리아는 것은 전혀 이상한 일이 아닙니다. 왜냐하면 모든 것은 이미 존재

---

331 여기서 등장인물 퀸투스는 저자 키케로나 할 수 있는 말을 하고 있다. '다른 데'라고 한것은 『운명에 관하여』(De Fato)를 가리키는 듯한데, 현재 전해지는 『운명에 관하여』 텍스트에는 여기 예고한 내용이 들어 있지 않다.

하고 있는데, 단지 시간적으로만 멀리 떨어져 있는 것이기 때문입니다. 마치 씨앗 속에 거기서 생겨날 것들의 힘이 담겨 있듯이, 원인들 속에는 앞으로 일어날 일들이 저장되어 있습니다. 그리고 그 일들이 일어날 것은 광기에 충동된, 혹은 잠에 의해 풀려난 영혼이 알아보고, 또 지성이나 추정이 미리 압니다. 해와 달과 다른 별들이 뜨고 지는 것과 그 움직임을 잘 알고 있는 사람들은 이들 각각의 것이 언제 일어날지를 오래전에 예언합니다. 그와 마찬가지로 오랜 세월에 걸쳐 일들의 추이와 사건들의 연쇄를 눈여겨 본 사람은, 무슨 일이 일어날지를 언제나, 혹은 ── 그게 어렵다면 ── 대개는, 혹은 ── 그것도 양보하기 어렵다면 ── 확실히 이따금은, 미리 압니다. 어떻게 예언 능력이 존재하는지에 대한 이러한 논증과, 이와 같은 종류의 몇몇 논증들은 운명으로부터 도출됩니다.

129. [LVII] 한편 자연에서 나오는 다른 논리도 있습니다. 그것은 영혼이 육체와 분리되었을 때 얼마나 큰 힘을 가지는지를 가르쳐 줍니다. 이런 일은 특히 잠든 사람에게나 영혼이 뒤흔들린 경우에 일어나지요. 왜냐하면 마치 신들의 영혼이 눈도, 귀도, 혀도 없이 자기들끼리, 그리고 각자가 무엇을 생각하는지 알아보는 것처럼 ── 그래서 사람들이 말없이 속으로 무엇을 기원하거나 맹세할 때도 신들이 그걸 들으신다는 걸 의심치 않는 것이지요 ── 인간의 영혼도 잠 속에서 육체로부터 놓여났을 때나, 정신적으로 영감을 받아 흔들리거나, 아니면 제 스스로 충동이 일어나서 움직여졌을 때, 육체와 뒤섞인 채로는 영혼들이 볼 수 없는 그런 것들을 보기 때문입니다.

130. 이 자연적인 설명을, 우리가 기술에 의해 수행되는 것이라 지칭하는 종류의 예언으로 끌어가기는 아마 어려울 것입니다. 하지만 그래도 포세이도니오스는 그것을 할 수 있는 데까지 파고들었습니다. 그는 자연 속에 앞으로 있을 일들의 어떤 조짐들이 있다고 생각했지요. 또한 우리는, 케오스 사람들이 매년 큰개자리 별이 뜨는 것을 열심히 주시하고 있다가, 폰토스 출신의 헤라클레이데스[332]가 기록한 바에 따르자면, 그 해가 건강하게 지나갈지 아니면 질병이 있을지 추측해 보곤 한다고 듣습니다. 왜냐하면 만일 그 별이 어둡고 마치 안개에 싸인 것같이 나타나면, 하늘이 무겁고 두텁다는 뜻이어서, 그것의 증기도 묵직하고 질병을 가져오게 될 것이기 때문입니다. 하지만 만일 별이 밝고 또렷하면, 하늘이 가볍고 순수해서 건강에 좋으리라는 것을 보여 주기 때문입니다.

131. 한편 데모크리토스는, 옛사람들이 희생동물의 내장을 살피는 제도를 만든 것이 현명했다고 판단합니다. 그것들의 상태와 색깔로부터 때로는 건강의, 때로는 질병의 조짐이, 또한 이따금 농사가 흉작일지 풍작일지까지 포착된다고 말합니다. 만일 이런 예견들이 자연으로부터 제공된 것임을 관찰과 경험이 알아냈다면, 긴 세월은 후대 사람들이 주목하게끔 기록된 많은 것들을 덧붙일 수 있었음에 틀림없습니다. 그러니 파쿠비우스가 만들어서 『크뤼세스』에 등장시킨 저 자연학자는 사물의 본성에 대해서 전혀 알지 못했던 듯합니다. 그

---

332 1권 46장 참고.

는 다음과 같이 말합니다.

　왜냐하면 나는, 새들의 말을 알아듣고
　자기 것보다는 다른 존재의 간에서 더 많은 것을 알아내는 자들,
　그들에게는 복종하기보다는 그냥 들어주기만 하면 된다고 생각하기
　때문이다.

　'왜 이런 말을 하시오?' 하고 저는 묻습니다. '당신 자신이 몇 행 안 지나서 아주 명백하게 이렇게 말하지 않소?'

　이것이 무엇이든, 그것은 모든 것에 생명을 주고, 형태를 부여하고,
　키우고, 자라게 하고, 성장시킨다.
　자신 안에 모든 것을 묻고, 받아들이고, 모든 것의 아버지가 된다.
　이것으로부터 같은 것들이 새롭게 자라나고 그것으로 돌아간다.

　그러니, 모든 것의 집은 하나이고, 그 집은 공동의 것이며, 또 인간들의 영혼은 언제나 있어 왔고, 앞으로도 있을 것이니, 각각의 것에서 무엇이 생겨날지를, 그리고 무엇이 각각의 일을 표징하는지를 인간들이 이해하지 못할 이유가 무엇이겠습니까?
　바로 이것이 제가 예언에 대하여 말하고자 했던 것입니다." 라고 그가 말했다.
　132. [LVIII] "여기서 저는 선언하고자 합니다, 저로서는 제비뽑기

로 운을 점치는 자들과 돈을 벌기 위해 점괘를 지껄이는 자들, 그리고 형님의 동료 압피우스[333]가 자주 이용하는바 혼령을 불러 묻는 점도 참된 것으로 생각하지 않는다는 점입니다.

마르시 부족[334]의 새점쟁이를 나는 한 푼 가치도 없다고 여긴다네.

또 촌구석 내장점쟁이도, 원형경기장 주변의 점성술사도,

이시스를 모신다는 점쟁이도, 꿈풀이하는 자도 마찬가지지.[335]

왜냐하면 이들은 신적인 지식이나 기술을 가진 예언자가 아니기 때문입니다.

하지만 미신적인 예언가들, 뻔뻔한 점꾼들

혹은 게으르거나 정신이 나갔거나 궁핍에 지배받는 자들,

이들은 자신이 갈 길도 알지 못하면서 타인들에게 길을 가르쳐 주는 구나.

자신들이 부를 약속해 준 바로 그 사람들에게 한 드라크마를 청하는

---

333 압피우스에 대해서는 1권 29장 참고. 그가 죽은 자의 혼령을 불러 점치는 것을 좋아했던 것에 대해서는 『투스쿨룸 대화』 1권 37장 참고.

334 라티움 지역의 옛 부족. 이들은 마술과 연관된 관행들을 갖고 있어서 로마 국가 종교의 영역 밖에서 일종의 '타자'로 여겨졌다.

335 예전 편집자들은 이 구절이 엔니우스의 시구라고 생각했으나, 그가 사용한 운율에 맞추려면 구절들을 많이 고쳐야 하고, 또 기원전 2세기 초에 이시스 숭배를 비웃는 것은 아무래도 이상하기 때문에, 요즘엔 다른 작가의 것으로 보고 있다. 하지만 어떤 식으로든 이 구절들이 엔니우스와 연관은 있으리라는 것이 일반적인 견해다.

구나.

그들로 하여금 바로 그 부에서 자신들을 위해 드라크마를 취하고, 나
머지는 사람들에게 돌려주게끔 하라!

이것은 엔니우스의 말입니다. 그는 이 구절들 바로 몇 행 앞에서,
신들이 존재한다고 말합니다. 그렇지만 그는, 신들은 인간 종족이 어
떻게 지내든 신경 쓰지 않는다고 여기지요. 하지만 저로서는, 신들이
인간에게 관심을 갖고 있고, 충고도 보내고, 많은 것을 예고한다고 생
각하며, 사소함과 공허함과 사기성이 없는 예언이라면 그것에 지지
를 보냅니다."

퀸투스가 이렇게 말하자, 나는 "퀸투스, 자네 아주 잘 준비를 하
고서 여기 왔군" 하고 말했다.

De
Divinatione

제2권

제2권

1. [I] 어떻게 하면 되도록 많은 사람에게 이익을 줄 수 있을까, 그리고 그럼으로써 내가 국가에 봉사하기를 중단하지 않을 수 있을까를 오랜 동안 많이 숙고하고 탐색해 본 결과, 가장 수준 높은 학문의 길을 나의 동료 시민들에게 제시하는 것보다 더 나은 일은 떠오르지 않았다. 한데 나는 그 일을 벌써 여러 권의 책으로써 수행했다고 스스로 믿는다. 왜냐하면 나는 할 수 있는 한 최선을 다해서, 『호르텐시우스』라고 제목이 붙은 저 책을 통해, 철학 연구로 향하도록 사람들을 격려하였으며, 네 권의 『아카데미카』를 통하여 철학의 체계를, 내가 생각하기에 가장 덜 오만하게, 가장 일관되고 우아하게 보여 주었기 때문이다.

2. 그리고 철학의 기초는 선과 악의 구별에 놓여 있는 만큼, 이 주제는 나의 다섯 권의 책[1]에서 철저하게 논의되었고, 그래서 각 사람이 무엇을 말했고 각각의 철학자를 향해 어떤 반론이 제기되었는지 이

---

1 『최고선악론』.

해 가능하게 되었다. 다음으로, 같은 숫자의 권으로 이루어진 『투스쿨룸 대화』가 뒤따라 나와서, 행복한 삶을 위해 가장 필요한 것들을 밝혀 주었다. 첫째 권은 죽음을 하찮게 여기는 것에 관하여, 둘째 권은 고통을 견디는 것에 관하여, 셋째 권은 슬픔을 가볍게 하는 것에 관하여, 넷째 권은 다른 정신적 혼란에 관하여 다루었던 것이다. 그리고 다섯째 권은 전체 철학을 가장 크게 비춰 줄 저 주제를 담고 있다. 즉 그것은, 행복한 삶을 위하여 덕이 그 자체로 충분하다는 것을 가르치기 때문이다.

3. 이 세 가지 작품이 발표되고 나서 『신들의 본성에 관하여』가 완성되었다. 그 책에는 그 주제(신들의 본성)와 관련된 모든 문제가 포괄되어 있다. 그리고 이 문제들을 분명하고 폭넓게 완결 짓기 위해, 나는 지금 이 책으로써 『예언에 관하여』를 집필하기 시작했다. 그리고 거기에 내가 구상하고 있는 대로 『운명에 관하여』까지 덧붙여지면, 이 주제 전반에 대해 풍성하고 만족스럽게 논의된 것이 될 터이다. 또한 여기에 『국가론』 여섯 권이 더해져야 할 것이다. 이 작품은 내가 국가의 키를 잡고 있었을 때 집필한 것이다. 이것은 심중하고 철학적 논의에 아주 적합한 주제로서 플라톤, 아리스토텔레스, 테오프라스토스, 그리고 소요학파 전체에 의해 아주 풍성하게 논의된 바 있다. 그리고 내가 『위로에 관하여』를 언급할 필요가 어디 있겠는가? 그 책은 분명 나 자신에게도 상당한 치유를 제공하고 있으며, 다른 사람들에게도 마찬가지로 큰 도움이 되리라 생각한다. 최근에는 또 저 책 『노년에 관하여』가 나왔는데, 나는 그것을 나의 친우 앗티쿠스에게

보냈다. 또한 무엇보다도 인간은 철학을 통하여 선하고 강하게 되는 만큼, 내가 쓴 『카토』[2]도 이런 책들 가운데 하나로 산정되어야 할 것이다.

4. 한편 아리스토텔레스나 테오프라스토스같이 지성의 날카로움과 언어적 풍성함으로써 뛰어났던 인물들이 철학에 수사학을 결합시켰던 만큼, 내가 쓴 웅변술에 대한 책들도 저 작품들의 숫자에 더해져야 할 것으로 보인다. 그래서 세 권짜리 『연설가에 관하여』, 네 번째로 『브루투스』, 다섯 번째로 『연설가』가 여기 들어간다.

[III] 이상은 내가 지금까지 쓴 책들이다. 이런 주제들 중 남은 것들을 향해 나는 서두르는 심정으로 진행해 가고 있었고, 마음 준비가 그토록 단단히 되어 있어서, 만일 어떤 크나큰 사건이 끼어들지만 않았더라면,[3] 철학적 주제 중 그 어떤 것이라도 라틴글자로 설명되어 눈앞에 놓이지 않는 사태를 내가 허용하지 않았을 것이다. 왜냐하면, 내가 국가를 위해 수행할 수 있는 과업 중에, 젊은이를 가르치고 계몽하는 것보다 더 크고 더 잘할 만한 게 무엇이겠는가? 특히 이 시대와 도덕적 분위기가 젊은이들을 너무나 멀리 휩쓸어 가서, 온갖 수단을 다해서 그것을 통제하고 질서 잡아야 할 정도인 상황이니 말이다.

5. 물론 나는 모든 젊은이들이 이러한 학문으로 방향을 돌리는 게 가능하다고는 전혀 믿지 않는다. 그것은 사실 바랄 수도 없는 일이

---

2 지금은 전해지지 않는 작품 『카토를 찬양함』(*Laus Catonis*).
3 갑자기 카이사르가 암살되어 상황이 급변한 것을 가리킨다.

다. 그저 소수라도 그러했으면! 그러면, 적은 수라도 이들의 열정이 널리 국가에 퍼질 수 있을 것이다. 한편 나는, 이미 나이 들었지만 내 책에서 위안을 받는 저 사람들에게서도 내 노역의 결실을 얻고 있다. 읽고자 하는 그들의 열정에 의해 쓰고자 하는 나의 열정이 날로 더욱 강하게 자극을 받고 있다. 이런 이들의 숫자 역시 내가 이전에 생각했던 것보다 훨씬 많음을 나는 알게 되었다. 또한 철학적 저작에 있어서 희랍인들에게 뒤지지 않는 것이 로마인들에게는 빛나고 영광스러운 일이다.

6. 만일 내가 시작한 일을 완결 짓는다면, 확실히 이러한 결과에 다다를 것이다.

한데 나로 하여금 철학을 설명하는 일에 투신하게 한 원인은 국가의 중대한 사태였다. 내전 상황에서 나의 방식으로는 공화정을 지킬 수도 없었고, 아무 일도 안 하는 것도 불가능했으며, 내게 걸맞으면서도 행하기에 이보다 더 나은 것은 찾을 수 없었던 것이다. 그러니 나의 동료 시민들은 나를 용서할 것이며, 아니 그보다는 오히려 내게 감사할 것이다. 왜냐하면 국가가 단 한 사람의 권력하에 놓였을 때,[4] 나는 숨지도 않았고, 달아나지도 않았으며, 몸을 굽히지도 않았고, 인간을 향해서나 시대를 향하여 분노한 사람처럼 행하지도 않았으니 말이다. 나아가 나는 나 자신의 운수에 유감을 느끼지 않는 만큼, 타인의 행운에 아부하거나 경탄하지도 않았다.

---

4 카이사르가 절대권력을 차지했을 때.

왜냐하면 나는 플라톤과 철학으로부터 이것을 배웠기 때문이다. 즉, 국가체제의 어떤 변화들은 자연스러운 것이어서, 어떤 때는 국가가 귀족들에 의해, 어떤 때는 대중에 의해, 또 어떤 때는 한 개인에 의해 장악된다는 것이다.

7. 이 일이 우리 국가에 일어났을 때, 나는 이전의 활동을 박탈당하고서 지금의 이 작업을 재개했었다. 그 무엇보다도 그 일로써 정신이 고통에서 해방될 수 있었고, 또 나의 동료 시민들에게 그 상황에서는 내가 할 수 있는 최대한으로 도움이 되겠기에 그랬던 것이다. 그래서 책 속에서 나는 말하자면 정치연설을 설파하고, 말하자면 의회에 참석했다. 이전에 공적 주제에 전념하던 것을 이제는 철학이 대체했다고 생각했기 때문이다. 하지만 이제 나는 다시 공적인 사태에 조언하기 시작했으므로 공적인 과업을 수행해야 하며, 아니 오히려 나의 모든 사고와 주의력을 저 일로 돌려야만 하게 되었다. 그래서 그저 공적인 의무와 과제에서 벗어난 정도의 시간만 이 작업을 위해 남겨지게 되었다. 하지만 이 문제에 대해서는 다른 기회에 더 얘기하기로 하고, 이제 전에 시작했던 논의로 되돌아가자.

8. [III] 나의 형제 퀸투스가 예언술에 관하여 1권에 적힌 바의 논변을 다 펼치고, 또 우리가 충분히 산책한 것으로 여겨졌을 때, 우리는 나의 뤼케움[5]에 있는 도서관에 앉았다. 이어서 내가 말했다.

5 1권 8장 참고.

"퀸투스, 자네는 아주 정확하게, 그리고 스토아적으로, 스토아학파의 이론을 방어했네. 그리고 나를 아주 기쁘게 한 것은 자네가 우리나라의 사례를, 그것도 특출하고 고상한 사례들을 아주 많이 사용했다는 점일세. 이제 나는 자네가 언급한 것들에 대해 논해야 하는데, 아무것도 긍정하지 않고 모든 것에 의문을 제기하며, 또 전적으로 의심하면서, 스스로 확신을 갖지 않고서[6] 그래야 하네. 왜냐하면 만일 내가 말하는 것을 뭔가 확실한 것으로 제시한다면, 나는 예언술이 존재한다는 걸 부인하면서 동시에 나 자신이 예언을 행하는 게 될 테니 말일세.

9. 나는 무엇보다도 카르네아데스께서 질문하곤 하셨던 저 말에 깊은 인상을 받았네. '예언이란 대체 어떤 대상에 대한 것인가? 감각에 포착되는 대상들에 관한 것이 아닌가?' 한데 이것들은 우리가 보고 듣고 맛보고 냄새 맡고 만지는 것들일세. 그렇다면 그런 것들 가운데 우리가, 앞을 내다보는 능력에 의해서나 아니면 정신적 영감에 의해서, 그냥 자연스레 타고난 능력에 의해서 그러는 것보다 더 잘 감각할 만한 뭔가가 있다는 것인가? 혹은 그 어떤 예언자가, 예를 들면 테이레시아스가 그랬던 것처럼 맹인인데도, 어떤 게 희고 어떤 게 검은지 말해 줄 수 있단 말인가? 아니면 귀가 먹었는데도 목소리의 차이와 어조를 분간할 수 있단 말인가? 그러니 예언술은 감각에 의해 포착되는 것에 속한다고는 전혀 인정될 수 없네.

---

6 이것이 신(新)아카데메이아 학파의 일반적인 태도이다.

또한 기술이 관장하는 영역에 있어서도 예언술은 필요가 없네. 우리는 환자를 위해 선견자나 환상가를 데려오지 않고 의사를 데려오곤 한다네. 또 현악기나 피리를 배우고 싶으면, 내장점 치는 사람에게서 그 기술을 배우지 않고, 음악가에게서 배운다네.

10. 글을 쓰는 데나, 그에 대한 학문이 존재하는 다른 일들에서도 이치는 매한가지라네. 자네, 흔히 예언을 행한다고 소문난 자들이 이 질문에 답할 수 있다고 생각하는 건 아니겠지? 태양이 땅보다 더 큰지, 아니면 그저 우리 눈에 보이는 그 크기인지 말일세. 또 달이 자신의 빛으로 빛나는 것인지, 아니면 햇빛을 반사하는 것인지 하는 문제는? 해나 달은 어떤 운동을 하는 것인지, 그리고 보통 '떠돌아다닌다'라고들 말하는 저 다섯 별들[7]은 어떤 운동을 하는지? 예언자로 여겨지는 이들은, 자기네가 이 문제들에 답할 수 있으리라고 공언하지 않는다네. 그리고 기하학에서 작도作圖되는 것들에 대해서도 어떤 것이 옳고, 어떤 것이 그른지를 답할 수 있다고 하지 않는다네. 그런 것은 수학자들에게 속한 것이지, 환상가에게 속한 게 아니기 때문일세.

[IV] 한편 철학에서 논의되는 주제들 가운데서, 그 어떤 예언자든 답하거나 조언해 온 게 대체 어떤 게 있었단 말인가? 그러니까, 선은 무엇이고, 악은 무엇이며, 선도 악도 아닌 것은 무엇인지 하는 문제들 말일세. 이것들은 철학자들에게 고유한 문제들이기에 하는 말일세.

11. 또 의무에 관한 문제들은 어떤가? 부모나 형제, 친구들과 어

---

7 행성들.

떻게 지내야 하는지를 내장점쟁이와 의논하는 사람은 없지 않은가?
돈은 어떻게 사용해야 하는지, 직책, 권력은 어떻게 사용해야 하는지
하는 문제 말일세. 사람들은 보통 이런 것을 현자들에게 묻지 예언자
들에게 묻지는 않는다네.

자, 또 변증가나 자연학자들이 다루는 문제들에 대해서는 어떤
가? 이것들 중 어느 하나도 예언될 수 있는 것은 없지 않은가? 즉, 세
계는 하나인가 여럿인가, 그것으로부터 모든 것이 생겨나는바 사물
들의 시초는 무엇인가 하는 문제들 말일세. 이것들은 자연학자들이
궁구하는 것일세. 또 '거짓말쟁이의 역설', 그러니까 희랍인들이 '거
짓말하는 자'pseudomes라고 부르는 문제[8]는 어떻게 해결할 것인지,
혹은 '무더기'sorites 문제[9]에는 어떻게 대응할 것인지 하는 것은? (이
단어는, 꼭 그래야 한다면 라틴어 어휘로 '쌓인 것'acervales이라고 할 수도
있겠지. 하지만 그럴 필요 없네. '철학'philosophia이라는 단어 자체도 그렇
고, 희랍어에 속한 많은 단어들이 그러하듯, '무더기'sorites도 라틴어로 충

---

8 보통 '거짓말쟁이 역설'(liar paradox)이라고 부르는 문제이다. 대개는 이런 식으로 전해진
   다. '에피메니데스가 말하기를 크레테 사람들은 모두 거짓말쟁이라고 했다. 한데 그는 크
   레테 사람이다. 그는 거짓말을 한 것인가, 아닌가?' 한편 키케로의 『아카데미카』 2권 95장
   에는 이 문제가, '당신이, 나는 거짓말을 하고 있다 라고 말했는데, 그게 진실이라면, 당신
   은 거짓말을 하는 것인가, 아닌가?'로 정식화되어 있다.
9 작은 알갱이들, 예컨대 낱알을 모아서 무더기를 만들 때, 그것을 '무더기'라고 부를 수 있
   게 해주는 것은 무엇인지 하는 문제이다. 일단 낱알 하나에 대해서는 '무더기'라는 단어를
   사용할 수 없다. 따라서 낱알 하나는 무더기를 만들어 주는 것이 아니다. 하지만 낱알을 계
   속 더해 간다면, 어디선가 '무더기'라고 지칭되는 순간이 생긴다. 한데 그 직전과 그 순간
   사이에는 낱알 하나의 차이밖에는 없다. 따라서 '무더기'를 만들어 준 것은 낱알 하나이다.
   그렇지만 이 말은 앞에서 했던 말과 모순된다.

분히 익숙해졌기 때문이네.) 그러니까 이 문제들도 변증학자들이 논할 것이지, 예언가들이 논할 게 아니네.

또 다음 문제들을 논할 때는 어떤가? 어떠한 국가체제가 가장 좋은지, 어떠한 법률, 어떠한 관습이 유용한지 해가 되는지 하는 것 말일세. 이것들을 에트루리아 출신의 내장점쟁이가 해결할 것인가, 아니면 공적인 문제에 경험 많고 엄선된 권위자들이 결정할 것인가?

12. 그러니, 감각 아래 놓인 것들에 대해서도 예언이 가능하지 않고, 기술과 연관된 것들에 대해서도, 철학에서 논의되는 것들에 대해서도, 공적인 분야에서 언급되는 것들에 대해서도 그러하다면, 대체 예언이 어떤 주제에 대해서 가능한지 나로서는 전혀 알 수가 없네. 왜냐하면 그것은 모든 주제에 대해 가능하거나, 아니면 그것이 거기서 운용될 수 있는바 어떤 소재가 그것에게 주어져야 하기 때문일세. 하지만 논증이 보여 주었듯, 예언술은 모든 것에 대해서 성립하는 것도 아니고, 우리가 예언술을 거기 배정해 줄 수 있는 어떤 자리나 소재도 발견되지 않는다네. [V] 그러니 보시게나, 혹시 그 어떤 예언도 존재하지 않는 것은 아닌지. 희랍에서 흔히 쓰이는 시행詩行이 있는데, 이런 내용이라네.

잘 예측하는 사람, 이런 사람을 나는 최고의 선견자로 여기리라.

한데, 폭풍이 곧 닥칠지에 대해 뱃사공보다 선견자가 더 잘 예측하진 못하겠지? 또 질병의 성질에 대해서 의사보다 더 날카롭게 보진 못하겠지? 또 선견자가 자신의 예측에 의해서 전쟁을 장군보다 더 현명하게 수행하진 못하겠지?

13. 한데 퀸투스여, 나는 자네가 주도면밀하게도, 기술이나 지식과 관련된 예측들로부터, 그리고 감각에 의해서나 전문기술자들에게 장악된 대상들로부터 예언술을 격리하는 것을 보았네.[10] 그러고는 예언술을 이렇게 규정하는 것을 보았네, '예언술이란 우연적인 일들에 대해 예견하고 예언하는 것이다'라고.[11] 우선 자네는 거기서 모순을 보이고 있네. 왜냐하면 의사나 뱃사공, 그리고 장군의 예견은 우연적인 일에 대한 것이니 말일세. 한데 내장점쟁이나 새 점쟁이, 또는 선견자나 꿈꾸는 자가, 환자가 질병으로부터, 배가 위험으로부터, 군대가 함정으로부터 빠져나올 수 있도록 의사보다도, 뱃사공보다도, 장군보다도 더 잘 예측하겠는가?

14. 그리고 자네는 이어서 다음과 같은 것이 결코 예언하는 자에게 속하지 않는다고 말했네, 바람이나 비가 곧 닥친다는 것을 어떤 조짐에 의해 미리 아는 것 말일세. 이와 관련해서 자네는 내가 번역한 아라투스의 어떤 구절들을 암송했었네. 한데 바로 이것들이 우연적인 것이라네. 왜냐하면 이 일들은 대개 그렇게 일어나는 것이지, 늘 그런 것은 아니니까 말일세. 그러면 자네가 예언술이라고 부르는 그것은 대체 무엇이며, 우연적인 일들 가운데 어디에 속한단 말인가?

10 1권 111~112장.
11 1권 9장.

왜 이런 말을 하느냐 하면, 기술이나 추론, 경험, 추정에 의해 예견 가능한 것들은 예언자들이 아니라 기술자들에게 주어져야 한다고 자네도 생각하기 때문일세. 따라서 다음과 같은 결론이 따라 나오네. 즉, 기술이나 학문에 의해 예견될 수 없는 우연적인 것만 예언 가능하다는 것일세. 그렇다면, 만일 어떤 사람이 세 번이나 집정관을 지냈던 저 유명한 마르쿠스 마르켈루스[12]가 난파당해 죽으리라는 것을 여러 해 전에 미리 말했다면, 이 사람은 완벽하게 예언을 한 셈이 되었을 것일세. 왜냐하면 이것은 그 어떤 다른 기술이나 학문으로는 알 수 없었던 일이니 말일세. 그러니 운수에 놓인 그런 일들을 미리 아는 것이 바로 예언일세.

15. [VI] 한데, 그 일이 일어나는 데 아무런 논리도 없는 그런 일들에 대해서 그 어떤 예견이 가능하겠는가? 왜냐하면, 달리 무엇을 우리가 운수, 운세, 사고, 우연적 사건이라고 부르겠는가? 어떤 일이 전혀 일어나거나 벌어지지 않았을 수도 있었고, 아니면 다르게 일어나거나 벌어질 수도 있었던 방식으로, 그런 식으로 일어난, 또는 벌어진 일이 아니라면 말일세. 그러니 눈먼 우연과 운수의 변전에 의해 뜻밖에 일어난 일이 대체 어떻게 예견되고 예언될 수 있겠는가?

16. 논리를 통해서 의사는 병이 위중해지는 것을 내다보고, 장군은 적의 전략을, 뱃사공은 폭풍을 내다본다네. 하지만 확실한 논리 없

---

12 M. Claudius Marcellus. 기원전 166, 155, 152년에 집정관을 지냈다. 그는 기원전 148년 아프리카로 항해하다가 파선 사고를 당했다. 키케로 『운명에 관하여』 33장 참고.

이는 의견을 정하지 않는 이들조차도 자주 실수를 저지르네. 예를 들어, 농부가 올리브 꽃을 볼 때, 그는 자신이 열매도 보게 되리라고 생각하는데, 이는 전혀 근거 없는 게 아닐세. 하지만 그럼에도 그가 틀리는 경우가 없지 않네. 한데 이렇게 어떤 개연적인 추정이나 논리가 없이는 아무것도 말하지 않는 사람들조차 틀린다면, 내장이나 새, 전조, 신탁, 꿈에 의지해서 미래 일을 예견하는 자들의 추측에 대해서는 어떤 평가를 내려야 하겠는가? 나는 다음과 같은 징조들이 얼마나 무용한지에 대해서는 아직 말하지 않고 있네. 즉, 간의 균열, 까마귀의 지껄임, 독수리가 날아가는 것, 별이 떨어지는 것, 성난 자들의 외침 소리, 제비뽑기 결과, 꿈 따위 말일세. 이 각각의 징조들에 대해서는 해당되는 대목에서 얘기할 걸세. 지금은 전체적으로만 말하지.

17. 그러한 일이 일어날 아무런 원인도 표지도 없는 일이라면, 그게 일어나리라고 내다보는 게 대체 어떻게 가능하겠는가? 일식이나 월식은 오랜 세월 별들의 행로와 운동을 계산으로써 추적하던 사람들에 의해 예언된다네. 이들이 이것을 예언하는 것은, 자연의 필연성이 이를 성취하기 때문이지. 달의 너무나도 변함없는 움직임으로부터 저들은 예견한다네, 언제 그것이 태양과 마주보면서, 밤의 고깔[13]이라 불리는 지구 그림자 속으로 들어갈지를, 또 그러면 그것은 어두워질 수밖에 없다는 것도. 또한 언제 그 달이 태양과 바로 우리 눈 사

---

13 플리니우스 『자연사』 2.7. "밤은 지구의 그림자 이외에는 아무것도 아님이 명백하다. 한데 그것은 (전차경주장의 반환점인) 고깔이나 뒤집어진 나팔과 비슷하다."

이로 끼어들어 가 태양빛을 어둡게 할지도 예견한다네. 또한 각각의 행성이 언제 어떤 별자리에 있게 될지도, 어떤 별자리가 하루 중 언제 뜨고 질지도. 이것을 미리 예언하는 사람들이 어떤 논리를 따르는지는 자네도 잘 알고 있지.

18. [VII] 한데 보물이 발견되리라거나 유산이 돌아오리라고 예언하는 자들은 대체 어떤 논리를 따른단 말인가? 혹은 그 일이 일어나리라는 게 사물의 본성 중 어디에 포함되어 있단 말인가? 한데 만일 이 일들과 이와 같은 부류의 일들이 저 앞의 일들만큼의 어떤 필연성을 갖고 있다면, 대체 우리가 우연히 또는 운수에 따라 일어난다고 여길 것은 대체 무엇이란 말인가? 왜냐하면 우연만큼 논리와 일관성에 반대되는 것은 없기 때문일세. 그래서 내게는 심지어, 무엇이 우연적·우발적으로 일어날지를 아는 능력은 신에게조차도 주어지지 않은 듯 보일 정도라네. 왜냐하면 신이 그것을 안다면, 그 일은 반드시 일어날 테고, 반드시 일어날 일이라면 우연이 아니게 될 것이니 말일세. 하지만 우연은 존재하지. 그러니 우연적인 일에 대한 예견은 불가능하다네.

19. 하지만 만일 자네가 우연의 존재를 부정하고, 현재 이뤄지고 있거나 앞으로 있을 모든 일들이 영원 전부터 운명적으로 결정되어 있다고 말하고자 한다면, 예언술의 정의를 바꾸시게나. 자네는 그것을 '우연적인 일들에 대한 예견'이라고 했으니 말일세. 왜냐하면, 만일 영원 전부터 특정한 시간에 일어나리라는 게 확실했던 일이 아니라면 그 어떤 일도 일어나지도, 벌어지지도, 생겨나지도 않는다면, 대

체 무슨 우연이 있을 수 있겠는가? 예언술에게는 어떤 자리가 주어지 겠는가? 자네가 언급한바, 우연적인 일에 대한 예견은 대체 무엇이란 말인가? 게다가 자네는 지금 일어나는 일이나 미래에 일어날 일들은 모두 운명에 붙잡혀 있다고 말했었네.[14] 운명이라는 명칭 자체가 할 머니들이나 쓰는 것이고 미신으로 가득한 것일세. 그런데도 스토아 학파 사람들은 저 대단한 운명에 대해 많이들 얘기하지. 하지만 그 얘 기는 다른 데서 하기로 하고,[15] 지금은 필요한 얘기만 하세.

20. [VIII] 만일 모든 일이 운명에 따라 일어난다면, 예언술이 내게 무슨 득이 된단 말인가? 왜냐하면, 그럴 경우 예언하는 자가 미리 말 한 것은 진짜로 일어날 터이니 말일세. 그렇게 되면, 나로서는 그 일 이 어떻게 될지를 전혀 모르겠네. 우리의 아주 소중한 친구 데이오타 루스를 독수리가 여행으로부터 되불러왔다는 얘기[16] 말일세. 그가 돌 아서지 않았더라면, 그는 다음 날 밤에 무너져 내린 그 방에서 잠을 잤을 것이고, 잔해에 깔려 버렸으리라는 그 얘기 말이지. 하지만 운명 이었다면 그는 그 일을 피할 수 없었을 것이고, 운명이 아니었다면 그 는 그 사고를 당하지 않았을 걸세.

그러니 예언술이 무슨 도움이 된단 말인가? 혹은 제비뽑기나 내 장이나 그 어떤 예언이 내게 경고해 막아 주는 것은 대체 무엇이란 말

---

14 1권 125장.
15 자신의 책 『운명에 관하여』를 가리킨다.
16 1권 26장.

인가? 내가 이런 말을 하는 이유는, 만일 1차 포에니 전쟁 때 로마인들의 함대가 일부는 파선되어, 일부는 포이니케(카르타고) 인들에 의해 제압되어 파멸할 것이 운명이었다면, 설사 신성한 닭들이 루키우스 유니우스와 푸블리우스 클라우디우스가 집정관일 때 '완벽한 춤'[17]을 보여 주었다 하더라도 함대는 파멸했을 것이기 때문일세. 반면에 만일 조점술에 순응해서 함대가 파멸하지 않았더라면, 그것은 운명에 따라 파멸한 게 아니게 될 걸세. 한데 자네는 모든 일이 운명에 따라 일어난다고 주장하네. 그러니 예언술이란 가능하지 않다네.

21. 또 이건 어떤가? 만일 제2차 포에니 전쟁 때, 로마인들의 군대가 트라시메누스 호수 근처에서 궤멸하는 게 운명이었다면,[18] 설사 집정관인 플라미니우스가, 전투를 피하라고 명한 저 전조와 새점 들에 복종함으로 해서, 그 파멸을 피하는 게 과연 가능했겠느냐 하는 것일세. 그것은 확실히 불가능했네. 따라서 그들은 운명에 따라 파멸한 게 아니거나, 만일 그게 운명에 따른 일이라면(물론 자네의 학파는 그렇다고 하겠지만), 설사 플라미니우스가 새점에 복종했다 하더라도 같은 일이 일어났을 걸세. 그러면 스토아학파의 저 예언술은 대체 어디에 있는 것인가? 만일 모든 일이 운명에 따라 일어난다면, 예언술은

---

17 1권 29장 참고. '완벽한 춤'(tripudium solistimum)이란 점괘에 동원된 닭들이 모이를 급히 먹다가 부리에서 모이를 떨어뜨리는 것을 가리킨다. 이것은 승전을 예고하는 아주 좋은 조짐으로 여겨졌다. P. 클라우디우스는 닭이 모이를 먹지 않자, 그것을 바다로 집어던졌고, 결국 해전에서 패배했다고 한다.
18 1권 77장.

아무 일에 있어서도 우리로 하여금 좀 더 조심하라고 충고해 줄 수가 없네. 왜냐하면 우리가 무슨 짓을 하든 간에 일어날 일은 일어나고 말 테니까. 한편 그 일이 회피될 수 있다면, 운명이란 건 없게 된다네. 이 경우에도 예언술은 존재하지 않게 되네. 왜냐하면 예언이란 일어날 일에 대한 것이기 때문이지. 한데 '확실하게 일어날 사건' 따위는 없다네. 그래서 어떤 일이 일어나지 않도록 하는 어떤 예방책이 있을 수 있는 거라네.

22. [IX] 더욱이 내 생각엔, 미래에 일어날 일에 대한 지식이 우리에게 전혀 쓸모가 없는 듯하네. 왜 그런가 하면, 만일 프리아모스가 자기 노년에 일어날 사건을[19] 젊은 시절부터 알고 있었더라면 그의 삶은 어떠했겠는가? 하지만 신화적인 일들은 그냥 지나가고, 근래의 일들을 보기로 하세. 나는 나의 책 『위로에 관하여』 속에 우리 시민 중 특출한 인물들의 가장 끔찍한 최후를 모아 놓았네. 그러니 어떤가? 먼 조상들은 그냥 지나치고, 자네는, 마르쿠스 크랏수스에게 어떤 이득이 있었으리라고 생각하나? 그가 엄청난 권력과 부로 번영하고 있을 바로 그때에, 자신이 나중에 에우프라테스 강 건너편에서, 자기 아들 푸블리우스는 죽고 군대는 궤멸된 채, 수치와 오욕 속에 스러지리라는 것을[20] 미리 알았더라면 말일세. 혹은 자네는, 그나이우스 폼페

---

19 트로이아 왕 프리아모스는 노경에 자기 아들 헥토르가 아킬레우스에게 죽는 것을 보고, 이어서 도시가 함락되어 자신은 제단에서 피살되며, 그의 가족 중 남자들은 거의 다 죽고 여자들은 외국에 노예로 끌려간다.
20 1권 29장 참고.

이우스가 자기의 세 번의 집정관직과 세 차례의 개선식, 그리고 엄청난 업적들에 대한 영광을 즐거워했으리라고 생각하나? 만일 그가 자신이 이집트의 황야에서 군대를 잃고서 토막 나리라는 것, 그리고 그의 죽음 뒤에 일어난, 내가 눈물 없이는 언급할 수 없는 그 일들이 뒤따르리라는 것을[21] 미리 알았더라면 말일세.

23. 또한 카이사르에 대해서는 우리가 어떻게 생각해야 할까? 만일 그가, 자신이 그중 대다수를 선택했던바 그 원로원에서, 바로 폼페이우스 쿠리아[22]에서, 그리고 폼페이우스의 조각상 앞에서, 자신의 여러 백인대장들이 보고 있는 가운데, 더러는 자기가 온갖 것으로 치장해 준 지체 높은 시민들에 의해 그토록 난자되어 누워 있게 되리라는 것, 그 정도가 어찌나 심한지 친구들뿐 아니라 노예조차도 그 누구 하나 그에게 다가오지 않으려 할 정도로 난자될 것을 미리 내다보았더라면, 그는 얼마나 큰 정신적 고통으로써 삶을 이어 갔겠는가?

그러니 확실히 미래의 불행에 대한 지식보다는 오히려 무지가 더 유용하다네.

24. 왜냐하면 다음과 같이 말하는 건, 특히 스토아학파 사람들이 그러는 것은 결코 가능하지 않으니 말일세.[23] 즉, '(미래사를 알았더라

---

21 폼페이우스는 파르살로스 전투(1권 68~69장 참고)에서 패배한 후 이집트로 도피했으나, 해안에 상륙하다가 피살된 후 목이 베였고(기원전 48년 9월 28일), 그의 머리는 며칠 후 이집트에 도착한 카이사르에게 전달되었다.
22 원로원 집회 장소.
23 스토아학파는 운명의 인과관계에 의해 미리 정해진 일은 결코 바꿀 수 없다고 믿었기 때문이다.

면) 폼페이우스는 전쟁을 택하지 않았을 것이다', '크랏수스는 에우프라테스를 건너지 않았을 것이다', '카이사르는 내전을 시작하지 않았을 것이다'라고 말일세. 그러니 그들은 운명에 의해 정해진 최후를 마친 것이 아니네. 한데 자네는 모든 일이 운명에 따라 일어난다고 주장하고 싶어 하지. 그렇다면 저들에게는 예언술이 아무 이득도 되지 않았을 것일세. 게다가 그들의 그 이전 삶에서 인생의 모든 즐거움이 사라졌을 것일세. 왜냐하면, 자신의 최후에 대해 생각하는 그들에게 어떤 행복이 있을 수 있단 말인가? 그러니 스토아주의자들이 아무리 몸을 이리저리 돌린다 하더라도, 그들의 모든 재주는 바닥에 쓰러지는 수밖에 없네. 왜냐하면 만일 미래에 일어날 일이 이런 방식으로도 저런 방식으로도 일어날 수 있다면, 우연이 최고의 힘을 가질 터이니 말일세. 한데 우연적인 일들은 확정적인 것일 수가 없다네. 하지만 만일 어떤 일과 관련해서든, 그리고 어떤 시간에 있어서든 미래에 일어날 일이 확정적이라면, 내장점쟁이들이 '더할 수 없이 불행한 일들이 예견된다'고 말했다 한들 내게 이득이 될 게 무엇이란 말인가?

25. [X] 방금 말한 것에 대해 스토아주의자들은 이렇게 대꾸하지. '모든 재난은 신께 바치는 제의로써 예방하여 가볍게 할 수 있다'고. 하지만 아무것도 운명을 벗어나서 이루어질 수 없다면, 신께 바치는 제의로는 아무것도 가볍게 할 수 없다네. 호메로스는, 윱피테르로 하여금 자기 아들 사르페돈을 운명에 반하여 죽음으로부터 구해 낼 수 없음을 불평하게 했을 때,[24] 이 사실을 알았던 것일세. 다음과 같은 구절로 번역된 희랍어 시구[25]도 같은 생각을 표현한 것이지.

일어나기로 예정된 일은 최고의 존재인 윱피테르조차도 넘어선다.

내가 보기엔, 모든 일이 하나하나 운명에 의해 정해진 것이라는 생각은 심지어 아텔라 시구[26]에서조차도 ―정당하게― 비웃음거리가 될 듯하네. 하지만 이렇게 엄정한 주제에 농담의 자리란 없지. 그러니 우리 논의를 요약해 보세. 만약 우연적으로 일어나는 일들에 대해서, 그것들은 확정적일 수 없기 때문에, 미래사를 예견할 수 없다면, 예언술은 존재할 수 없네. 반면에 미래사가 확정적이고 운명적인 것이어서 예견 가능하다면, 그래도 다시 예언술은 존재 불가능하네. 자네는 예언술이 우연적인 일에 대한 것이라고 말하곤 했으니[27] 말일세.

26. 하지만 이런 얘기는 우리 논의의 시작에 불과해서, 말하자면 경무장대의 출격 비슷한 게 될 것일세. 이제 전면전에 돌입하기로 하세. 그리고 내가 자네 논변의 양쪽 날개를 뒤흔들어 놓을 수 있는지 살펴보기로 하세.

[XI] 자네는 예언술의 종류가 둘이라고 했었네. 하나는 기술에 의

---

24 『일리아스』 16권 431~438행. 사르페돈이 파트로클로스에게 죽게 되자, 제우스는 그를 구해 내어 고향으로 돌려보낼까도 생각해 보지만, 결국 포기하고 만다.
25 누구의 시인지 불분명하지만, 이런 생각은 사실 고대 희랍에 보편적인 것이었다.
26 이탈리아 남부 캄파니아의 도시 아텔라(Atella)에서 생겨난 소극. 희랍 희극의 영향을 받아 기원전 1세기에 상당한 수준까지 올라섰던 것으로 평가된다.
27 1권 9장, 2권 13장 참고.

한 것이고, 다른 하나는 자연적인 것이라고 말이지.[28] 기술에 의한 예언술은 일부는 예측으로, 일부는 장기적인 관찰로 구성된다, 반면에 자연적인 것은 정신이 외적으로, 신적 존재로부터 포착하거나 획득한 것이라고 말일세. 한데 이 신적 존재로부터 우리는 모든 영혼을 길어 냈거나, 받아 가졌거나, 부음받았거나 했다는 것이지. 자네는 기술에 의한 예언술에 다음과 같은 종류를 귀속시켰지. 즉, 내장을 관찰하는 것, 번개와 전조로부터 예언하는 것, 새점 치는 자들의 일, 그리고 모든 징조들을 이용하는 사람들의 작업들 말일세. 또 자네는 모든 종류의 예측들도 사실 이 부류에 넣었네.

27. 반면에 자연적인 예언은, 정신적 자극에 의해 주어지거나 혹은, 말하자면 쏟아지는 것으로, 아니면 잠자는 동안 감각이나 걱정으로부터 놓여난 정신에 의해 예견되는 것으로 간주되었네. 그리고 자네는 모든 예언술이 세 원천으로부터 나온다고 말했지. 즉, 신으로부터, 운명으로부터, 자연으로부터라고 말일세.[29] 하지만 자네가 아무것도 해명할 수 없게 되자, 지어낸 사례들이라는 놀라운 군대를 동원해서 싸움을 시작했지.[30] 그에 대해 우선 나는 이렇게 말하고 싶네. 내가 보기에, 우연적으로 참이거나, 악의에 의해 꾸며진 거짓된 것일 수도 있는 증거들을 이용하는 건 철학자가 할 일이 아니라고 말일세. 각 사

28 1권 11장과 34장 참고.
29 1권 125장 참고.
30 예를 들면 1권 42~44장에서 문학작품에 나오는 꿈 이야기가 증거처럼 제시되었다.

안이 어째서 그러한지 논증과 추론으로써 입증해야 하네. 사건들, 특히 내가 믿어서는 안 될 사건들을 이용해서가 아니라.

28. [XII] 우선 에트루리아 점술에서부터 차례로 나아가기로 하세. 나는 그것이 국가와 공적 종교를 위해 존중되어야 한다고 생각하네. 하지만 지금은 여기 우리끼리만 있으니, 악의적인 눈길 없이 진실을 탐색해도 될 것이네. 특히 나는 많은 것에 대해 의심을 품는 학파에 속했으니 말일세. 자네가 좋다면 우선 내장점에 대해 살펴보세. 자, 내장들에 의해서 그 조짐이 주어진다고 하는 저 일들이 장기적인 관찰에 의해 에트루리아 점쟁이들에게 알려졌다는 주장에 그 누구든 설득될 수 있을까? 대체 그것은 얼마나 장기적인 것이었을까? 혹은, 그것은 얼마나 긴 시간 동안 관찰될 수 있었을까? 어떤 부분이 불길하고, 어떤 부분이 상서로운지에 대해 자기들 사이에 어떻게 합의되었을까? 또, 어떤 균열이 위험을, 어떤 것이 뭔가 이득 되는 것을 보여 주는지에 대해서는? 이것에 대해 에트루리아 출신 점쟁이들과 엘리스 출신, 이집트 출신은 자기들 사이에 합의에 도달했을까? 하지만 이런 일은 이뤄질 수 없었다는 정도를 넘어서, 아예 상상조차 할 수 없다네. 우리는 점쟁이들이 저마다 다른 방식으로 내장들을 해석하며, 모두에게 일치된 하나의 규칙이란 없음을 목도하기 때문일세.

29. 그리고 분명히, 만일 내장들에게 무슨 일이 일어날지를 밝혀 주는 어떤 힘이 있다면, 그것은 사물의 본성과 합치하거나, 아니면 어떤 식으로든 신들의 뜻에 의해 형성된 것일 수밖에 없네. 그토록 크고 그토록 분명하게 세상 모든 부분과 운동들 속에 편재해 있는 사물

들의 신적인 본성과, 제물로 바쳐진 황소의 간이나 염통, 허파가 대체 무슨 공통된 것을 가질 수 있단 말인가? (나는 병아리 쓸개에 대해서는 언급하지 않겠네. 이 내장들이야말로 미래사를 가장 잘 보여 주는 것이라고 말할 사람들도 있기에 하는 말이네.) 그것들이 미래에 일어날 일들을 밝혀 줄 수 있는 무슨 본성적인 걸 갖고 있단 말인가?

30. [XIII] 한데 데모크리토스는 자연학자에 대해 ── 이들보다 더 오만한 부류는 없는데 ── 이렇게 제법 재치 있는 농지거리를 했었지.[31]

　　발 앞에 있는 것은 누구 하나 살피지 않으면서, 하늘의 영역은 샅샅이 도 뒤지는구나!

　　하지만 그래도 그는 다음과 같은 것 정도까지는 내장의 상태와 색깔이 알려 준다고 생각했지. 즉, 곡물 종류와 땅이 생산해 내는 것들의 풍작과 흉작 여부 말일세. 또한 그는 건강과 질병 여부도 내장들에 의해 조짐이 나타난다고 생각했다네. 아, 필멸의 인간 중 행복했던 이! 내가 알기에 확실히 그에겐 장난끼가 부족했던 적이 없었다네. 한데 이 양반은 그토록이나 농지거리에 즐거웠던 것일까? 모든 가축의 내장들이 동시에 같은 상태, 같은 색깔로 변해야지만 그의 주장이 진

---

31 엔니우스의 『이피게니아』에서 인용한 구절. 같은 구절이 『국가론』 1권 30장에도 인용되어 있다.

실로 비치게 되리라는 것을 깜빡할 정도로? 만약에 같은 시각에 어떤 가축의 간은 매끈하고 탱탱한데, 다른 가축의 것은 꺼칠꺼칠하고 오 그라들어 있다면, '내장의 상태와 색깔에 의해 밝혀질 수 있는 것'이란 대체 무엇이란 말인가?

31. 그리고 자네가 페레퀴데스에 대해 얘기했던 것도 같은 부류 아닌가? 그는 우물에서 길어 온 물을 보고는 지진이 일어나리라고 말했다[32] 하지 않았나? 내가 보기에, 이미 지진이 일어난 다음에야 어떤 힘이 그것을 일으켰는지 말하고자 나서는 것도 약간 주제넘은 듯하네. 그런데 늘 솟아나는 물의 색깔을 보고서 지진이 있으리라는 것을 예지하기까지 한다고? 그런 류의 말들이 학교들에서 많이 떠돌지만, 모든 말을 다 믿어서는 안 된다는 것을 명심하시게.

32. 하지만 원한다면 데모크리토스의 말이 맞다고 하세나. 한데 우리는 언제 이런 일들을 내장점에 물어보는가? 혹은 우리는 언제 이런 부류의 것을, 내장을 관찰한 점쟁이에게서 들었던가? 그들은 물로부터 오는, 혹은 불로부터 오는 위험을 경고하지. 또 때로는 유산을 상속받으리라는 것을, 때로는 재산 손실을 전하고. 그들은 간의 균열이 호의적임을, 또는 치명적임을 논하네. 그들은 간의 '머리'를 찾으려, 구석구석 열심히 살피네. 만일 그게 발견되지 않으면, 이보다 더 불길한 사건은 있을 수 없다고 생각하네.

---

32 1권 112장에는, 페레퀴데스가 그동안 마르지 않던 우물이 마른 것을 보고 지진을 예측했다고 되어 있다.

33. [XIV] 이런 것들은 확실히, 내가 앞에 말했듯이, 관찰된 것일 수가 없었네.[33] 따라서 이것들은 기술적인 발명이지 오래전부터 전해 내려오는 것이 아니네. 물론 알려지지 않은 것들에 대한 그 어떤 '기술'이 존재한다면 말이지. 한데 이것들이 사물들의 본성(자연)과 무슨 연관이 있단 말인가? 그 본성이 하나의 조화로운 것으로서 서로 연관되고 연속되어 있다면, (내가 보기에 이런 견해는 자연철학자들, 특히 우주 전체는 하나라고 주장하는 이들에게[34] 지지를 받아 왔는데) 세계가 보물창고 발견과 대체 무슨 연관을 가질 수 있겠는가? 왜 이런 말을 하는가 하면, 만일 나의 재산 증가가 내장들에 의해 제시되고 이것이 자연에 의해 성취된다면, 우선 내장들은 세계와 연관되어 있고, 다음으로 나의 이익이 사물들의 본성과 연결될 걸세. 하지만 자연철학자라면 이런 식으로 말하는 걸 부끄러워하지 않겠는가? 하지만 자연 속에는 다른 어떤 연관들이 있을 수 있다는 걸 나는 인정하네. 스토아주의자들이 많은 사례를 모아 놓았으니 말일세. 그들이 말하길, 생쥐의 간은 겨울에 커진다지. 또 마른 박하가 바로 동짓날에 꽃이 피며, 그것의 씨꼬투리가 부풀어서 터지고, 그 속에 갇혔던 씨가 여러 방향으로 튕겨나간다고 하네. 또한 굴과 모든 조개류는 달과 함께 자라나고 달과 함께 줄어들게 되어 있다 하네. 또 나무들은 겨울이면 달이 늙어

---

33 2권 28장 참고.
34 『아카데미카』 2권 118장에는 콜로폰의 크세노파네스가 이런 견해를 가졌던 것으로 소개된다.

가는 데 따라 함께 말라 가서 쉽게 부러지는 것으로 여겨진다 하네.

34. 해협과 바다의 조류에 대해서는 더 말할 게 뭐 있겠나? 그 밀물과 썰물은 달의 움직임에 의해 통제되네. 이와 같이 서로 거리가 있는 듯 보이는 사물들 사이에 자연적 연관이 나타난다는 사실에 대한 수많은 증거들이 제시될 수 있네. 이것들은 그냥 인정하세. 이 중 어느 것도 내가 내세우는 논변을 반박하지 않으니 말일세. 그런데, 만일 간에 특정 방식의 균열이 있으면, 그것은 내게 이득이 생길 것을 예고한단 말인가? 대체 어떤 자연적인 결속과 말하자면 조화와 공조, 희랍인들이 공감sympatheia이라고 부르는 것에 의해서, 간의 균열이 나의 작은 금전적 이득과 합치할 수 있으며, 나의 작은 사업이 하늘, 땅, 자연과 합치할 수 있겠는가?

[XV] 하지만 자네가 원한다면 나는 이것들을 양보하겠네. 내가, 자연이 내장들과 어떤 연관성이 있다는 것을 인정함으로써, 나의 입론에 큰 타격을 입게 된다 하더라도 말일세.

35. 하지만 이걸 양보한다 해도, 좋은 전조를 구하는 사람이 자신의 목적에 적합한 희생제물을 바치는 일은 어떻게 일어나겠는가? 내가, 해결될 수 없다고 말하곤 하던 게 바로 이 문제였네. 하지만 이 문제는 얼마나 쉽게 해결되었던가! 나는 자네를 전혀 부끄러워하지 않네. 심지어 자네의 기억력에 경탄한다네. 하지만 크뤼십포스, 안티파테르, 포세이도니오스에 대해서는 부끄러워한다네. 이들은 자네가 말한 바로 그것을 그대로 말하지. 즉, 제물을 선택하는 데에는, 온 세계에 스며들어 있는 지적이고 신적인 어떤 힘이 인도자가 된다는 것

일세.[35]

하지만 그들이 발언하고 자네가 수용한 저 말은 한층 더 심하네. 즉, 누가 무엇인가를 제물로 바치려 할 때, 내장의 변화가 이루어진다는 주장 말일세. 그래서 뭔가 없어지거나 뭔가 덧붙게 된다고, 왜냐하면 모든 것은 신들의 뜻에 복종하기 때문에 그렇다고.

36. 내 단언컨대 이런 말은 이제 노파들조차 받아들이지 않는다네. 자네는 같은 송아지가, 어떤 사람이 선택하면 간에 '머리'가 없고, 다른 사람이 선택하면 머리가 있는 것으로 드러나게 되리라 믿는가? 내장이 제물 바치는 사람의 운수에 스스로 맞춰 주게끔, 이런 식으로 간의 '머리'가 갑작스레 사라지고 덧붙는 일이 일어날 수 있겠는가? 자네의 학파는 제물을 고르는 일이 일종의 주사위놀이라는 것을 인식하지 못하나? 특히 사실 자체가 가르쳐 주는데도? 왜냐하면 먼저 한 제물의 내장이 '머리'가 없어서 이보다 더 무서운 일은 없는 것으로 보였는데, 바로 다음 제물이 최고의 조짐을 보이는 경우가 자주 있기 때문일세. 그러면 저 앞 제물의 위협은 어디로 간 것인가? 아니면 무슨 신들의 호의가 그렇게 급작스럽고 완벽하게 성취되는가?

[XVI] 자네는 말하네. '하지만 카이사르가 제물을 바칠 때 희생 황소의 내장 가운데 심장이 없었다.[36] 그 희생동물이 심장 없이 살아왔다는 건 있을 수 없는 일이니, 제물로 바쳐지는 순간에 그 심장이 사

---

35 1권 118장 참고.
36 1권 119장 참고.

라졌다고 생각해야 한다'라고.

37. 한데 자네가 '황소가 심장 없이는 살 수 없다'라는 것 하나는 인지하면서, 다른 하나, 그러니까 '심장이 갑자기 나도 모를 어디론가 날아가 버릴 수는 없다'라는 것은 보지 못하는 사태는 어찌 일어난 건가? 나로서는, 생명을 유지하는 데 심장이 어떤 기여를 하는지 잘 모르는 것일 수도 있지만, 소가 어떤 병이 들어서 그것의 심장이 빈약하게 작아지고 위축되어 심장과 비슷하지 않게 되어 버린 게 아닌가 의심해 볼 수도 있겠네. 한데 자네는, 조금 전까지 심장이 제물 황소 속에 있다가, 바로 제물을 바치는 그 순간에 갑자기 사라졌다고 생각할 어떤 근거가 있는가? 아니면 그 황소는, 카이사르가 정신이 나가서excors[37] 자줏빛 의상을 걸치고 있는 것을 보고서 자기도 심장cor을 잃어버렸다고 해야 할까?

내 장담하건대, 자네 학파는 성채를 방어하다가 철학의 도시는 내게 넘긴 꼴일세. 왜 그런가 하면, 자네들은 내장점술이 참되다는 걸 입증하려다가 생리학을 완전히 뒤집어 버렸으니 말일세. 일단 간에 '머리'가 있고, 내장 중에 심장이 들어 있네. 그러다가 자네가 곡식과 와인을 흩뿌리는[38] 순간 그것들이 사라져 버리네. 신이 그것을 낚아채겠지, 아니면 어떤 힘이 그것을 파괴하거나 먹어치우겠지! 그렇게

---

37 옛사람들은 심장에 지성적인 기능이 있다고 믿었기 때문에, 어떤 사람이 이성을 벗어난 행동(카이사르가 왕의 복장을 갖춘 것처럼)을 하는 것은 '심장이 사라진(excordis)' 상태나 마찬가지다.

38 제물을 바치기 전에 우선 제물 짐승의 머리에 곡식과 술을 뿌리는 관행이 있었다.

되면 만물의 생성과 소멸은 자연이 이루는 게 아닐 걸세. 또 무에서 불쑥 생겨나는 것도, 무로 갑자기 떠나가 버리는 것도 있게 될 걸세. 그런 말을 대체 어떤 자연철학자가 했단 말인가? '내장점쟁이들이 그렇게 말한다'라고 할 수 있겠지. 그러면 자네는 자연철학자들보다는 오히려 이 점쟁이들을 믿어야 한다고 평가하나?

38. [XVII] 자, 이건 어떤가? 여러 신들께 제사를 바칠 때, 어떤 경우에는 길조가 나타나고, 어떤 경우에는 그렇지 않은 건 왜인가? 첫 번째 내장들에서는 재난으로 위협하고, 다음 내장들에서는 좋은 일을 약속한다면, 이건 신들의 변덕 아닌가? 아니면 신들 사이에 그렇게 큰 불화가 있고, 심지어 아주 가까운 신들 사이에도 자주 불화가 있어서, 아폴로에게 바친 내장은 길조이고, 디아나에게 바친 내장은 그렇지 않게 되는 것일까? 이것보다 더 명백한 게 뭐가 있겠는가? 즉, 무작위로 제물 짐승을 끌어오면, 각 사람에게 주어진 짐승의 상태가 그것의 내장의 상태와 같다는 것 말일세. 이렇게 반론할 수 있겠지. '하지만 각 사람에게 어떤 짐승이 주어졌는지 하는 바로 그 사실 자체가 어떤 신적인 요소를 갖고 있다, 제비뽑기에서 각자가 뽑는 것에 그러하듯이'라고. 제비뽑기에 대해서는 내 곧 얘기하겠네. 한데 자네는 제비뽑기와의 유사성을 끌어들여서 희생제물 논변을 강화하지는 못하고, 오히려 희생제물과 한데 묶음으로써 제비뽑기마저 약화시키고 있네.

39. 내가 제물로 바칠 양을 한 마리 구해 오도록 노예 한 명을 아이퀴마일리움[39]으로 보냈더니, 그가 내 상황에 딱 맞는 내장을 지닌

양을 데려왔다면, 이 사람은 우연에 의해서가 아니라, 신의 인도로 그 양에게로 이끌린 것이겠네! 만일 자네가 이 사례에서도 우연은, 말하자면 신들의 뜻과 연관된 일종의 제비뽑기라고 주장한다면, 우리 친애하는 스토아학파 사람들을 에피쿠로스파에게 그토록 큰 웃음의 소재로 제공하게 될 터이니, 나로서는 유감이네. 그들이 이런 것을 얼마나 비웃는지는 자네도 모르지 않기에 하는 말일세.

40. 그들은 이 일을 좀 더 쉽게 해낼 수 있을 걸세. 왜냐하면 에피쿠로스는 신들 자신조차도 우스개로 삼기 위해, 그들이 투명하며 바람에 날아다니고, 파괴되는 것이 두려워서, 마치 두 개의 숲 사이에 거주하듯[40] 두 개의 세계 사이에 거주하고 있다고 설파했으니 말일세. 게다가 그는 신들이 우리와 똑같은 지체들을 가지고 있지만 그것의 쓰임새는 없었다고 생각하지. 그러니 그는 신들을 없애 버릴 때는 둘러 가는 길을 택했지만, 예언술을 없애는 데는 직진을 망설이지 않을 걸세. 하지만 에피쿠로스가 일관성이 있는 데 반해, 스토아학파는 그렇지 못하다네. 왜 이런 말을 하느냐면, 에피쿠로스의 신은, 자기 자신이고 남들이고 전혀 돌보지 않기 때문에, 인간들에게 예언을 나눠 주는 게 불가능해서이니. 반면에 자네들의 신은 이 세상을 하나도

---

39 로마의 카피톨리움 언덕 남쪽의 제물 짐승 시장이 있던 곳.
40 옛 로마에서 죄인들이 도피할 수 있는 성역이 카피톨리움 언덕의 수풀 우거진 두 봉우리 사이에 있었던 것을 가리키는 말이다. 에피쿠로스학파의 주장에 따르자면 신들은 세계와 세계 사이의 공간(emtermundia, metakosma)에 머물러 있다고 한다. 키케로는 이 신들이 세계가 파괴될 때 자기들도 함께 파괴될까 두려워서 거기 있는 것이라고 설명하고 있다.

빠짐없이 다스리고 인간들을 배려하면서도 예언을 나눠 줄 수가 없다네.

41. 그런데 왜 자네 학파는 결코 해결할 수 없을 오류 속으로 빠져드는 건가? 그들은 평소보다 많이 성급하게, 이러한 삼단논법을 제시하니 말일세. 즉, '만일 신들이 존재한다면, 예언술도 존재한다. 그런데 신들은 존재한다. 따라서 예언술도 존재한다'는 것일세. 하지만 이보다 훨씬 개연성 있는 것은 이런 논법일세. '예언술은 존재하지 않는다. 따라서 신들은 존재하지 않는다.' 만일 그들이 '만일 예언술이 존재하지 않으면, 신들은 존재하지 않는다'라는 명제를 지지한다면, 그들은 얼마나 성급하게 행동한 게 될지를 생각해 보게나. 설사 예언술이 부정된다 하더라도, 분명코 신들의 존재는 계속 견지될 터이니 말일세.

42. [XVIII] 한데 이렇게 내장을 통한 예언이 제거됨으로써 모든 에트루리아 점술이 다 제거되었네. 왜냐하면 전조와 번개를 이용한 예언도 그 뒤를 따르기 때문이라네. 번개를 통한 예언에는 오랜 동안의 관찰이 필요하다 했네. 전조를 통한 예언에는 일반적으로 추론과 예측이 이용될 테고. 한데 번개를 이용한 예언에서 관찰된 것이란 대체 무엇인가? 에트루리아 인들은 하늘을 열여섯 구역으로 나누었네. 우리가 하듯이 우선 넷으로 나뉜 하늘을 두 배로 만들고, 그런 다음 다시 두 배로 만드는 것, 그리고 이들 중에 어떤 부분에서 번개가 발생하는지 언급하는 것은 그들에게 쉬운 일이었지. 첫째, 번개 위치는 각기 어떠한지? 둘째 그것은 무엇을 의미하는지? 천둥과 벼락에 겁을

집어먹고 생겨난 인류의 첫 놀라움 때문에, 모든 것을 주관하는 윱피테르가 이런 일을 이룬다고 믿게 되었다는 게 명백하지 않은가? 그래서 우리의 이적異蹟 기록부[41]에 이렇게 적혀 있게 되었네. '윱피테르께서 천둥을 치시거나 번개를 보내실 때 인민이 선거를 치르는 것은 불경스런 일이다'라고.

43. 이것은 아마도 공무상의 편의를 위해서 규정된 것인 듯하네. 우리 조상들은 선거를 치르지 않을 명분이 있었으면 했던 것일세. 그래서 번개는 선거에 대해서만 흉조가 되었네. 다른 모든 일에 대해서는 최고의 전조로 여기면서 말이지. 특히 왼쪽에서[42] 번개가 치면 더욱 그렇다네. 하지만 새점에 대해서는 다른 자리에서 얘기하기로 하고, 여기서는 번개에 대해서만 다루세.

[XIX] 그러니, 불확실한 일들에 의해 그 어떤 일이 확실하게 예시된다는 것보다 자연철학자가 입에 올리기에 더 무가치한 발언이 어디 있겠는가? 물론 나는 자네가, 윱피테르의 번개는 아이트나 화산에서 퀴클롭스들이 만든다고 생각하는 그런 인물은 아니라고 생각해서 하는 말이네.

44. 왜냐하면 윱피테르가 단 하나의 번개만 가지고 있다면, 어떻게 그가 그렇게 자주 그것을 던질 수 있는지 이상할 테니 말일세. 또

---

41 1권 28장에도 이러한 기록이 존재했음이 언급되어 있다.
42 옛 로마에서 이런 종류의 점을 칠 때는 남쪽을 향해 서는 것이 기준이므로, 왼쪽은 동쪽이다.

는 그 경우 읍피테르는 인간들에게, 어떤 일을 해야 할지, 또는 피해야 할지 벼락들을 이용해서 충고하는 것도 불가능할 걸세. 한데 스토아학파는 이러한 이론을 선호하지. 즉 '땅의 차가운 날숨들이 흐르기 시작하면 바람들이 된다, 그것들이 구름 속으로 들어가서 그 구름의 가장 미소한 부분들을 나누고 쪼개기 시작할 때, 이 일이 아주 재빠르고 격렬하게 일어나면 번개와 천둥이 생겨난다, 또한 구름들이 충돌할 때 열기가 압축되어 밖으로 배출되면, 그것은 벼락이 된다'라는 것이지. 그러니 이 일이 이렇게 자연의 힘에 의해, 전혀 규칙성 없이, 전혀 정해지지 않은 시간에 일어나는 것을 우리가 보는데, 거기에서 뒤에 일어날 일들의 예고를 구한단 말인가? 다들 알 만한 현상이지만, 만일 읍피테르가 그런 것을 예고한다면, 그토록 많은 벼락을 아무 목적도 없이 내던진단 말인가!

45. 왜 이런 말을 하는가 하면, 그가 바다 한가운데로 벼락을 던질 때 대체 무엇을 이루려는 것인가? 또, 그가 자주 그러하듯이 산의 가장 높은 지점을 내리칠 때는? 사람 없는 사막을 내리칠 때는? 전혀 누구도 관찰하지 않는 이민족의 해안을 내리칠 때는?

[XX] 그런데도 자네는 말하네, '(조각상의) 머리가 티베리스 강에서 발견되었다'[43]라고. 마치 내가 점쟁이들의 어떤 기술이 존재함을

---

43 1권 16장 참고. 숨마누스의 조각상이 읍피테르 신전 꼭대기에 있다가 벼락에 맞았는데, 나중에 그 머리가 예언자가 지목한 장소에서 발견되었다. 동생 퀸투스는 이것이 예언의 위력을 보여 주는 사례라고 생각하지만, 형 키케로는 신전에 벼락이 떨어졌다는 것 자체가 예언술에 대한 반박이라고 보는 것이다.

부정이라도 하는 것처럼 말일세. 하지만 내가 부정하는 것은 예언술일세. 내가 방금 말했듯 하늘의 영역을 나누고, 어떤 특정의 사건이 일어나는지 주목하면 어디서 벼락이 날아오는지, 그것이 어디로 가는지 알 수 있네. 하지만 그것이 무엇을 예고하는지는 어떤 논리도 가르쳐 주지 않는다네. 한데 자네는 나의 시구를 이용하여 나를 몰아세우고 있네. 이렇게 말이야.

이런 말을 하는 이유는, 언젠가 높이 천둥치는 아버지께서 별 빛나는 올림포스에

버텨 서서, 스스로 자신의 기념물과 신전들을 겨냥하셨고,

카피톨리움의 보좌를 불로 내리치셨기 때문이다.[44]

또 '언젠가는 낫타의 조각상이, 또 언젠가는 신들의 형상이, 그리고 로물루스와 레무스가 유모인 짐승과 더불어 벼락의 힘에 얻어맞아 땅에 처박혔으며, 이러한 사건들에 대해 에트루리아 점쟁이들의 예언이 진실하게 맞아 들어갔다'라고.

46. 자네는 저 놀라운 일도 끌어들였지. 반역 음모[45]가 원로원에서 폭로되던 바로 그 시기에, 작업 계약이 이뤄진 지 2년 만에 융피테

---

44 키케로의 없어진 작품 『나의 집정관직』 2권 내용으로, 앞에 1권 19장에서 퀸투스가 인용했던 구절이다. 이어지는 내용도 1권 19~20장에 인용된 시구를 요약한 것이다. 여기 나오는 낫타(Natta)가 어떤 존재인지는 전혀 알려진 바 없다.
45 키케로가 폭로한 카틸리나의 모반 음모.

르의 신상이 카피톨리움에 세워지고 있었다는[46] 내용 말일세.

'그래 놓고는 당신 자신이, 당신의 행동에도 어긋나고 글에도 어긋나는 그런 송사를 저와 벌일 의향이십니까?' (자네가 내게 이런 식으로 탄원했기에 하는 말이라네.) 자네는 내 형제이니, 그런 짓은 삼가겠네. 한데 이 문제에 있어서 자네 마음을 괴롭히는 것은 대체 무엇인가? 사실이 이러저러하다는 것인가, 아니면 진실을 밝혀내고자 하는 나 자신인가? 그 문제에 대해서는 내가 반박하지 않겠네. 그저 내가 자네에게 요구하는 것은 에트루리아 점술 전체에 대한 해명일세. 그런데 자네는 놀라운 도피처로 자신을 숨겼네. 자네는, 내가 각각의 예언술에 대한 해명을 요구하면 자네가 곤경에 처하게 되리라는 것을 알아채고는, 여러 말을 동원했네, 자네는 사실을 볼 뿐이지 근거나 이유를 찾는 건 아니라고 말이지. 중요한 것은 무엇이 일어나고 있는지이지, 왜 그런 일이 일어나는지가 아니라고. 자네는 마치, 내가 예언이 이뤄지고 있다는 걸 인정하거나, 아니면 각각의 일이 왜 일어나는지 이유를 탐구하는 것은 철학자가 할 일이 아니라는 듯한 태도를 취하고 있네!

47. 이런 태도는, 내가 쓴 『예지론』과 스캄모니아나 아리스톨로키아 뿌리 같은 몇 종류의 약초에 대해서,[47] 그 원인은 자네가 모르지만 그것들의 힘과 효능은 눈으로 확인한다고 말한 것과 같은 방향일세.

---

46 1권 20~21장에 인용된 시구를 요약한 것이다.
47 1권 16~19장 참고. 앞에서는 '스캄모네아'라고 불렸었다.

[XXI] 하지만 이번 경우는 완전히 다르다네. 예지론과 관련된 현상들의 원인은 자네도 언급했듯이 스토아학자 보에투스가 탐구했으며,[48] 우리의 친구 포세이도니오스도 그랬지.[49] 게다가 이런 일들의 원인이 발견되지 않는다 해도 현상 자체는 관찰되고 주시할 수 있는 것들이지. 하지만 낫타의 조각상과 청동으로 된 법률판이 하늘에서 온 타격에 맞았다는 사실이 오랜 동안의 관찰과 도대체 무슨 관련이 있단 말인가? '낫타는 고귀한 혈통인 피나리이 가문에 속하며, 따라서 이 사건은 고귀한 혈통에 위험이 닥친다는 뜻이다.' 윱피테르께서는 정말 교묘하게도 이런 전조를 고안하셨네! '젖 먹는 로물루스가 벼락에 맞았으니, 이는 그가 세운 도시에 위험이 닥친다는 뜻이다.' 윱피테르께서는 얼마나 현명한 징조를 통해 우리에게 확신을 심어 주시는가! '윱피테르의 신상이 세워지던 그 시점에 음모가 폭로되고 있었다.'[50] 물론 자네는 이 사건이 우연에 의해서보다는 신들의 뜻에 의해 이뤄졌다고 생각하는 쪽을 선호하지. 그리고 이 신상 기둥을 세우겠노라고 콧타와 트로콰투스[51]와 계약을 맺었던 그 사업자가 태만이나 자금부족 때문에 늦어졌다기보다는, 불사의 신들에 의해 그 시점까지 지체되었다고 말이지!

---

48 1권 13장 참고.
49 1권 13장에서 포세이도니오스에 대한 언급은 나오지 않는데, 학자들은 대개 이 구절이 키케로 자신의 정보의 원천을 보여 주는 것으로 생각한다.
50 1권 21장 참고.
51 이 둘은 기원전 65년에 함께 집정관직을 지냈다.

48. 나는 그런 전조가 진실일 가능성을 완전히 포기한 것은 아니네. 하지만 그게 진실인지를 모르겠고 자네에게서 배우고 싶네. 어떤 사건이 예언가들이 예고한 대로 일어났지만 내게는 우연히 그렇게 된 걸로 보였을 때, 자네는 우연에 대해 많은 것을 얘기했네. 예를 들면 이런 것일세. '네 개의 주사위를 던져서 우연히 '베누스의 것'Venerium이 나올 수는 있다. 하지만 4백 개의 주사위를 던져서 우연히 '베누스의 것' 1백 개가 나오는 일은 있을 수 없다.'[52] 우선 나는 그게 왜 불가능한지 모르겠네. 하지만 그걸 두고 다투지는 않겠네. 자네는 이 비슷한 사례를 넘치게 갖고 있으니 말일세. 자네는 흩뿌려진 물감이 이룬 그림이라든지, 돼지가 주둥이로 글자를 쓴 것,[53] 그 밖의 다른 많은 사례를 알고 있지 않은가. 또한 자네는 카르네아데스가 판의 머리에 대해 들려준 이야기도 전했지. 마치 우연히는 그런 일이 일어날 수 없었다는 듯이, 그리고 모든 대리석 덩어리마다 프락시텔레스의 솜씨 같은[54] 머리가 들어 있을 필요는 없다는 듯이 말일세. 내가 이렇게 말하는 이유는, 프락시텔레스의 작품은 떼어냄으로써 완성된 것이지, 그가 거기에 뭔가를 덧붙여서가 아니었기 때문일세. 한데 많은 부분이 제거되고 얼굴 윤곽이 드러났을 때, 우리는 지금 다듬어져 나온 것이 전부터 이미 그 속에 들어 있었음을 깨닫게 되는 거지.

---

52 1권 23장에 나왔던 주제이다.
53 1권 23장 참고.
54 1권 23장에서는 프락시텔레스가 아니라 스코파스의 이름이 언급되었다.

49. 그러니 그런 어떤 것이 저절로 키오스의 채석장 속에 존재했을 수도 있는 것일세. 하지만 이런 애기가 그냥 지어낸 것이라 해도 좋네. 자, 이건 어떤가? 자네는 구름 속에서 사자나 힙포켄타우로스[55]의 모습을 알아본 적이 전혀 없나? 그러니 우연은 현실을 모방할 수 있는 걸세. 자네는 방금[56] 이것을 부정했던 걸세.

[XXII] 한데 내장점과 번개에 대해서는 충분히 애기가 되었으니, 이제 에트루리아 점술 전체를 다루자면 전조들ostenta이 남아 있네. 자네는 노새가 새끼를 낳은 일을 내세웠었지.[57] 놀라운 일이긴 하네, 자주 일어나는 일이 아니니까. 하지만 그 일이 일어나는 게 전혀 불가능했다면, 그 일은 아예 일어나지 않았을 걸세. 그리고 이 발언은 모든 전조에 대항해서 효력을 가질 것이네. 즉, 일어날 수 없었던 일은 결코 일어나지 않았다는 것일세. 한데 일어날 수 있었던 일이라면 놀랄 것도 없네. 새로운 일에서 원인을 모를 경우 놀라움이 생겨나네. 같은 무지가 익숙한 일에 대한 것이라면 우리는 놀라지 않네. 왜 이런 말을 하느냐면, 노새가 새끼를 낳은 것에 놀라는 사람은 어떻게 해서 암말이 새끼를 낳는지, 또는 도대체 자연이 어떻게 생명체로 하여금 새끼를 낳게 하는지도 알지 못하니 말일세. 하지만 사람은 자주 보는 것에는 놀라지 않네, 설사 그 일이 어떻게 이루어지는지 알지 못한다

---

55 상체는 사람, 하체는 말로 이루어진 '켄타우로스'의 다른 표현.
56 1권 23장에서.
57 1권 36장.

해도. 반면에 전에 보지 못했던 일이 일어나면, 그것을 전조라고 생각하지. 그러니, 노새가 임신한 것이 전조인가, 아니면 그것이 새끼를 낳은 것이 전조인가?

50. 그것이 임신한 것은 자연에 반하는 일일 수 있네. 하지만 (일단 임신했으면) 새끼를 낳는 것은 거의 필연이네.

[XXIII] 하지만 더 얘기할 필요가 뭐 있겠는가? 에트루리아 점술 haruspicina의 기원을 살펴보기로 하세나. 그러면 그것이 어떤 권위의 원천을 가졌는지 우리가 가장 쉽게 판단할 수 있을 터이니. 사람들은 말하기를, 어떤 사람이 에트루리아의 들판에서 밭을 갈다가 평소보다 더 깊이 쟁기를 눌렀더니 어떤 타게스라는 존재가 갑자기 튀어나와 밭 갈던 이에게 말을 걸었다고 한다네.[58] 한데 이 타게스는 에트루리아 인들의 책에 따르면, 외모는 소년 같았지만 지혜에 있어서는 노인 같았다고 하네. 농부는 그의 모습에 압도되어서 놀라움의 고함을 크게 내질렀고, 모두가 달려와서 짧은 시간에 온 에트루리아 인들이 그곳으로 모였다네. 그러자 그는 더 많은 얘기들을 다수의 청중에게 전했고, 그들은 그의 모든 발언을 받아 글자로 옮겼다네. 그런데 그의 연설 전체는 예언의 기술과 연관된 것이었다지. 나중에 새로운 사실이 인지되고 저 근원에 덧붙여지면서, 이것은 점차 늘어나게 되

---

58 비슷한 이야기가 오비디우스 『변신이야기』 15권 553행 이하에 나온다. 지금 여기서는 쟁기질 도중에 이미 완성된 소년 모습이 발굴된 것처럼 기록되어 있지만, 『변신이야기』에는 쟁기질 도중에 이런 사건이 있었다는 말이 없고, 그냥 어떤 농부가 보고 있는 가운데 흙덩이가 점차 사람 모습을 취하더니 예언을 펼치기 시작했다고 되어 있다.

었다네.

　이런 얘기를 우리는 저들에게서 전해 들었고, 이런 기록을 그들은 보존하고 있으며, 저 기술은 이런 근원을 가지고 있다네.

　51. 그런데 이런 얘기를 반박하는 데에 카르네아데스까지 필요하겠는가? 에피쿠로스는? 어떤 존재가 — 그를 신이라고 해야 하나, 아니면 인간이라 해야 하나? — 쟁기질 도중에 캐내어졌다고 믿을 정도로 어리석은 사람이 어디 있겠는가? 한데 그가 신이라면, 그는 왜 본성에 반해서 땅 속에 자신을 감추고, 쟁기질에 의해 드러나서야 빛을 볼 수 있게끔 만들었던 것일까? 신이라면 인간들에게 좀 더 고상한 위치에서 그 기술을 전해 줄 수도 있지 않았을까? 한편 그 타게스가 인간이었다면, 그는 대체 어떻게 땅에 짓눌리면서도 살아 있을 수 있었던 걸까? 또 그가 다른 사람들에게 가르쳐 준 그 내용은 대체 어디서 배운 것일까? 하지만 나는 그런 것을 믿는 사람들보다 더 어리석은 자가 되고 말걸세, 만일 내가 그들에게 대항해서 이렇게 오래 논쟁을 벌인다면 말일세.

　[XXIV] 한데 오래전 카토의 저 말씀은 정말 현명한 것이지. 그분은 자신이, 내장점쟁이가 다른 점쟁이를 볼 때 어떻게 비웃지 않을 수 있는지가 놀랍다고 말씀하시곤 했거든.

　52. 왜 그러냐면, 저들에 의해 예언된 일 중 몇 가지나 실제로 일어나는가? 혹시 어떤 예언이 성취된다면, 그것이 우연에 의해 일어난 게 아니라는 근거로 어떤 걸 갖다 댈 수 있겠는가? 한니발이 프루시아스 왕에게 망명해 있을 때,[59] 그에게는 전쟁을 벌이는 게 좋아 보이

는데, 왕은 그러기를 거부했다네, 내장점이 그걸 막기 때문이라는 거지. 그러자 한니발은 물었다네. '그대는 베테랑 지휘관보다 한갓 송아지의 고기 조각을 더 신뢰한단 말입니까?' 이건 어떤가? 카이사르는 최고의 내장점쟁이로부터, 동지 이전에는 아프리카로 건너가지 말라는 충고를 받았을 때, 건너가지 않았던가? 만일 그가 그랬더라면 그의 적들의 모든 군대가 한 군데로 집결했을 것이네. 내가 내장점쟁이들의 점괘들, 아무 결과에도 이르지 못하거나 아니면 아예 반대로 성취된 점괘들을 다 언급할 필요가 ─ 나는 물론 무수히 언급할 수 있지만 ─ 어디 있겠나?

53. 이번 내전에서만도, 오, 불멸의 신들이여, 그들은 얼마나 많이도 장난을 쳤던가! 희랍에 머물고 있는 우리에게[60] 로마로부터 어떠한 점괘들이 전달되었던가! 폼페이우스에게는 어떤 말들을 했던가! 그는 정말로 내장들과 전조들에 격려를 받고 있었다네. 하지만 이런 일은 떠올리고 싶지 않네. 사실 그럴 필요도 없고. 특히 자네가 그 와중에 함께했었으니까.[61] 자네는 거의 모든 일이 예언된 것과는 반

---

59 한니발은 생애 마지막에 비튀니아(소아시아 북부 흑해 연안)의 프루시아스 1세에게 의탁해 있었는데, 이 일화는 그가 페르가몬의 에우메네스와 전쟁(기원전 184년)을 벌이는 것에 조언한 내용이다.

60 카이사르와 폼페이우스의 분쟁에서 키케로는 폼페이우스의 편을 들어 희랍에서 그의 진영에 있었다. 그는 파르살루스 전투에서 폼페이우스 파가 패배(기원전 48년)한 이후 로마로 돌아와 카이사르의 사면을 받았다.

61 퀸투스는 카이사르의 갈리아 정벌 때 그의 부장으로 동행해서 좋은 평가를 받았으나, 카이사르와 폼페이우스의 권력 투쟁 때는 폼페이우스 편에 가담했었다. 하지만 그 역시 파르살루스 전투 이후 카이사르의 사면을 받았다.

대로 일어났음을 보고 있네. 하지만 이 주제는 여기까지 하세. 이제는 전조에 의한 예언으로 향해 보세.

54. [XXV] 자네는 내가 집정관일 때 나 스스로 기록한 것들을 많이 인용했네.[62] 마르시 전쟁 전에 시센나에 의해 수집된 것들도 많이 제시했네.[63] 레욱트라에서 벌어졌던 라케다이몬 인들의 불운한 전쟁 이전에 있었던 일들에 대해 칼리스테네스가 전한 많은 것들도 언급했네.[64] 그 일들 각각에 대해서는 필요하다고 여겨질 때 얘기하기로 하고, 일반적인 것에 대해서만 얘기해야겠네. 신들에 의해 전해지는 저 알림, 그리고 말하자면 임박한 재난에 대한 경고는 대체 어떤 종류의 것인가? 불멸의 신들이, 우선 해석자 없이는 우리가 이해할 수 없는 저 일들로써 알리고자 하는 것은 무엇인가? 다음으로 우리가 대처할 방법이 없는 것들에 대해 그러는 이유는 무엇인가? 한데 인간들도, 제대로 정신 박힌 사람이라면 이런 짓을 결코 하지 않는다네. 이를테면 친구들에게, 그들이 어떤 방법을 써도 피할 길 없는 재난이 다가오고 있을 때 그걸 미리 알리지는 않지. 의사들이 자주, 환자가 이번 병으로 죽게 되리라는 것을 알고 있으면서도 결코 그걸 발설하지 않는 것처럼 말일세. 왜냐하면 모든 불행의 예고가 의미를 가지는 것은, 그 예고에 재난을 피할 방도가 덧붙는 경우에만 그러하기 때문일세.

---

62 1권 17~19장.
63 1권 99장.
64 1권 74장.

55. 그러니 전조ostenta나 그것의 해석자들이나, 옛날의 라케다이몬 사람들에게나 최근의 우리 편에게나 대체 무슨 이득이 되었단 말인가? 만일 그것이 신들이 보낸 징조로 여겨져야 한다면, 그토록 모호했던 이유는 무엇인가? 무슨 일이 일어날 것인지 우리가 이해하게끔 하려던 것이라면, 그것들은 분명하게 드러났어야 할 것이고, 우리가 그것을 아는 걸 신들이 원치 않았다면, 모호하게라도 알리지 말았어야 했으니 말일세.

[XXVI] 사실 지금, 예언술들이 거기에 의지하고 있는바 모든 종류의 추측들이 인간들의 재주에 힘입어 많은 다양한 용도로, 심지어 자주 상반되는 용도로 이용되고 있네. 예를 들면 법적인 송사에서 같은 사실로부터 나온 어떤 한 가지 추정이 원고 쪽에, 다른 추정이 피고 쪽에 있는데, 그럼에도 양쪽 다 그럴싸하다네. 이와 같이 추정이 이용되는 모든 사안에 있어서 양가적 논변이 발견된다네. 그런데 어떤 때는 자연이, 어떤 때는 우연이 이루는 일들을 두고(유사성이 실수를 일으키는 경우도 많이 있지만), 신들이 이런 일을 이룬다고 여겨서 사태의 원인을 탐색하지 않는다면 이는 대단한 어리석음일 것일세.

56. 자네는, 보이오티아 조점관들이 레바디아에서 수탉의 울음소리로부터 테바이 인들의 승리를 내다보았다고[65] 믿고 있네. 수탉들은 패배했을 때는 조용히 있고, 승리했을 때는 울어 댄다는 것 때문이지. 그러면 자네는 윱피테르가 그렇게 큰 도시국가에게 내리는 이런 전

---

65 1권 74장 참고.

조를 겨우 병아리들을 통해 주었다는 것인가? 정말로 이 새들은 이겼을 때가 아니면 울지 않는단[66] 말인가? 하지만 그때는 이기지 않았는데도 울었네. 자네는 말하겠지. '그러니까 그게 전조인 거죠'라고. 아, 정말 대단한 전조군! 마치 수탉이 아니라 물고기라도 운 듯이 말하는군! 하지만 밤이고 낮이고 간에 그놈들이 울지 않는 때란 대체 언제란 말인가? 그리고 이긴 놈이 기분이 좋아서, 말하자면 행복감에 들떠서 운 것이라면, 그것을 울도록 자극한 다른 행복감에 의해서 이런 일이 일어났을 수도 있는 걸세.

57. 한데 데모크리토스는 수탉들이 해뜨기 직전에 우는지 그 이유를 아주 탁월한 언사로 풀이하고 있네. 그것들이 먹은 모이가 부드럽게 소화되어 밥통에서 빠져나와 온몸으로 퍼진 후에 잠의 휴식으로써 만족해서 노래를 내보낸다는 것이지.[67] 그놈들은 엔니우스가 말한 대로,[68] '밤의 고요함 속에'

노래로써 붉은 목에 호의를 베풀고
활개 쳐 날개를 퍼덕인다네.

그러니 이 동물이 이렇게 저 하고 싶은 대로 노래하는데, 어떻게

---

66 원문에는 '노래하다'(canere)라는 단어를 썼지만, 우리말에서는 '닭이 운다'고 하기 때문에 대부분 '울다'로 옮겼다.
67 DK68 A158.
68 단편 179 Jocelyn.

칼리스테네스의 마음속에는 신들이 수탉들에게 노래라는 전조를 주었노라고 말할 생각이 들어온 것일까? 이런 일은 자연적으로도 우연적으로도 일어날 수 있었는데 말이지.

58. [XXVII] 자네는 말하네. '피의 비가 내렸다고 원로원에 보고가 들어왔다, 아트라투스 강이 핏빛으로 흘렀다, 신들의 조각상이 땀을 흘렸다.'[69] 탈레스나 아낙사고라스, 혹은 어떤 자연철학자든 이 보고들을 믿었으리라고 생각하는 건 아니겠지? 피나 땀은 몸에서가 아니라면 나오지 않으니 말일세. 하지만 어떤 흙이 섞여 들어가면 뭔가 색깔 변화가 일어나서 피와 아주 비슷하게 되는 수가 있네. 그리고 마치 남풍 불 때 회칠한 곳에 습기가 스며들듯, 외부에서 물기가 흘러들면 땀과 비슷하게 보이기도 하네. 한데 이런 일은 전쟁 때 두려움에 빠진 사람들에게 더 자주, 더 크게 보인다네. 평화 시에는 그만큼 주목받지 못하던 것들이 말일세. 이런 일은 두려움과 위험 속에서는 더 쉽게 믿어지고, 그런 때는 이런 것을 지어내고도 벌을 덜 받게 되지.

59. 한데 우리는 그토록 가볍고 생각 없는 사람들일까? 만일 쥐들이 뭔가를 갉아먹었으면 ── 한데 이건 그저 그놈들이 늘 하는 짓이네 ── 이것이 전조라고 생각할 정도로? 자네가 말한 바에 따르면, '하지만 마르시 전쟁 직전에 라누비움의 방패를 쥐들이 갉아먹자, 에트루리아 점쟁이들은 이것이 더할 수 없이 무서운 전조라고 말했다'고 했지.[70] 쥐들은 원래 밤이고 낮이고 무엇이든 갉아 대는 놈들인데, 그

---

69 1권 98장.

것들이 방패나 곡식 고르는 체를 쏠아 놓으면 그게 큰 문제라도 되는 듯 여기는군! 그런 논리를 따르자면, 최근에 우리집에서 쥐들이 플라톤의 『국가』를 쏠아 놓았으니, 국가를 위해 크게 걱정해야만 하겠네! 아니면 에피쿠로스의 책 『쾌락에 관하여』[71]를 갉아먹었다면, 시장에서 식료품 값이 오르리라고 생각해야만 하겠군!

60. [XXVIII] 만일 동물에게서나 사람에게서 어떤 전조 같은 것이 태어났다는 소식이 들리면, 우리는 그것에 두려워할 것인가? 길게 얘기할 것 없이, 이 모든 일에는 한 가지 원칙이 있네. 무엇이 태어나고 그게 어떠하든 간에 그 원인은 자연에서 찾아야 한다는 것이네. 설사 그것이 익숙한 것을 벗어난다 해도, 자연을 벗어날 수는 없다는 것이네. 그러니 가능하다면 새로운 사태의 원인을 찾아보도록 하세나. 어떤 원인도 찾지 못한다 해도, 그래도 그것이 탐색될 수 있는 거라고 생각하게나, 그 무엇도 원인 없이는 생겨날 수 없다고. 그리고 사태의 새로움이 그대에게 가져다준 저 공포는 자연의 이치로써 물리치도록 하세나. 그러면 지진도, 하늘이 열리는 것도, 돌의 비나 피의 비도, 유성이나 혜성의 출현도 자네를 놀라게 하지 않을 것일세.

61. 만일 내가 이 모든 일의 원인에 대해서 크뤼십포스[72]에게 묻는다면, 예언술에 대한 저자이기도 한 그분은, 저 일들이 결코 우연히

---

70 1권 99장.
71 다른 데서는 언급된 적이 없는 저술이다. 학자들은 키케로가, 에피쿠로스에 대한 대중의 편견을 이용하여 우스개로 지어낸 제목이 아닌가 보고 있다.
72 기원전 3세기에 활동했던 스토아학파의 '제2 창시자'. 1권 6장에 소개되었다.

이뤄진 것이 아니라 말하며, 모든 것의 자연적 이치를 설명해 줄 것일세. 이런 식이지. '어떤 것도 원인 없이 생겨날 수는 없다. 생겨날 수 없는 것은 결코 생겨나지 않는다. 생겨날 수 있어서 생겨난 것은 결코 전조로 여겨져서는 안 된다. 따라서 전조라는 것은 존재하지 않는다.' 왜 이런 말을 하느냐 하면, 만일 드물게 일어나는 일이 전조로 여겨져야 한다면, 현자가 존재한다는 게 바로 전조일 테니까 말일세. 내가 보기에, 현자가 존재했던 것보다 노새가 새끼를 낳은 일이 더 자주 있었으니 하는 말일세. 그러니 저 원칙은 이런 삼단논법이 되네. '일어날 수 없었던 일은 결코 일어난 적이 없다. 일어날 수 있었던 일은 결코 전조가 아니다. 따라서 전조는 존재하지 않는다.'

62. 이러한 사실을, 전조에 대해 추측하고 해석하던 어떤 이가 다른 이에게 현명하게 대답해 주었다고 하네. 그 다른 사람은 언젠가 자기 집의 들보를 뱀이 감고 있었다는 사실을 일종의 전조라고 그에게 알려 왔는데, 그가 말했다네. '들보가 뱀을 감고 있었더라면 그게 전조였을 겁니다'라고. 이 대답으로써 그는 아주 분명하게 선언한 것일세, 일어날 수 있는 일은 결코 전조로 여겨져서는 안 된다는 사실을 말일세.

[XXIX] 자네는 '가이우스 그락쿠스가 마르쿠스 폼포니우스에게 편지하기를, 두 마리 뱀이 자기 집에서 잡혔는데 그의 아버지가 에트루리아 점쟁이들을 불렀다 한다'라고 말했네.[73] 한데 왜 도마뱀이나 쥐가 아니라 뱀이 문제인가? '그 둘은 늘 보는 것이지만, 뱀은 그렇지 않아서다.' 이는 마치 일어날 수 있는 일이라면, 그게 얼마나 자주 일

어나는지가 중요하다는 듯한 태도일세. 게다가 나는 이게 이상하네. 만일 암컷을 놓아주면 티베리우스 그락쿠스가 죽고, 수컷을 놓아주면 코르넬리아에게 죽음이 온다 했으면, 왜 어느 쪽이건 간에 놓아주었는지 하는 것이네. 왜 이런 말을 하느냐면, 만일 두 뱀 중 어느 쪽도 놓아주지 않으면 무슨 일이 일어날지에 대해서 점쟁이들이 어떻게 답했는지는 가이우스 그락쿠스가 전혀 적어 놓지 않았기 때문일세. '하지만 죽음이 그락쿠스를 뒤쫓았다.' 그렇지만 내가 보기에, 그의 병이 깊었다는 게 원인이지, 뱀을 놓아주어서가 아니라네. 그리고 점쟁이들은 그 정도까지 불운하지는 않다네. 그들이 일어나리라고 공언한 그 사건이 우연히라도 일어나지 않는 경우는 없단 말일세.

63. [XXX] 내가 정말 놀라야 할 것은, 자네가 말하길 호메로스의 시에서 칼카스가 참새들의 숫자를 보고 트로이아 전쟁의 햇수를 점쳤다고[74] 한 것일세. 내가 그걸 믿을 수 있다면 얼마나 좋을까! 내가 한가할 때 번역한 것을 보자면, 호메로스에서 아가멤논은 그 추정에 대해 이렇게 말하네.

사람들이여, 고된 노역들을 용기로써 참고 견뎌라,

우리의 예언자 칼카스가 새점으로 말한 것이 참된 것인지, 아니면

---

73 1권 36장 참고. 이 문장에 나오는 '그의 아버지'는 그락쿠스 형제의 아버지인 티베리우스 그락쿠스이다(1권 33장 참고).

74 1권 72장. 하지만 『일리아스』에서 이 다음 시구의 내용을 전하는 사람은 아가멤논이 아니라 오뒷세우스이다. 키케로가 잘못 기억하고 있었던 모양이다.

그저 가슴에서 일어난 헛된 것인지 우리가 알 수 있을 때까지.

이런 말을 하는 이유는, 음울한 운명에 의해 빛을 잃지 않은

모든 사람이 다, 명민한 정신으로써 그 전조를 기억하지는 않고 있기

때문이오.

아울리스가 처음 아르고스의 함대들로 옷 입혀졌을 때,

그것들은 프리아모스에게 죽음을, 트로이아에 재앙을 안길 참이었는

데.

우리는 차가운 샘들 곁에서 연기 나는 제단 위에

뿔을 황금으로 두른 황소들로써 신들의 마음을 달래던 중,

그늘 드리우는 플라타너스 아래, 샘물이 솟아나던 그곳에서

거대한 덩치로 똬리 튼 무서운 뱀을

보았소, 읍피테르의 보내심을 받아 제단에서 튀어나온 것을.

그것은 플라타너스의 잎새 덮인 가지 사이에서 솜털 보송한

참새새끼들을 잡아먹었소. 그것들을 모두 먹어치운 후

아홉 번째로, 떨리는 지저귐으로 그 위를 분주히 날던 어미의

내장을 그 잔인한 짐승은 거대한 턱으로 찢어발겼소.

64. 그것이 그렇게 부드러운 새끼들과 어미를 처치했을 때,

그것을 빛으로 보내셨던 분, 사투르누스에게서 나신 그 아버지께서

그놈을 데려가셨고, 굳은 돌에 덮인 꼴로 바꾸셨소.

우리는 겁먹은 채 멈춰 서서 보았소,

그 놀랍고 괴이한 것이 신들의 제단 한가운데로 돌아다니는 것을.

그때 칼카스가 확신에 찬 목소리로 이렇게 말했소.

'왜 갑작스레 공포에 질려 굳어졌는가, 아카이아 인들이여?

우리를 위해 신들의 이 조짐을 아버지 자신이 주셨도다,

아주 느리고 늦겠지만, 영원한 명성과 칭찬을 동반한 것을.

그 무서운 이빨에 몇 마리나 찢겼는지 그대들이 본 만큼,

그만큼의 햇수 동안 우리는 트로이아에서 전쟁을 견뎌야 할 것이다.

그것은 십 년째에 무너질 것이고, 그 징벌은 아카이아 인들을 흡족케

할 것이다.'

이런 예언을 칼카스는 했었소. 한데 이제 그것이 무르익었음을 그대

들은 보고 있소.

65. 대체 어째서 이 새점은 참새 숫자로부터 날수나 달수가 아닌

햇수를 끌어냈는가? 그리고 왜 작은 참새들에 근거해서 예측을 제시

했는가, 그것들에게는 아무 기이한 점도 없는데? 돌로 변했다고 하

는 ─ 그것은 일어날 수 없는 일인데 ─ 그 뱀에 대해서는 침묵하면

서? 끝으로, 참새는 햇수와 무슨 유사성은 갖고 있는가? 술라가 제물

을 바치고 있을 때 나타났던 저 뱀에 대해서[75] 나는 두 가지를 기억하

네. 첫째, 술라는 병사들을 전투로 이끌고 가기 전에 제물을 바쳤으며

그 제단에서 뱀이 나왔다는 것, 둘째, 그날 성취된 업적은 명백히 점

쟁이의 조언이 아니라 장군의 능력 때문이라는 것 말일세.

66. [XXXI] 이런 종류의 '전조'에는 놀랄 만한 게 전혀 없다네. 그것

75 1권 72장 참고.

들은 일이 일어난 다음에야 어떤 해석에 의해서 예측 작업에 소환되는 거지. 예를 들면 자네가 얘기했던 대로,[76] 소년인 미다스의 입으로 (개미들이) 밀알을 모아들였다든지, 혹은 소년인 플라톤의 입술에 꿀벌들이 모여 앉았다든지 하는 것 말일세. 이것들은 '경이로운 일'이라기보다는 오히려 '해석'이라고 할 것들이지. 이 일들 자체가 거짓으로 꾸며진 것일 수 있고, 그게 아니라면 예언되었다는 그 사건들이 우연히 일어난 것일 수 있네. 로스키우스에 대한 이야기, 뱀이 그를 감고 있었다는 얘기도[77] 물론 거짓일 수 있네. 한편 뱀이 요람에 들어왔다는 것은, 특히 솔로니움에서라면 아주 놀라운 일도 아니네. 거기서는 화롯가로 뱀들이 몰려들곤 하니 말일세. 내가 이런 식으로 말하는 것은, 점쟁이들이 누구도 로스키우스보다 더 유명하지도, 더 고귀하게 되지도 않으리라고 예언했다는 얘기에 관해서 놀라고 있기 때문이라네. 불멸의 신들께서 미래의 배우를 위해서는 그의 영광을 전조로 보여 주면서, 아프리카누스에게는 아무런 전조도 보여 주지 않았다니!

67. 그리고 자네는 플라미니우스와 관련된 전조까지 수집했네. '그 자신과 그의 말이 갑자기 넘어졌다.'[78] 그건 뭐 전혀 놀랄 일이 아니네. 한데 '첫 번째 부대의 깃발이 땅에서 뽑히질 않았다.' 그건 아마도 부대기가 깊숙이 박혀 있었는데, 기수가 너무 소심하게 잡아당겼

76 1권 78장 참고.
77 1권 79장 참고.
78 1권 77장.

기 때문일 걸세. 그리고 디오뉘시오스 말이 강에서 빠져나왔는데, 갈기에 벌떼가 붙어 있었다[79]라는 게 무슨 놀랄 데가 있나? 하지만 얼마 지나지 않아서 그가 통치권을 차지했기 때문에, 우연히 일어난 일이 전조로서 능력을 지닌 것처럼 된 걸세. '하지만 라케다이몬의 헤라클레스 성소에서 무장들이 소음을 냈고, 테바이에서는 같은 신의 신전 빗장이 잠겨 있다가 저절로 열렸으며, 높이 고정되어 있던 방패들이 땅바닥에서 발견되었다.'[80] 이 일들 중 어느 것도 외적인 힘 없이는 일어날 수 없는 것인데, 우리가 이것이 우연이라기보다는 신들에 의해 일어난 일이라 말하는 이유는 대체 무엇인가?

68. [XXXII] 델포이에 있던 뤼산드로스의 조각상 머리에 거친 풀로 이루어진 관이 나타났다 했지, 그것도 갑자기.[81] 정말일까? 자네는 풀씨가 거기 떨어진 것보다 풀잎관이 생겨난 게 먼저라고 생각하나? 한데 내가 보기에 그 거친 풀들은 사람이 심은 게 아니라, 새가 옮긴 것 같네. 그 다음으로, 무엇이든 머리에 놓인 것은 왕관과 비슷해 보일 수 있다네. 또 자네는 말했지, '같은 시기에 델포이의 카스토르와 폴룩스 신전에 설치되어 있던 황금별이 떨어졌고, 어디서도 발견되지 않았다'라고.[82] 내게는 이 일이 신들보다는 도둑들의 소행인 듯 보이네.

---

79 1권 73장.
80 1권 74장.
81 1권 75장.
82 1권 75장.

69. 나로서는 도도네 원숭이의 장난질을[83] 희랍의 역사가들이 기록해 놓은 게 정말 놀랍네. 저 끔찍한 짐승이 항아리를 뒤집고 제비를 흩어 놓은 것보다 덜 놀랄 만한 일이 어디 있겠는가? 그런데 역사가들은 라케다이몬 사람들에게 이보다 더 슬픈 전조는 내린 적이 없다고 말한다네.

베이이 인들의 저 예언에 대해 얘기해 보세. '만일 알바누스 호수가 넘쳐서 바다로 흘러 들어가면, 로마가 멸망할 것이다. 반면에 그것이 가로막히면 베이이가 멸망할 것이다'라는 것 말이네.[84] 그래서 알바누스 호수의 물은 빼내어 다른 데로 보내졌는데, 도시 주변 농토에 이득을 준 결과가 되었지, 도시와 요새를 지켜 주는 결과에는 이르지 못했다네.[85] '그리고 얼마 뒤에 어떤 목소리가 들려 경고하기를, 갈리아 인들에게 로마가 함락되지 않도록 예비하라고 했다. 이것 때문에 '새 길'Nova Via가에 '말씀하시는 아이우스'Aius Loquens의 제단이 봉헌되었다.'[86] 그런데 어찌된 일인가? 저 '말씀하시는 아이우스'는 누구도 그를 모를 때는 말도 걸고aiebat 말씀도 하셔서loquebatur 그런 이름을 얻었는데, 자리와 제단, 이름을 얻은 이후로는 벙어리가 되었단 말인가? '충고하시는'Moneta 유노에 대해서도[87] 같은 논변이 가능

---

83 1권 76장.
84 1권 100장.
85 베이이는 항복했지만, 그로부터 6년 뒤에 로마는 갈리아 인들의 침공을 받았다. 1권 100장 참고.
86 1권 101장 참고.

하네. 이 여신에게서, 새끼 밴 암퇘지 이외의 무슨 충고를 우리가 받았단 말인가?

70. [XXXIII] 전조에 대해서는 충분히 많이 얘기했네. 이제 남은 것은 새점과 제비뽑기인데, 지금 여기서 말하는 '제비뽑기'sortes라는 것은 예언가들이 쏟아내는 것들 말고, 좀 더 진실하게 말하자면 '신탁'oracula이라고 할 것들이네. 이 제비뽑기에 대해서는 자연적 예언[88]을 다룰 때 언급하기로 하세. 그리고 칼다이아 인들의 기술(점성술)도 남아 있긴 하지만, 우선 새점을 살펴보기로 하세. '이는, 조점관으로서는[89] 반대발언을 하기 쉽지 않은 영역이다.' 마르시 출신이라면[90] 아마도 그렇겠지. 하지만 로마인으로서는 반대하기가 아주 쉽다네. 왜냐하면 우리 로마의 조점관들은 새들이나 다른 조짐들을 관찰해서 미래를 예고하는 이들이 아니기 때문이네. 물론 나는, 새점을 통해서 도시를 세우신 로물루스라면 미래를 내다보는 데에 새점 기술이 유용하다는 견해를 가졌으리라고 생각하네. 왜냐하면 옛 시대는 많은 일들에 있어서 오류를 범했으니 말일세. 하지만 이제 그 기술은 경험을 통해서, 혹은 교육을 통해서, 혹은 세월이 흘러서 변화했음을 우리는 보고 있네. 그럼에도 대중의 의견 때문에, 그리고 국가에 유용성이

---

87 1권 101장 참고. 유노 여신께서 지진을 예방하려면 새끼 밴 암퇘지를 제물로 바치라고 했었다 한다.

88 1권 11~12장에서 '기술에 의한 예언'과 '자연적 예언'이 구분되어 있다

89 1권 25장에 키케로가 조점관직을 맡았었던 것이 지적되어 있다.

90 1권 132장 참고.

크기 때문에 조점술에 대한 관습, 종교적 제의, 규정, 법, 조점관 조직의 권위 등이 여전히 유지되고 있네.

71. 나는, 새점을 무시하고 항해를 시작했던 집정관 푸블리우스 클라우디우스와 루키우스 유니우스는 사형을 받아[91] 마땅하다고 생각하네. 종교적 관행은 존중받아야 하며, 조상들의 법이 그런 식으로 막무가내로 무시되어서는 안 되기 때문이지. 따라서 그 둘 중 한 사람은 인민의 판결에 따라 처벌을 받고, 다른 사람은 스스로 목숨을 끊은 것이 제대로 된 일이라 하겠네. '플라미니우스는 새점에 복종하지 않아서 군대와 함께 파멸하였다.'[92] 하지만 몇 년 뒤에 파울루스[93]는 복종했었네. 그렇다고 해서 그가 칸나이 전투에서 그의 군대와 더불어 죽는 일을 피했단 말인가? 설사 진짜 새점이 실재한다 하더라도(전혀 실재하지 않지만), 우리가 사용하는 새점은, 그것이 트리푸디움이든 아니면 하늘에 관한 것이든 확실히, 전혀 참된 새점이 아니고 새점의 외양만 지닌 것일세.

[XXXIV] '퀸투스 파비우스여, 자네가 새점 치는 데서 나를 도와주기 바라네.'[94] 그러면 그가 대답하지. '예, 그러지요.' (우리 조상들은 이

---

91 1권 29장 참고.
92 1권 77장, 2권 21장과 67장 참고.
93 L. Aemilius Paul(l)us. 기원전 219년과 216년 집정관 역임. 그가 지휘했던 칸나이 전투(기원전 216년)와 그 직전 사건, 그리고 그가 새점에 복종했던 사실에 대해서는 리비우스『로마사』 22권 40장 2절 이하, 22권 42장 8절 이하 참고.
94 여기서 키케로는 새점 치는 관행을 보여 주기 위해, 가상의 조수 퀸투스 파비우스를 등장시키고 있다.

럴 때 전문가를 이용했는데, 요즘은 그냥 아무나 그 일을 한다네. 한데 전문가란 '침묵'silentium이 무엇인지 아는 사람이어야 하지. 우리는, 아무 흠도 없는 것을 새점에서 '침묵'이라고 부르니 하는 말일세.

72. 이걸 안다면 완벽한 조점사라네.) 그러면 새점을 도우러 온 그 사람에게, 새점 주관자가 명하지. '말하라, 침묵이 있는 것으로 보이게 되면.' 그러면 보조자는 위쪽도, 주위도 둘러보지 않고 즉각 대답하지. '침묵이 있는 것으로 보입니다.' 그러면 다시 주관자가 '말하라, 모이를 먹게 되면.' 그러면 보조자가 '먹고 있습니다.' 라고 하지. 어떤 새가? 어디서? 사람들은 이렇게 대답하겠지. '누군가가 닭장으로 병아리들pullos을 옮겨오고, 이것 때문에 그 사람을 '병아리 가져오는 사람'pullarius이라고 부른다.' 라고. 그러니 이런 것이 윱피테르의 뜻을 전하는 새라네! 그것들이 모이를 먹든 말든 그게 대체 무슨 차이가 있단 말인가? 사실 이건 새점과는 아무 상관이 없다네. 그런데 닭들은 모이를 먹다가, 반드시 입에서 뭔가 떨어뜨리고 땅바닥을 쪼아대게끔terram pavire 되지. 그래서 여기서 우선 terripavium이란 말이 생기고, 이어서 그것이 terripudium으로 불리게 되었다네. 이것이 지금은 '트리푸디움'tripudium이라고 지칭되는 것이라네. 그래서 병아리들이 입에서 모이 덩어리를 떨어뜨리면 새점 주관자에게 '완벽한 트리푸디움'tripudium solistimum이라고[95] 보고되는 것이라네.

73. [XXXV] 그러니 이런 새점이 그 어떤 신적인 면모를 지닐 수 있

---

95 1권 27~28장 참고.

겠는가, 이렇게 억지를 쓰고 강제로 짜내어진 것이? 이런 새점은 옛 적 조점관들이 사용하지 않았다는 증거가 있네. 즉 우리 조점관 조직의 옛 규정에 따르자면, 그 어떤 새든지 트리푸디움을 이룰 수 있다고한 것일세. 물론 닭들이 자유롭게 바깥으로 모습을 드러낼 수 있다면, 그때는 참된 새점이 존재 가능하겠지. 그런 경우라면 이 새는 읍피테르의 동반자, 그 뜻을 해석하는 존재[96]로 간주될 수 있겠네. 그런데 요즘은 닭들이 닭장에 갇힌 채 허기에 시달리고 있으니, 설사 그것들이 죽 덩어리에 달려들다가 입에서 뭔가를 떨군다 한들, 자네는 이게 새점이라고, 아니면 로물루스께서 이런 것을 새점으로 늘 이용했으리라고 생각하겠는가?

74. 한데 자네는 새점을 주관하는 이들이 하늘 관찰하는 일을 스스로 하지 않았었다고 생각하나? 지금은 '병아리 가져오는 사람'에게 맡기고, 그가 보고하는 걸로 되어 버렸네! 우리는 번개가 왼쪽에서 치는 것을, 선거를 제외한 모든 일과 관련해서 최고의 전조로 여기고 있네. 한데 이것은 사실 공적인 이익 때문에 확립된 관행일세. 즉, 대중의 재판에서나 입법, 또는 행정관 선출에서 국가 지도자들이 집회의 유효성에 대한 해석의 권한을 갖기 위해서라네.

'하지만 집정관인 스키피오와 피굴루스는, 티베리우스 그락쿠스의 편지에 의거하여 조점관들이 그들의 선출에 흠결이 있다고 판정

---

96 1권 106장 참고. 비슷한 구절로 『오뒷세이아』 15권 526행에는 독수리가 '아폴론의 날랜 사자(tachys angelos)'로 표현되어 있다.

했을 때, 관직에서 스스로 물러났다.'[97] 대체 누가 조점술의 효력을 부정하겠나? 내가 부정하는 것은, 예언이 가능하다는 주장일세. '그렇지만 저 에트루리아 점쟁이들은 신적인 능력을 지녔었다. 티베리우스 그락쿠스가, 우선권이 있는 켄투리아의 선거 결과를 보고하러 오다가 갑자기 죽은 것 때문에, 점쟁이들을 원로원으로 불렀을 때, 이들은 그 선거를 주관한 이가 적법하지 않았다고 증언했으니까.'

75. 여기서 우선, 이들이 그 켄투리아의 선거를 주관하던 이를 지칭한 거라고 생각하지는 말게. 그는 이미 죽어 있었으니까. 다음으로, 이들은 예언 능력에 의해서가 아니라 추측으로 그렇게 말했을 수 있네. 또 어쩌면 우연히 그렇게 말했을 수 있네, 이런 종류의 사건에서는 고려하지 않을 수 없는 가능성이니. 왜 이런 말을 하느냐면, 사실 에트루리아 점쟁이들이 천막이 제대로 설치되었는지, 혹은 도시 경계pomerium와 관련하여 적법하게 행동했는지를[98] 어떻게 알 수 있었겠나? 어쨌든 나로서는 압피우스 클라우디우스보다는 가이우스 마르켈루스에게 더 동조하네(이 두 사람 다 나의 동료 조점관이었네만). 그리고 이렇게 생각하네, 새점과 관련된 법은 처음에는 예언술에 대한 믿음에서 제정되었지만, 나중에는 정치적 편의 때문에 유지되고 보존된 게 아닌가 하는 걸세.

76. [XXXVI] 하지만 이 문제에 대해서는 다른 데서[99] 더 자세히 다

---

97 1권 33장 참고.
98 1권 33장 참고.

루기로 하고, 지금은 이 정도로 하세.

이제 외국의 새점을 보기로 하세. 그것들은 기술에 의한 것이라기보다는 미신적인 것이라네. 그들은 거의 모든 새를 이용하네. 반면에 우리는 소수의 몇 가지 새만 이용하지. 그들에게는 이런 것이 불길하고, 우리에게는 저런 것이 불길하다네. 데이오타루스[100]는 우리의 새점 기술에 대해 나에게 묻고, 나는 그쪽의 기술에 대해 그에게 묻곤 했다네. 불멸의 신들이시여! 그 둘은 서로 얼마나 다른지! 그는 그 기술을 언제나 사용하지만, 우리는 인민에 의해 조점술에 묻도록 결의된 때가 아니라면 대체 얼마나 그 기술을 사용한단 말인가? 우리 조상들은 조점술 없이는 전쟁을 수행하려 하지 않았었네. 하지만 조점을 시행할 권한조차 지니지 않은 전직 집정관이나 전직 법무관들이 전쟁을 수행하게 된 지 벌써 얼마나 오래되었던가!

77. 그래서 그들은 조점술도 없이 강을 건너고,[101] 트리푸디움 점을 이용하지도 않는다네.[102] 그러니 새를 이용한 예언술이라는 것은 어디로 갔는가? 그것들은, 조점술 권한이 없는 이들에 의해 전쟁이 수행되고 있기 때문에, 전쟁에 관한 사안들로부터 물러나서 내치와 관련된 사안들에 한정된 게 아닌가 싶네.

99 지금은 전해지지 않는 『조점술에 관하여』(*De auguriis*)를 가리키는 듯하다.
100 1권 26~27장에도 소개된 킬리키아 왕.
101 auspicium peremne라는 관행이다.
102 전해지는 사본들에는 〈 〉로 묶인 구절들이 이 문장 바로 다음에 나오지만, Schäublin 등의 의견에 따라 뒤로 옮겨 번역했다.

이렇게 말하는 이유는, 창끝에서 빛이 나는 것을 이용하는 예언술[103]은 전적으로 군사적인 것인데, 이미 저 유명한 마르쿠스 마르켈루스,[104] 다섯 차례나 집정관을 지냈고, 총사령관이자 최고의 조점관이었던 그분도 그것을 완전히 도외시했기 때문일세. 그분은 말씀하시곤 했다네, 자신이 어떤 일을 수행하려 할 때면 전조에 의해 방해받지 않기 위해, 바깥이 보이지 않는 가마를 타고 여행해 버릇했노라고. 이와 비슷하게 우리 조점관들도 충고한다네, '멍에에 의한 전조'iuge auspicium[105]의 방해를 받지 않으려면 짐 끄는 짐승들에게서 멍에를 벗기라고 말일세.

78. 사람들이 읍피테르에게 충고받기를 원치 않는다는 것을 달리 어떻게 표현하겠는가, 아예 전조가 나타날 수 없게 하거나, 아니면 나타났어도 보이지 않게 하는 것밖에?

[XXXVII] 자네가 데이오타루스에 대해 얘기했던 것은 완전히 비웃음거리라네. 그는, 자신이 폼페이우스를 만나러 떠났을 때 그가 쳤

---

103 ex acuminibus. 이 점술은 이곳과 『신들의 본성에 관하여』 2권 9장, 플리니우스 『자연사』 2권 37장 등에 언급되기만 하고 자세히 그려지지는 않았다. 아마도 전기적인 현상에 의해 창끝이나 칼끝에서 빛이 나는 사건을 가리키는 듯한데, 세부적인 내용은 이미 키케로 시대에도 벌써 잊은 상태였던 듯하다.

104 M. Claudius Marcellus. 기원전 222, 215, 214, 210, 208년 집정관 역임. 제2차 포에니 전쟁 때 한니발의 주요 적수였다. 기원전 211년에 쉬라쿠사이를 함락한 것으로 유명하다. (2권 14장에 나온 '난파당한 3회 집정관 마르켈루스'와는 동명이인이다. 후자는 전자보다 두 세대 뒤에 살았다.)

105 짐수레 멍에를 멘 소가 똥을 싸거나, 아니면 소 두 마리가 공동 멍에에 함께 묶여 가다가 동시에 똥을 싸는 경우를 말한다.

던 새점에 대해 전혀 유감이 없었다고 한 것 말일세. 그는 로마 인민에 대한 신의와 우정을 좇았으며, 의무에 충실했기 때문이라고, 그에게는 자신의 왕권이나 재산보다 찬양과 영광이 더 중요했던 거라고 말이지. 그 말을 나는 믿네. 하지만 그건 새점과 아무 상관이 없다네. 왜냐하면 까마귀는 그에게, 그가 로마 인민의 자유를 지키기 위해 준비하는 것이 제대로 행동하는 거라고 노래해 줄 수 없었으니 말일세. 그냥 그 자신이 그렇게 생각해 왔을 테고, 정말로 그렇게 생각한 거지.

79. 새들은 결과가 좋을 것인지 나쁠 것인지 예고해 주네. 내가 보기에 데이오타루스는 덕의 새점을 친 것이네. 그런데 덕이란 것은 신의가 앞세워지는 한, 행운은 쳐다보지도 말라고 명한다네. 한데 만일 새들이 행복한 결과를 예고했다면, 분명히 그것들은 그를 속인 것이네. 그는 폼페이우스와 함께 전투로부터 도주했네.[106] —아주 중대한 순간이었지! 그러고는 그를 떠났네. —아주 괴로운 일이었지! 그는 카이사르를 동시에 적이자 손님으로 만나게 되었네. —무엇이 이보다 더 슬펐겠나! 카이사르는 그에게서 트록미 족[107]에 대한 1/4 통치권을 빼앗아서는 누군지도 모를 페르가몬 출신, 이전에 그에게 알랑대던 자[108]에게 넘겨주었지. 또 카이사르는 데이오타루스에게서 아르

---

106 기원전 48년 파르살루스 전투.
107 Trocmi. 소아시아 갈라티아에 정착한 갈리아 세 부족 중 하나. 다른 둘은 Tolistobogii와 Tectosages 족이다. 이들은 기원전 280년경 발칸반도로 침입하여, 279년 델포이를 약탈하고, 그다음 해쯤에 용병으로 소아시아로 건너가서, 최종적으로 소아시아반도 중앙부에 정착했다. 그들의 중심도시 Ancyra는 현대 터키의 수도가 되었다.

메니아도 빼앗았는데, 그것은 원로원에서 그에게 준 것이었네. 그에게서 더할 수 없는 환대를 받아 놓고는, 접대자이자 왕이었던 그를 모든 것을 빼앗긴 자로 남기고 떠난 것이지. 하지만 내가 너무 길게 공을 들였네. 앞서 제시했던 주제로 돌아가세. 결과를 보자면 ― 이것이야말로 우리가 새들에게서 구하는 것인데 ― 데이오타루스에게는 전혀 유익한 게 아니었네. 한편 의무라는 점에서 보자면, 그는 그것을 새점으로부터가 아니라 자기 자신의 덕으로부터 구했던 거라네.

80. [XXXVIII] 그러니 로물루스의 지팡이[109] 따위는 치워 버리게나. 자네는 그것을 극심한 화재도 태워 버릴 수 없었다고 말했지. 앗투스 나비우스의 숫돌[110]도 하찮게 생각하게나. 철학에서는 꾸며 낸 이야기들에게 어떤 자리도 주어져서는 안 된다네. 그보다 철학자에게는 다음과 같은 게 어울린다네. 우선 조점술의 본성 자체를 살펴보는 것, 다음으로 그것의 기원에 대해서, 그 다음으로 그것의 일관성을 살펴보는 것이라네. 그러면 그것의 본성은 무엇인가? 그것은, 이리저리 쉴 새 없이 돌아다니는 새들에 근거해서 무엇인가 예고하게 하고, 때로는 사람들로 하여금 어떤 일을 하지 말도록, 때로는 노래나 나는 모습에 따라 어떤 일을 하라고 명하니 말일세. 또한 어떤 새들에게는 왼쪽에서 나타나는 게 좋은 전조이고, 다른 새들에게는 오른쪽에서 나타

---

108 페르가몬 출신 미트리다테스. 로마에 대항하여 '미트리다테스 전쟁'을 일으켰던 폰토스 왕 미트리다테스 6세의 아들 중 하나이다.
109 1권 30장 참고.
110 1권 32장 참고.

나는 게 좋은 전조이게끔 할 수 있는 능력이 부여된 건 왜인지? 또 이
것들이 어떻게, 언제, 누구에 의해 발명된 것이라 해야 하는지? 에트
루리아 인들은 물론 쟁기질에 의해 밖으로 나온 소년[111]이 자기들 기
술의 창안자라고 말하네. 그러면 우리는 누구라고 할까? 앗투스 나비
우스일까? 하지만 우리가 전해 듣기로 둘 다 새점을 쳤던 로물루스
와 레무스가 그보다 여러 해 전에 살았네. 아니면 피시다이 인이나 킬
리키아 인, 아니면 프뤼키아 인들이 그것을 발명했다고 말해야 할까?
그래서 사람들은 인간의 가르침을 받은 적 없는 이들이 신적인 예언
술의 창시자라 하고 싶어 하는 걸까?

81. [XXXIX] '하지만 모든 왕들, 백성들, 민족들이 새점을 이용한
다.' 그건 마치 '대중은 아무것도 모른다'만큼 유력한 다른 명제라도
있는 것 같은 태도일세. 아니면 그런 문제를 결정하는 데 있어서 다중
의 뜻을 받들어야 한다는 듯한 태도거나. 하지만 쾌락이 선이라는 걸
부정하는 사람이 몇이나 된단 말인가? 대대수는 심지어 그것이 최고
의 선이라고까지 말한다네. 그러면 스토아학파 사람들은 저들의 숫
자가 많다는 것에 겁먹고 자신들의 견해를 철회할까? 또 다른 많은
문제들에 있어서도 다중이 스토아학파의 권위를 좇으리라고 생각하
나? 그러니 설사 새점이나 다른 그 어떤 예언술에 있어서든 연약한
영혼들이 저런 미신적인 것을 받아들이고, 무엇이 진실인지 분간하
지 못한다 하더라도, 대체 무엇이 놀랍단 말인가?

111 타게스. 2권 50장 참고.

82. 더욱이 조점사들 사이에 무슨 공유되고 통일된 일관성이 있단 말인가? 엔니우스는 우리 조점사의 관습에 대해 이렇게 노래했지.

그때에 그분은 청명한 날씨 속에 왼쪽에서 호의적으로 천둥치셨다.

반면에 호메로스의 작품에 등장하는 아이아스는 아킬레우스를 찾아가 트로이아 인들의 격렬함에 대해 뭔가 불평하면서 이와 같이 말했다네.[112]

윱피테르께서 이들을 위해 오른쪽 번개로써 길조를 보내셨네.

이처럼 우리에게는 왼쪽 것이, 희랍인들과 이방인들에게는 오른쪽 것이 더 좋은 것으로 보인다네. 물론 나도 모르지 않네, 우리는 좋은 것이라면 설사 그것이 오른쪽에서 일어난다 해도 '왼쪽'sinistra이라고 부른다는 점을. 어쨌든 확실히, 그쪽이 더 나은 것으로 보이기에, 우리 조상들은 '왼쪽'sinstrum이라고, 다른 민족들은 '오른쪽'dextrum이라고 불렀던 것이네.

83. 이 얼마나 큰 불일치인가![113] 또 어떤가? 저마다 다른 새, 다른 조짐을 이용하고, 다른 방식으로 관찰하고, 다르게 반응하니, 이런 것

---

112 사실은 『일리아스』 9권에서, 아킬레우스를 달래기 위해 찾아간 세 사절 중 (아이아스가 아니라) 오뒷세우스가 한 말이다.

중 일부는 오해로 인해, 일부는 미신으로 인해, 그리고 대부분은 속임수로서 포함된 것이어야 하지 않겠는가?

[XL] 그리고 자네는 이 미신들에 언어적 징표omen를 끌어 붙이기를 망설이지 않았네. '아이밀리아가 파울루스에게 페르사가 죽었다고 말하자, 아빠는 이것을 징표로 받아들였다.'[114] '카이킬리아는 자기 자매의 딸에게 자기 자리를 넘겨주었다.'[115] 그러고는 저것들로 넘어갔네. 즉 '불길한 발언을 삼갈지어다!'favete linguis,[116] 그리고 '우선권이 있는 켄투리아', 다시 말해 선거의 '언어적 징표'[117] 말이네. 이것은 유창하고 말 잘하는 것을 스스로 자신에게 적대적으로 사용하는 것이네. 왜 이런 말을 하느냐면, 자네는 그런 것에 주목하면서 언제 평온하고 자유로운 정신을 유지할 수 있단 말인가? 일을 수행하는 데에 미신이 아니라, 이성을 지도자로 삼을 정도로? 그럴 수 있나? 만일 어떤 사람이 자기 사업 중에 혹은 대화 중에 뭔가를 말했는데, 그 말이 자네가 하고 있는 일, 또는 하려는 일에 딱 맞아떨어진다면, 그 사

---

113 사실은, 희랍인은 북쪽을 보고서 점을 치고, 로마인은 남쪽을 보고 점을 쳤기 때문에, 희랍인의 '오른쪽'은 동쪽이고, 로마인의 '왼쪽'도 동쪽이다. 한편 로마인들에게 이따금 오른쪽에서 일어나는 일이 더 상서로운 것으로 되어 있기도 했는데, 예를 들면 큰까마귀가 오른쪽에서 울면 길조로 여겨졌던 것이다. 1권 12장 참고.
114 1권 103장 참고. 앞에는 딸의 이름이 (아이밀리아가 아니라) '테르티아'로 되어 있다.
115 1권 104장 참고. 조카딸에게 의자를 양보한 것인데, 결국 자기 남편의 부인 자리를 넘겨주게 되었다.
116 직역하면 '혀로써 호의를 보이라'이지만, 종교적으로는 '불길한 조짐이 되지 않도록 말을 삼가라', '침묵을 지키라'는 뜻으로 사용된다.
117 1권 103장 참고.

건이 자네에게 두려움, 또는 기쁨을 주리라고 정말로 믿나?

84. 마르쿠스 크랏수스가 브룬디시움에서 군사들을 배에 태울 때,[118] 어떤 사람이 항구에서 카우누스에서 가져온 말린 무화과를 팔면서 '카우네아스Cauneas(카우누스 무화과)!'라고 외쳐댔었네. 혹시 원한다면, 크랏수스는 그에게서 '떠나기를 조심하라'caveret ne iret라는[119] 충고를 받은 거라고 하세. 하지만 만일 우리가 그런 것을 받아들인다면, 길 가다 발이 걸리는 것, 신발끈이 끊어지는 것, 그리고 재채기 등에도 모두 신경을 써야만 할 걸세.

[XLI] 이제 제비뽑기 점sortes과 칼다이아 점성술이 남아 있네, 그 다음엔 선견자vates들과 꿈을 통한 예언으로 나아갈 수 있지.

85. 한데 자네는 제비뽑기에 대해서도 꼭 언급해야 한다고 생각하나? 왜 이런 말을 하느냐면, 제비뽑기란 무엇인가? 그것은 가위바위보micare[120]나, 사면주사위talus 던지기, 육면주사위tessera 던지기와 거의 같은 것이라네. 이런 것들에서는 이성이나 분별이 아니라, 우연과 요행이 힘을 발휘하지. 이 모든 것들은 이득을 위해서 속임수로 만들어 낸 것이거나, 아니면 미신 때문에, 아니면 착오로 인해 생긴 것

---

118 1권 29장 참고. 크랏수스가 파르티아를 정벌하러 떠나던 당시의 일화이다. 그는 기원전 53년 카르라이(Carrhae) 전투에서 파르티아에게 대패하여 부대가 궤멸하고, 본인과 아들도 전사했다.

119 키케로는 간접화법으로 적어 놓았지만, 직접화법으로 고치면 'Cave ne eas'(카베 네 아스)여서 무화과 상인의 외침과 상당히 유사하게 들린다.

120 정확히 한국의 가위바위보와 같지는 않다. 두 참여자가 동시에 손가락 몇 개를 펼치면서 손을 내뻗고 숫자를 외치는데, 전체 손가락 숫자와 같은 숫자를 댄 사람(또는 상대의 펼친 손가락 숫자를 맞힌 사람)이 승자가 되는 방식이다.

이라네. 우리가 에트루리아 점술에 대해서 했던 것처럼,[121] 가장 유명한 제비뽑기 점의 기원이라고 전해지는 것을 살펴보세나. 프라이네스테(팔레스트리나)의 연대기에 전하기를, 신분이 고귀하고 탁월한 인물이었던 누메리우스 숩푸스티우스Numerius Suffustius가 여러 차례 꿈을 꾸었는데, 마침내는 꿈이 위협하기까지 했다네. 어떤 특정 위치에 있던 바위를 쪼개라는 것이었지. 그는 그 환영에 겁을 먹고, 자기 도시 사람들이 비웃는 가운데 그 일을 시작했다지. 그래서 그가 돌을 쪼개자, 참나무판에 옛 글씨로 새겨진 제비뽑기 점술이 튀어나왔다는 걸세. 그 자리는 지금도 종교적으로 울타리 쳐져 있다네. 어린 윱피테르 조각상 바로 옆인데, 이 윱피테르는 유노와 함께 행운의 여신Fortuna의 무릎에 앉아서 젖가슴으로 팔을 뻗고 있는 것으로,[122] 어머니들에 의해 최고의 경건함으로써 숭배받고 있다네.

86. 또한 사람들은 말하기를, 바로 그 시기에 지금 행운의 여신의 신전이 서 있는 그 자리에서, 올리브나무에서 꿀이 흘러넘쳤다고 하네. 그러자 에트루리아 점쟁이들이 말하길 저 제비뽑기 점은 최고의 영예를 누리게 되리라 했고, 그들의 지시에 따라 그 올리브나무로 궤짝을 만들어서는 그 속에 제비뽑기 판목을 보관했다네. 그것은 요즘도 행운의 여신의 충고에 따라 그 궤짝에서 꺼내어진다지. 그러니 이

---

121 2권 50장 참고.
122 전해지는 사본들에는 이 부분에 '젖을 먹으며'(lactens)라는 단어가 들어 있는데, 쇼이블린 등의 견해에 따라 그 단어는 빼고 옮겼다. 물론 한쪽 젖을 빨면서 다른 젖으로 손을 뻗는 것도 완전히 불가능하지는 않겠다.

제비뽑기에 무슨 확실한 것이 있겠는가? 행운의 여신의 충고에 따라 소년들이 손으로 섞어서 뽑는 것에? 게다가, 그것들은 어떻게 해서 그 자리에 있게 되었을까? 누가 저 참나무를 베고, 다듬고, 새겼을까? 사람들은 말하지, '신이 이루지 못할 일은 없다'라고. 그렇다면 신께서 스토아학파 사람들을 현명하게 만드셔서, 그들이 미신적으로 불쌍하게 흔들려서 모든 것을 믿지는 않게끔 해주셨더라면 좋았을 텐데! 하지만 이런 종류의 예언술은 이제 일상적인 삶에서 배제되었다네. 물론 프라이네스테 신전의 역사와 아름다움이 그 제비뽑기의 이름을 유지해 주고는 있지. 하지만 그마저도 대중들 사이에서나 그렇다네.

87. 왜 이런 말을 하느냐면, 사실 행정관이나 저명한 인물 중에 대체 누가 제비뽑기를 이용한단 말인가? 어쨌든 다른 분야에서는 제비뽑기는 명백히 활력을 잃었네. 바로 이것이, 클레이토마코스[123]에 따르면, 카르네아데스가 자주 했다는 말의 의미라네. 즉, 자신은 행운의 여신이 프라이네스테에서보다 더 행운을 누리는 걸 본 적이 없다고 말일세. 그러니 이런 종류의 예언술은 제쳐 두기로 하세나.

[XLII] 이제 칼다이아 인들의 예표monstra로 가보세. 이것에 대해서는 플라톤의 학생이었던 에우독소스[124]가 —— 그는 가장 박식한 사

---

123 아카데메이아 학파의 수장 카르네아데스(기원전 214/213~129/128)의 가르침을 책으로 적었던 학자. 1권 7장과 87장 주석 참고.
124 기원전 4세기에 활동했던 크니도스 출신 수학자, 천문학자, 지리학자. 1권 13장 주석도 참고.

람들이 판단하기에 점성술에 있어서 쉽사리 으뜸이 될 만한 사람인데 ─ 그가 적어 남긴 글에 다음과 같이 의견을 밝혔다네. '칼다이아 사람들이 각 사람의 생일에 의거하여 그의 미래 삶에 대해 주목하고 예언한 것은 전혀 믿을 필요가 없다'라고 말일세.

88. 스토아학파 사람들 중 유일하게 점성술사들의 예언을 인정치 않았던 판아이티오스[125] 역시, 앙키알로스[126]와 캇산드로스를 그 시대 최고의 천문학자로 꼽으면서, 이들은 천문학의 다른 분과에 대해서는 탁월하면서도 이런 종류의 예언에는 종사하지 않았다고 논평했네. 할리카르낫소스의 스퀼락스는 판아이티오스의 친구로서 천문학에 탁월하고, 자기 도시를 다스리는 데서도 으뜸인 자였는데, 이런 부류의 칼다이아식 예언을 전적으로 부정했다네.

89. 하지만 이제 증언들은 그냥 두고 논리를 이용해 보세. 칼다이아 인들의 탄생별자리 예언을 옹호하는 자들은 이런 논변을 사용한다네. 즉, 그들이 말하길, 희랍어로 '조디아코스'zodiakos라고 지칭되는, 별자리들이 있는 영역에는 특별한 힘이 있어서, 그 영역의 각 부분이 저마다 다른 방식으로 하늘에 영향을 주고 변화시키는데, 각 시점에 그 영역, 또는 인근 영역에 어떤 별들이 있는지에 맞춰서 그렇게 된다는 것이지. 그리고 그 힘은 '행성'errantia(떠돌이별)이라고 불

---

125 1권 6장 참고.
126 이 부분에서 언급된 앙키알로스, 캇산드로스, 스퀼락스에 대해서는 알려진 바가 전혀 없다.

리는 저 별들에 의해 다양하게 영향을 받는다는 걸세. 한데 이 행성들이, 어떤 사람이 그 별 아래 태어난 바로 그 별의 영역으로 들어가거나, 그것과 뭔가 연결성이 있어서 공감하는 별의 영역으로 들어가게 되면, 그들은 그것을 '삼각형'triangula, 또는 '사각형'quadrata이라고 부른다네. 그런데 이 별들의 전진과 후퇴에 의해 계절과 일기의 변화, 변동이 일어나기 때문에, 또 태양의 힘에 의해 지금 우리가 보고 있는 일들이 이뤄지기 때문에, 마치 이 힘들에 의해 공기 온도가 조절되듯이, 태어나는 아이들도 그 힘들에 의해 생명이 주어지고 형태가 부여되며, 그것들로부터 각 사람의 지능과 태도, 성격, 육체적 특성, 생의 업적, 운수와 결말이 형성된다는 것일세.

90. [XLIII] 오, 믿을 수 없을 정도의 착란이여! 이런 오류는 그저 어리석음이라고 부르는 것으로 충분치 않으니 하는 말일세. 스토아학파의 디오게네스[127]는 점성술사들에게 다소 양보했네. 그들이 예언을 하는 것이 가능하긴 한데, 각 사람이 본성상 어떤 인간이 될 것인지, 그리고 어떤 일에 가장 적합하게 될지는 예언할 수 있다는 것이지. 나머지 것들, 저들이 예언할 수 있다고 주장하는 것들에 대해서, 그는 결코 알 수 없다고 부정했다네. 예를 들어 쌍둥이는 외모는 서로 비슷하지만, 삶의 행로와 운수는 크게 다르니 말일세. 둘 다 스파르타 왕이었던 프로클레스와 에우뤼스테네스는 쌍둥이 형제였네.[128]

91. 하지만 그들은 같은 해만큼 살지 않았네. 프로클레스의 수명

---

127 바빌로니아 출신, 기원전 2세기 중반 스토아학파의 수장. 1권 6장 참고.

이 한 해 짧았으니까. 그리고 그는 자기 형제를 업적으로 이룬 명예에 있어서 크게 앞질렀다네. 한데 나로서는, 디오게네스가 뛰어난 인물이긴 하지만 칼다이아 인들에게 양보함에 있어서 말하자면 자기모순적이었다 생각하네. 그의 주장이 이해 불가능하다는 것이지. 왜냐하면, 그들의 주장에 따르자면 사람이 태어나는 것은 달이 주관한다고 하네. 그래서 칼다이아 인들은 어떤 별이 달과 연결되어 나타나는지 그 탄생 시의 별자리를 관찰하고 기록한다네. 그런데 그때 이들은 시각이라는 가장 속기 쉬운 감각을 이용하여 판단을 내린다네, 이성과 정신으로 보아야 하는 것들을 말이지. 이렇게 말하는 이유는, 저들이 반드시 알아야만 했던바 수학의 이치는 이런 것을 가르치기 때문이라네. 즉, 달이 땅에 얼마나 가까이 다가와서 거의 닿을 정도가 되는지, 가장 가까운 별인 수성으로부터는 얼마나 멀리 떨어졌는지를, 또 화성으로부터는 훨씬 더 많이 떨어졌다는 것을, 그리고 달이 그 빛을 받아 빛나는 것으로 여겨지는바 태양으로부터는 아주 한참의 간격으로 떨어져 있다는 것 등등 말일세. 나머지 세 행성과의 간격은 실로 무한하고 무량하지. 태양으로부터 화성까지, 거기서 목성까지, 다시 거기서 토성까지, 그 다음엔 하늘 자체가 있네. 이것은 세계의 경계이고 극한이지.

92. 그러니 거의 무한한 간격 너머에서부터 달까지, 아니 그 이상

---

128 스파르타에는 늘 왕이 두 명씩 있었는데, 쌍둥이로 태어난 프로클레스와 에우뤼스테네스가 각기 한쪽 혈통의 조상이다. 헤로도토스 『역사』 6권 52장 참고.

으로 땅까지 대체 무슨 영향이 와 닿을 수 있겠는가?

[XLIV] 또 이건 어떤가? 저들은 이렇게 말해야만 하는데, 저들이 인간이 사는 모든 땅에서 태어난 모든 사람들이, 같은 하늘, 같은 별들 아래 태어났다고 해서, 모두 똑같이 생기고, 모두 똑같은 일을 겪어야만 한다고 말한다면, 이 훌륭하신 하늘의 해석자들께서는 하늘의 본성에 대해 전혀 아는 게 없는 부류로 드러나지 않겠는가? 왜냐하면, 하늘을 말하자면 반으로 나눠서 우리의 시야를 제한하는 저 원들은 ── 그것을 희랍인들은 '호리존테스'horizontes라고 부르는데, 우리로서는 '경계 짓는 것'finientes이라고 부르면 아주 적절할 것이네만 ── 각 사람이 저마다 있는 곳에 따라서 굉장한 다양성을 보이며 달라지기 때문에, 별들이 뜨고 지는 것이 모든 인간들에게 같은 시간에 일어날 수 없어서라네.

93. 한데 만일 이 별들의 힘이 하늘에, 어떤 때는 이렇게, 어떤 때는 저렇게 영향을 끼친다면, 어떻게 같은 시간에 태어나는 모든 사람들에게 똑같은 힘이 미칠 수 있겠는가, 이들이 그 아래 태어나는 하늘이 이토록이나 서로 다른데? 우리가 살고 있는 이 지역에서는 '개의 별'Canicula(시리우스)이 하지 이후에 뜨지, 물론 며칠 뒤에. 한데 기록에 따르면, 트로글로뒤테스 인들[129] 사이에서는 그 별이 하지 이전에

---

129 전해지는 사본들에는 모두 Trogodytas라고 되어 있으나, 헤로도토스 『역사』 4권 183장에 소개된 '동굴에 사는 사람들'로 보아 Troglodytes로 읽었다. 이들은 에티오피아 혈통으로 리뷔아 남부에 사는 것으로 알려져 있다. 하지만 요즘 학자들은 대부분 이들이 홍해 서쪽, 아라비아 맞은편에 사는 것으로 보고 있다.

뜬다네. 그러니 이제 우리가, 지상에 태어난 사람들에게 뭔가 하늘의 힘이 미친다는 점은 양보한다 해도, 저들은 인정해야만 할 것이네, 같은 시간에 태어난 사람이라 해도 하늘이 다르기 때문에 서로 다른 성향을 지닐 수 있다는 것을. 이것은 저들에게 전혀 달갑지 않은 일이지. 저들은 같은 시간에 태어나는 모든 사람은 그가 어디서 나든지 간에, 같은 운명을 갖고 태어난다고 주장하고 싶어 하니 말일세.

94. [XLV] 하지만 또 다음 것은 얼마나 큰 광기인가? 하늘의 광범위한 움직임과 변화에는 주목하면서, 바람과 비와 날씨가 어떠한지는 전혀 영향이 없다고 여기다니! 이것들은 자주 아주 가까운 거리에서도 크게 달라서, 투스쿨룸과 로마의 날씨가 제각각인 경우도 흔할 지경이라네. 항해하는 사람들은 이것에 크게 주의를 기울이지. 그들은 곶을 돌아가는 순간 바람이 엄청나게 변화하는 것을 자주 느끼기 때문이라네. 그래서 금방 하늘이 평온하다가 또 금방 뒤집히니, 합리적인 정신을 지닌 사람이라면 이것이 태어나는 사람에게 영향을 끼친다고 하기보다는 —— 그것은 사실 영향이 없다네 —— 어떤 알지 못할 섬세한 것이, 결코 감지될 수 없고, 거의 알 수도 없는 것, 달과 하늘의 다른 별들에 의해 조절되는 어떤 것이 태어나는 아이의 운명에 영향을 끼친다고 하는 게 마땅하지 않겠는가?

또한, 저들이 씨앗의 힘을 —— 그것은 생겨나고 태어나는 데에 크게 중요한 것인데 —— 이 힘을 완전히 제거하고도 그걸 깨닫지 못하니, 이를 작은 실수라 할 것인가? 왜 이런 말을 하느냐면, 대체 누가 보지 못하겠는가, 외모나 기질, 그리고 여러 상태와 몸 움직임 등은 부모로부터 자식에게로 전해진다는 것을? 만일 이런 특성들을 부모로부터 물려받은 자질과 본성이 만들어 내는 게 아니라, 달의 상태와 하늘의 상황이 만들어 낸다면, 지금 우리가 보는 상황은 벌어지지 않았을 것이네.

95. 또 어떤가? 동일한 시점에 태어난 사람들이 서로 다른 기질과 인생, 운명을 만난다는 사실은, 삶을 살아 나가는 데 있어서 태어난 시간이 전혀 무관하다는 것을 밝히 보여 주지 않는가? 혹시 우리가 아프리카누스가 수태되고 출산된 그 시점에는 아무도 수태, 출산되지 않았다고 믿는다면 모를까. 사실 그와 똑같은 사람은 없었지 않은가?

96. [XLVI] 또한, 이것은 의심할 바 없는 일이지? 자연적 흠결을 지니고 태어난 사람들이 자연에 의해 재건되거나 교정된다는 것 말일세. 이런 일은 자연이 스스로 돌아오거나, 아니면 기술이나 의술에 의해서 일어나지. 예를 들면, 말을 할 수 없을 정도로 혀가 들어붙은 사람들을 칼로 절제해서 풀어 주는 경우 같은 것이지. 또 많은 사람들이 자연적 흠결을 숙고와 훈련으로써 제어했네. 팔레론 사람[130]이 전하는 바에 따르면 데모스테네스[131]가 그랬다고 하듯이 말일세. 데모스테네스는 '로'rho 발음을 제대로 못했는데, 훈련을 통해서 완벽하

---

130 팔레론 출신 데메트리오스(기원전 350~280년경). 아테나이 정치가, 아리스토텔레스의 제자, 소요학파 철학자.
131 기원전 4세기에 활동했던 아테나이 연설가.

게 발음할 수 있게 되었다 하네. 하지만 만일 이것들이 별에 의해 심어지고 부여되었다면, 그 무엇도 이것을 바꾸지 못했을 것일세. 그리고 장소가 다르면 태어나는 사람들도 다르지 않은가? 이런 것은 얼른 지나치면서도 쉽게 말할 수 있겠네. 인도 사람, 페르시아 사람, 아이티오피아 사람과 시리아 사람이 서로 육체적, 정신적으로 너무나 달라서, 그 다양성과 상이함이 믿을 수 없을 정도라는 것 말일세.

97. 이로부터 우리는 이해할 수 있네, 땅의 조건이 달의 상태보다 출생에 더 큰 영향을 끼친다는 점을 말일세. 자네는, 바빌론 사람들이 47만 년 동안이나 태어나는 모든 아이에 대해서 점성술을 시험하고 입증했노라 주장한다고 했지.[132] 하지만 그 말은 거짓이네. 왜냐하면 그것이 실행되었다면, 중단되지 않았을 터이니 말이네. 그러나 그 어떤 저자도, 그것이 실행되었다고 말하거나, 아니면 실행된 것을 자기가 안다고 하지 않았네.

[XLVII] 자네는 내가, 카르네아데스[133]가 말한 게 아니라, 스토아 학파의 수장 판아이티오스가 말했던 것을 되풀이하는 걸 보고 있지? 한데 나는 이제 다음과 같은 질문을 던지고자 하네. 즉, 칸나이 전투에서 전사한 모든 사람은 같은 별 아래 태어났는지 하는 것이네. 그들 모두는 하나의 같은 죽음을 맞이했다네. 그리고, 재능과 지성에 있어서 특출한 사람들도 모두 같은 별 아래 태어났는지? 왜 이런 말을 하

132 1권 36장.
133 기원전 2세기 아카데메이아 학파의 수장. 1권 7장 참고.

느냐면, 헤아릴 수 없이 많은 사람이 태어나지 않는, 그런 날이 대체 있긴 한 것인가 말일세. 하지만 호메로스와 비슷한 사람은 한 명도 없었다네.

98. 만일 각각의 생명체가 어떤 하늘과 별들의 조합 상태 아래 태어나는지가 문제된다면, 같은 논리가 무생물에도 적용되어야 마땅할 것이네. 하지만 이보다 더 어리석은 발언이 있을 수 있겠는가? 한데 피르뭄 출신의 우리 친구 루키우스 타루티우스는 칼다이아 인들의 학문에 깊이 빠져서, 우리 도시의 탄생일을 팔레스 축제일Parilia[134] ── 바로 그날 이 도시가 건립되었다고 우리가 전해 듣는데 ──에 근거하여 다시 계산했고, 로마는 달이 천칭자리에 있을 때 생겨났다고 말하곤 했다네. 게다가 그는 로마의 운명을 예언하는 것도 망설이지 않았다네.

99. 오, 환각의 막강한 힘이여! 도시의 탄생일까지 별들과 달의 힘에 영향을 받았다니! 원한다면, 어떤 별의 영향하에 아이가 처음 숨을 쉬었는지가 중요하다고 하세. 그렇다 해도, 도시가 그것으로 지어진바 흙벽돌과 돌벽돌caementum[135]에 영향을 끼칠 수는 없었지 않겠는가? 한데 사실 더 이상 말할 필요도 없네. 일상생활에서 그것이 논

---

134 4월 21일. 팔레스는 가축과 목동들의 수호신으로 여성인지 남성인지 불분명하다. 팔레스의 축제일은 Palilia라고도 표기한다. 이날 짚으로 화톳불을 피우는 의식이 행해졌다.
135 이 단어가 '시멘트'라는 뜻으로 쓰인 것은 훨씬 후대이다. 아우구스투스가 자랑하듯("나는 벽돌로 된 로마를 물려받아서, 대리석으로 된 것을 물려주었다."), 키케로 시대까지 로마의 건물들은 대부분 벽돌로 지어졌었다.

박되니 말이네. 나는 기억하네, 폼페이우스에 대해 얼마나 많이, 크랏수스에 대해서 얼마나 많이, 또 근래에 죽은 카이사르 자신에 대해 얼마나 많이, 칼다이아 인들에 의해 예언이 주어졌는지. 하지만 그것들 중 어느 하나도, 이들이 노령으로, 국내에서, 영예를 누리며 죽으리라고 말하지 않은 것이 없다네. 내게는 정말 대단히 놀라운 일로 보일 것이네, 날마다 사실과 결과에 의해 저들의 예언이 논박되는 것을 보면서도 아직도 그들을 믿는 사람이 혹시 존재한다면 말일세.

100. [XLVIII] 이제 예언의 종류 중에서 우리가 기술에 의한 것이 아니라 자연적인 것이라고 했던 것 중 두 종류가 남았네. 신탁과 꿈에 의한 예언이 그것들이네. 퀸투스여, 자네가 좋다면 이것들에 대해 논의하세나." 내가 말했다.

그러자 그가 말하길, "제게는 아주 흡족합니다. 저는 이제까지 당신이 논의하신 것들에 전적으로 동의하기 때문입니다. 그리고 솔직히 말하자면, 당신의 논의가 제게 확신을 심어 주긴 했습니다만, 저 자신 스스로도 예언술에 대한 스토아학파의 입장이 지나치게 미신적이라고 생각해 왔었습니다. 저는 이 문제와 관련해서 소요학파의 논증에, 그러니까 저 옛날 디카이아르코스[136]의 의견과, 지금 한창 전성기를 누리고 있는 크라팁포스의 의견에 더 큰 영향을 받았습니다. 이들의 생각에 따르자면, 인간의 정신 속에는 어떤 신탁과 관련된 능력이 있어서, 정신이 신적인 광기에 자극을 받거나, 혹은 잠에 의해 느

---

136 디카이아르코스와 크라팁포스에 대해서는 1권 5장 참고.

슨하게 풀려나서 자유롭게 돌아다니게 되면, 이 능력으로 인해 미래 일을 미리 감지하게 된다는 것입니다. 그러니 이 두 종류의 예언에 대해 당신의 생각이 어떠한지, 어떤 논리로 그것들을 흔들어 놓으실지, 정말로 듣고 싶습니다."

101. [XLIX] 그가 그렇게 대답하자, 나는 말하자면 두 번째 출발점인 듯 이렇게 논의를 재개했다.

"퀸투스여, 나는 잘 알고 있네, 자네가 늘 다른 종류의 예언술에 대해서는 의구심을 품고 있지만, 저 두 가지, 신적인 광기에 의한 예언과 꿈을 통한 예언은 지지한다는 것을. 이것들은 정신이 풀려나면 흘러 들어오는 것들이지. 그래서 이제 이 두 가지 종류에 대해 내가 어떻게 생각하는지 말할 터인데, 그 전에 먼저 스토아학파 사람들과 우리 친구 크라팁포스의 삼단논법이 유효한 것인지를 살펴보기로 하세. 왜냐하면 자네는, 크뤼십포스와 디오게네스, 그리고 안티파테르가 이런 식으로 논증했다고 말했으니[137] 말이네.

'만일 신들이 존재하면서도, 미래 일이 어떠할지 인간들에게 미리 밝혀 주지 않는다면, 그들은 인간을 사랑하지 않거나, 미래 일이 어떠할지를 모르는 것이다. 아니면 그들은 인간이 미래 일을 아는 게 인간들에게 도움이 되지 않는다고 생각하는 것이다. 그게 아니라면 그들은 미래 일을 인간들에게 조짐으로 알리는 것이 자신들의 위엄에 어울리지 않는다고 여기는 것이다. 그것도 아니라면, 그들은 신이

137 1권 82장 참고.

지만 조짐을 줄 수 없는 것이다.

102. 하지만 신들은 우리를 사랑하지 않는 것이 아니다. 왜냐하면 그들은 인간 종족의 친구이고, 호의를 베푸는 존재들이기 때문이다. 또 그들은 자신들이 결정하고 계획한 일들을 모르지 않는다. 그들은, 미래가 어떠할지 우리가 아는 것이 무익하다고 여기지도 않는다. 왜냐하면 만일 우리가 그것을 안다면 좀 더 조심스러워질 테니까. 그들은 미래를 알리는 것이 자신들의 위엄에 어긋난다고 보지도 않는다. 왜냐하면, 호의보다 더 탁월한 것은 없으니까. 또 그들은 미래를 미리 알지 못하는 것도 아니다. 따라서, '신들은 존재하지만 우리에게 미래를 전조로 알리지 않는다'는 것은 옳지 않다. 그런데 신들은 존재한다. 따라서 그들은 우리에게 전조를 주고 있다. 또한 신들이 미래를 전조로 알려 준다면, 그들이 우리에게 그 전조에 대한 지식에 접근할 길을 주지 않는 것은 아니다. 왜냐하면 그렇게 되면 신들은 헛되이 전조를 보내는 것이 될 것이기 때문이다. 또한 신들이 우리에게 전조에 접근할 길을 준다면, 예언술이 불가능한 것도 아니다. 따라서 참된 예언술은 존재한다.'

103. 오, 영특한 인간들이여! 그들은 자신들이 얼마나 적은 단어로 과업을 완수했다고 생각하는지! 하지만 그들은 누구도 그들에게 양보하지 않는 전제들을 삼단논법에 끌어들이고 있다네. 한데 삼단논법의 논증이 유효한 것으로 인정받으려면, 의심할 수 없는 전제들로부터 논란이 되고 있는 명제로 이끌어 가야만 한다네.

[L] 자네는, 늘 스토아학파 사람들이 둔하고 거칠다고 말하는 저

에피쿠로스[138]가, 우리가 '우주'라고 부르는 것이 무한하다는 사실을 어떤 방식으로 논증했는지 보지 못하는가? 그는 이렇게 말하네. '한정된 것은 끝을 가지고 있다.' 이것을 인정하지 않을 사람이 어디 있겠는가? '그런데 끝을 가진 것은 외부의 어느 지점에선가 관찰된다.' 이것 역시 인정해야만 하네. '하지만 우주는 외부의 어느 지점으로부터도 관찰되지 않는다.' 이것은 결코 부정할 수 없네. '따라서 우주는 끝을 가지지 않으므로, 그것은 무한해야만 한다.'

104. 자네도 그가 어떻게 인정되는 전제들로부터 논란의 대상인 것으로 나아가 당도하는지 보았지? 바로 이것을 자네 학파의 논증가들은 해내지 못한다네. 그들은 모두에게 인정받는 전제를 삼단논법에 이용하지 않을 뿐만 아니라, 그것을 인정해 준다 해도 자네들이 원하는 데로 가지 않을 그러한 전제들을 끌어들이고 있네. 왜 이런 말을 하느냐면, 자네들은 우선 이런 전제를 끌어들였네. '만일 신들이 존재한다면, 그들은 인간에게 호의를 품고 있다.' 하지만 누가 이 점을 자네들에게 허용하겠는가? 에피쿠로스라면 그렇게 할까? 하지만 그는, 신들은 자신들에게도 남에게도 전혀 신경 쓰지 않는다고 했다네. 아니면 우리나라의 엔니우스가 허용할까? 많은 갈채와 다중의 동의를 얻은 그의 말을 보세나.[139]

---

138 에피쿠로스에 대한 이런 평가에 대해서는 1권 62장 앞부분 참고. 에피쿠로스의 일관성에 대해서는 2권 40장 참고.
139 엔니우스 비극 『텔라모』의 일부이다. Jocelyn 단편 134c.

나는 신들의 종족이 존재하며 하늘에 산다고 언제나 말했고, 앞으로
도 말하리라.

하지만 나는 그들이 인간 종족이 어떻게 지내든 신경 쓰지 않는다고
생각하노라.

그 다음엔 왜 그가 그렇게 생각하는지 이유가 뒤따르지. 하지만
그 뒤에 나오는 것을 내가 다 말할 필요는 없겠네. 이제 스토아학파
사람들이, 의심스럽고도 논쟁이 될 만한 것들을 당연한 것처럼 전제
로 삼았다는 점을 이해하기에 충분하네.

105. [LI] 그런데 그 삼단논법은 이렇게 계속되지. '신들은 그 무엇
도 모르지 않는다, 모든 것이 그들에 의해 결정되었기 때문이다.' 이
대목에서, 이러저러한 것들이 불멸의 신들에 의해 결정된다는 것을
부정하는 박식하신 분들의 엄청난 싸움이 생겨나네. '하지만 미래에
일어날 일들을 우리가 아는 것은 도움이 된다.' 미래는 아는 것보다
모르는 게 더 낫다는 점을 입증하는 디카이아르코스의 방대한 저술
이 있네. 저들은 말하지, '미래를 알게 해주는 것은 신들의 위엄과 상
충하지 않는다'라고. 물론 그렇겠지, 신들께서는 각 사람에게 무엇이
필요한지 알기 위해 모든 사람의 집안을 들여다보시니까!

106. '신들이 미래를 미리 알지 못할 수는 없다.' 하지만 미래에
어떤 일이 일어날지는 확실치 않다고 보는 사람들은, 신들이 이런 능
력을 가졌음을 부정하네. 그러니 자네는 지금 보고 있지 않은가, 저들
이 의심스러운 전제들을 확실하고 모두가 인정하는 것이라고 끌어들

였음을? 그런 다음 논증을 꼬아서 이렇게 결론짓지. '따라서 신들이 존재하면서 미래를 전조로 보여 주지 않는 일은 없다.' 물론 그들은 이제 논증이 완결되었다고 생각하기 때문이라네. 그러고는 또 다른 전제를 끌어들이지. '그런데 신들은 존재한다.' 하지만 이것도 모든 사람이 인정하는 명제는 아니라네. '그러므로 신들은 전조를 보낸다.' 하지만 이 결론이 필연적인 것은 아니라네. 왜냐하면, 신들이 전조를 보내지는 않지만 존재는 하는 경우도 있기 때문이지. '만일 신들이 전조를 보낸다면, 그들이 전조에 대한 지식에 접근할 길을 주지 않는다는 것은 옳지 않다.' 하지만 신들이 그 길을 갖고는 있지만 인간에게 주지는 않는 경우도 가능하다네. 왜 이런 말을 하느냐면, (그렇지 않다면) 왜 신들은 로마인보다는 에트루리아 인들에게 그 지식을 주는가? '신들이 전조를 이해할 지식을 준다면, 예언술이 존재하지 않는다는 것은 옳지 않다.' 신들이 그 지식을 준다고 해보세(어리석은 가정이긴 하지만). 그래 봐야 우리가 받아들이지 못한다면 그게 무슨 소용이란 말인가? 그들의 결론은 이러하네. '따라서 예언술은 존재한다.' 이것이 결론이라고 해보세. 하지만 이것은 입증되지 않았네. 왜냐하면 그들 자신으로부터 우리가 배운 바대로, 거짓된 전제로부터는 참이 나올 수 없기 때문이라네. 따라서 전체 삼단논법이 바닥에 쓰러져 눕고 말았네.

107. [LII] 이제 아주 특출한 인물인 우리 친구 크라팁포스에게로 가 보세. 그는 이렇게 말한다네.

'눈이 없다면 눈의 기능과 작동도 존립할 수 없으며, 때로는 눈이 있어도 제 기능을 다하지 못한다. 하지만 혹시 누군가 한 번이라도 눈을 사용해서 진실을 분간해 낸다면, 그는 진실을 분간하는 시각을 지닌 것이다. 마찬가지로, 예언술이란 것이 존재하지 않으면 예언술의 기능과 작동도 존립할 수 없으며, 또 어떤 사람이 예언술을 갖고 있더라도 때로는 실수하고 진실을 분간해 내지 못할 수 있다. 하지만 한 번이라도, 우연히 일치한 게 아님이 분명하게끔, 어떤 예언이 제대로 성취되었다면, 이는 예언술의 존재를 입증하기에 충분하다. 따라서 우리는 예언술이 존재함을 인정해야만 한다.'

아주 경쾌하고 간결하군! 하지만 그는 두 번이나 필요치도 않은 전제들을 도입했네. 물론 그는 우리가 양보를 잘하는 걸 알아채서 그런 거겠지만. 하지만 그가 하나 더 끌어 붙인 건 우리가 결코 인정할 수 없는 것이네.

108. 내용상 그는 이렇게 말한 셈이네. '혹시 어떤 때는 눈이 잘못을 저지른다 해도, 어떤 때는 제대로 본다면, 그 눈에게는 보는 능력이 있는 것이다. 마찬가지로 어떤 사람이 뭔가를 한 번 예언술로서 미리 제대로 예측한 적이 있다면, 혹시 실수하는 경우라도 그는 예언의 능력을 지닌 것으로 인정되어야 한다.'

[LIII] 우리의 크라팁포스여, 부탁이니 한 번 살펴보시오, 두 경우가 서로 얼마만큼이나 비슷한가를! 내게는 전혀 비슷해 보이지 않아서 하는 말이오. 왜 이런 말을 하느냐면, 눈이 진실을 분간하는 데는 자연적 감각을 이용하지요. 반면에 정신은, 혹시 그것이 환각에 의해서건 꿈에 의해서건 진실을 미리 내다본다면, 우연과 요행을 이용한

것이라오. 당신은 이 점을 인정해야만 하오, 물론 당신이 다음과 같이 생각한다면 이걸 인정하지 않아도 되오. 즉, 혹시 어떤 꿈이 제대로 미래를 내다보았다면, 평소에 꿈은 그저 꿈일 뿐이라고 여기던 사람들도 '그건 결코 우연히 일어난 일이 아니다'라고 인정해 줄 것 같다면 말이오. 앞의 저 두 대전제sumptio는 우리가 당신에게 양보할 수 있소. (논리학자들은 그것을 '렘마'lemma라고 부르는데, 우리는 라틴어 단어로 지칭하기를 선호한다오.) 하지만 소전제assumptio는(논리학자들은 그것을 '프롤렙시스'prolepsis라고 부르지요) 양보할 수 없다오.

109. 크라팁포스의 소전제는 이런 식이네. '한데 우연히 맞은 게 아닌, 수없이 많은 예견들이 존재한다.' 하지만 나는, 그런 예견이 하나도 없다고 단언하네. 보게나, 대립이 얼마나 큰지를. 어쨌든 이제 소전제가 인정되지 않기 때문에 결론도 있을 수 없다네. '하지만 그렇게 명백한 것을 인정하지 않는 자는 어리석은 것이다.' '명백하다'는 것은 대체 무엇인가? 그는 말하겠지, '많은 예언이 진실로 드러났다는 사실'이라고. 하지만 더 많은 예언들이 거짓으로 드러난 건 어쩔 텐가? 그 불확실성 자체가 — 이것은 요행의 특징인데 — 예언 성취의 원인이 자연이 아니라, 요행이라는 걸 가르쳐 주지 않는가? 나아가, 크라팁포스여, 만일 당신의 그 결론이 옳다면 — 나는 당신과 논쟁 중이니 하는 말인데 — 당신은 생각지 못하는 거요? 같은 논리가 내장점, 벼락점, 전조 해석자, 새점, 제비뽑기점 종사자, 그리고 칼다이아 인들에게도 이용될 수 있는 사실을 말이오. 이런 부류 중 누구라도, 뭔가 예언이 성취된 것 같은 경험이 한 번도 없었던 이는 없으니

말이오. 따라서 그런 부류의 예언도 —— 자네는 그것들을 인정하지 않았고, 그 입장은 아주 올바른 것이네만 —— 존재하거나, 혹은 이런 것들은 참된 예언이 아니라고 한다면, 나는 이해할 수가 없네, 왜 자네가 남겨 둔 그 두 가지 예언만 참된 것인지를. 그러니까 이 두 가지를 인정한 그 논리를 따르자면, 자네가 제거한 저 예언들도 존재 가능한 것이 된다네.

110. [LIV] 그런데 자네가 '신적인 것'이라고 부르는 저 광기는 대체 어떤 권위를 지니는가? 현자도 보지 못하는 것을 정신 나간 사람이 본다니 말일세. 게다가 그 사람은 인간의 지성은 잃고서 신적인 지성을 얻는다지? 우리는 시뷜라의 시구들을 보존하고 있네. 그녀는 그것들을 광기에 빠진 채 쏟아 냈다고 전해지지. 한데 근래에 어떤 잘못된 소문이 떠돌기를, 그 시구의 해석자 중 한 사람[140]이 원로원에서 선언할 것이라고 했네. 우리가 구원을 얻기 위해서는, 사실상의 왕이라고 여겨지는 그 사람이 호칭에 있어서도 왕이 되어야 한다고 말일세. 이런 말이 정말 그 책에 들어 있다면, 대체 어떤 사람, 어떤 때를 말하는 것인가? 왜 이런 말을 하느냐면, 그 시를 지은 사람이 아주 영리하게 일을 처리해서라네. 무슨 일이 일어나든 간에 그것이 미리 예언된 것으로 보이도록 사람과 시간의 명확성을 제거했던 것이지.

---

140 Lucius Aurelius Cotta. 이 사람은 시뷜라 신탁집을 관리하던 15인 위원회(quindecimviri)의 일원이었다. 그 신탁집에 따르면 파르티아는 왕만이 제압할 수 있다고 해서, '사실상의 왕'인 카이사르를 '호칭에 있어서도' 왕이라고 하자는 것이다. 이 사건에 대해서는 수에토니우스『율리우스 카이사르』79장, 플루타르코스『카이사르』60장과 64장 참고.

111. 게다가 그는 모호함의 미로까지 이용했네. 같은 구절들이 다른 시기, 다른 상황에 적용될 수 있는 걸로 보이게 한 것이지. 한데 그것은 광인의 노래가 아니라는 사실을 그것의 시적 기술이 명확히 보여 준다네. 왜냐하면 그것은 흥분과 격동보다는 오히려 기술과 노력의 산물이기 때문이라네. 특히 '아크로스티키스'akrostichis라 불리는 기술[141] 때문에 더욱 그렇다네. 그것은 각 행의 첫 글자들을 이어서 어떤 의미를 만드는 것이지. 예를 들면 엔니우스의 어떤 시에서 각 행의 첫 글자들이, '퀸투스 엔니우스가 지었다'Quintus Ennius fecit를 이룬 것 같은 걸세. 이것은 확실히 광인의 것보다는 오히려 주의 깊은 정신의 산물이겠지.

112. 그런데 시빌라의 신탁집에서는 시 전체를 관통해서, 각 예언의 첫 글자들로써 그 예언의 전체 요지를 전면에 붙여 장식하고 있다네. 이것은 광기에 사로잡히긴커녕 노력을 집중한, 제정신 지닌 저자의 솜씨라네. 그러니 시빌라로 하여금 격리되고 숨겨진 채 있도록 하세나. 그 책들이, 조상님들께서 지시하신 대로, 원로원의 명에 의해서가 아니라면 읽히지 않도록, 그리고 미신을 조장하기보다는 오히려 그것을 없애는 데 힘을 발휘하도록 말일세. 그리고 사제들에게 촉구하세나, 그 책들로부터 왕이 아니라, 무엇이든 그보다 나은 것을 끌어내라고. 이후로 그런 왕이 존재하는 것은 신들도 인간들도 용인할 수

---

141 영어로는 acrostic, 프랑스어로 acrostiche. 각 행의 첫 글자들이 연결되어 의미 있는 단어나 구절을 드러낸다. 흔한 예로 3행시나 5행시 등이 그것이다.

없으니.

[LV] '하지만 자주 많은 사람들이 황홀경 속에 진실을 예언했다. 예를 들면 캇산드라는 이렇게 말했다.[142]

이미 광대한 바다를…

그러고는 잠시 후에 그녀는 또 이렇게 말했다.[143]

아, 그대들은 볼지라…'

113. 그런데 자네는 나더러 비극 시구들을 믿으라고 강요하는 것은 아니겠지? 그것들은 자네 원하는 만큼 매력을 지니라고 하게나. 단어, 거기 담긴 생각, 운율, 멜로디를 누리라고 하게나. 하지만 우리는 꾸며 낸 이야기에 그 어떤 권위나 신뢰도 부여해서는 안 되네. 같은 원칙에 의거해서 나는, 그 누군지도 모를 푸블리키우스[144]나, 선견자 마르키우스[145]나, 아폴론의 비밀스런 신탁[146]을 믿어서는 안 된다고 생각하네. 이런 것 중 일부는 조작된 게 명백하고, 일부는 생각 없

---

142 1권 67장 참고. 희랍군 함대가 이미 항해를 시작했다는 내용의 예언이다.
143 1권 114장 참고. 파리스가 세 여신 중 아프로디테에게 황금사과를 주리라는 예언이다.
144 1권 115장에도 언급되었으나 누구인지 자료가 남아 있지 않다.
145 1권 89장 참고.
146 1권 115장 참고.

이 떠벌려진 것으로서, 현자들은 물론 범용한 사람조차도 믿지 않았던 것이라네.

114. 자네는 말하겠지. '하지만 코포니우스의 함대 노 젓는 사람[147]은 나중에 이뤄질 일을 예언하지 않았던가요?'라고. 물론 그러긴 했지. 하지만 그 일은 그 당시 우리 모두가, 혹시 일어나지나 않을까 걱정하던 일이었다네. 우리는 텟살리아에서 군대와 군대가 맞붙는다는 소식을 들었고, 우리가 보기엔 카이사르의 군대가 더 기세가 좋았던 듯했네. 그들은 조국에 대항해서 전쟁을 시작했으니까. 그리고 그들은 강력해 보였네, 오래 단련되었기 때문이지. 그래서 우리 중 누구도 전투 결과에 대해 걱정하지 않는 사람이 없었다네. 하지만 절제 있는 사람들에게 걸맞게, 공개적으로 드러내진 않았지. 하지만 그 희랍 선원으로서야, 엄청난 공포 속에서, 많은 사람들이 그러하듯이, 평온함과 이성과 절제로부터 물러선다 한들 뭐 그리 놀랍겠나? 그는 정신이 혼란되어서, 혹시나 일어나지 않을까 하고 제정신일 때 걱정하던 것들을, 넋이 나간 채 '이런 일이 있을 것이다'라고 발설한 것이지. 그러니, 신들과 인간들에게 걸고 청하건대, 둘 중 어느 쪽이 불멸의 신들의 뜻을 꿰뚫어 볼 능력이 있었던 듯한가? 그 정신 나간 노꾼인가, 아니면 그때 거기 나와 함께 있었던 일행 중 하나인가? 그게 나였든, 카토나 바르로, 아니면 코포니우스 자신이었든 간에 말일세.

147 1권 68장 참고.

115. [LVI] 자, 이제는 당신에게로 향해 갑니다.[148]

오 신성하신 아폴론이여, 땅의 진정한 배꼽을 차지하신 이여,
그로부터 처음 거칠고 광기 어린 예언의 목소리가 들려 나왔던 그곳을.

왜냐하면 크뤼십포스는 당신의 신탁으로 책 전체를 채웠으니까요.[149] 그중 일부는 내가 보기에 거짓된 것이고, 일부는 일상 대화에서 아주 흔히 그러하듯 우연히 맞아 들어간 것이었네. 또 일부는 아주 꼬이고 컴컴한 것이어서 해석자들도 다른 해석자를 필요로 할 만한 것이었네. 신탁 자체가 다른 신탁을 구해야 할 지경이었지. 왜 이런 말을 하느냐면, 아시아의 부유하기 그지없던 왕에게 주어진 신탁이 이러했다네.[150]

크로이소스가 할뤼스 강을 건너면 거대한 왕국을 쓰러뜨리리라.

그래서 그는 자신이 적국을 멸망시킬 것이라 생각했지만, 결국 자기 나라를 멸망시키고 말았네.

---

148 다음에 인용된 시는 엔니우스의 비극 한 구절이 아닐까 보는 학자도 있으나, 누가 지은 것인지 확실치 않다.
149 1권 6장, 37장, 115장 참고.
150 1권 37장 참고. 여기 인용된 신탁과 관련된 일화는 헤로도토스 『역사』 1권 53장 참고.

116. 그러니 이 두 사건 중 어느 쪽이 일어나든, 그 신탁은 진실한 것이 될 참이었다네. 한편 내가 이 신탁이 크로이소스에게 진짜로 내려졌었다고 믿을 이유는 무엇인가? 혹은, 내가 엔니우스보다 헤로도토스를 더 믿을 이유는 무엇이란 말인가? 엔니우스가 퓌르로스[151]에 대해 지어낸 것보다, 헤로도토스가 크로이소스에 대해 이야기를 덜 지어냈다 할 수 있겠는가? 사실 누가 믿겠는가, 퓌르로스가 아폴론의 신탁을 구하자 이런 답이 주어졌다는 것을?

아이아코스의 자손[152]이여, 내 말하노니, 너는, 로마인들은, 이길 수 있으리라.

우선 아폴론은 결코 라틴어로 말하지 않았다네. 다음으로, 이런 신탁이 내려졌다는 것을 희랍인들은 전혀 알지 못한다네. 또한 이미 퓌르로스 시대에 아폴론은 더 이상 운문은 만들지 않았다네. 끝으로, 엔니우스의 시구에 나오듯이 항상,

---

151 퓌르로스는 기원전 3세기 초 에페이로스(희랍 북서부 지역) 왕. 그가 이탈리아 남부로 침공한 사건(기원전 280~275년)은 엔니우스 『연대기』 6권의 중심 주제였다. 여기 인용된 구절은 『연대기』 6권에 연원한 것이 거의 분명하지만, 누가 어떤 계기에 발언한 것인지는 알려져 있지 않다.
152 아이아코스는 아킬레우스의 할아버지. '아이아코스의 자손'이란 표현은 아킬레우스와 그의 아버지 펠레우스, 그리고 아킬레우스의 아들 퓌르로스(네옵톨레모스)를 지칭하는 말인데, 기원전 3세기의 퓌르로스는 자기가 이 집안의 후손이라고 내세웠다.

아이아코스 자손들의 종족은 어리석고,

지혜에 뛰어나기보다는 전쟁에 뛰어나도다.

그렇긴 하지만 이 구절이 지닌 모호함을 이해할 정도는 되었을 것이네. 즉 '이기리라, 너는, 로마인들은'vincere te Romanos이란 구절이 로마인들에게보다 자신에게 조금도 더 유리한 게 아니란[153] 점을 말일세. 앞의 신탁의 모호함은 크로이소스를 속였고, 어쩌면 크뤼십포스까지도 속일 수 있었을지 모르나, 퓌르로스가 받았다는 이 신탁은 아무도, 심지어 에피쿠로스조차도 전혀 속이지 못했을 것이네.[154]

117. [LVII] 하지만 핵심적인 문제는 왜 지금은 델포이 신탁이 그런 식으로 주어지지 않는지, 그것도 우리 시대에만 그런 게 아니라 벌써 오랜 동안 그러한지 하는 것이네. 또 그 신탁이 어째서 더할 수 없이 비웃음을 당하는지 하는 문제도 있네. 이 문제에 대해 압박을 받으면, 옹호자들은 이렇게 답하지. '그 장소의 힘이 노화되어 사라졌기 때문이다. 그곳에서는 땅의 숨결이 올라왔었는데, 퓌티아 여사제는 그것을 들이켜고 정신에 자극을 받아서 신탁을 전했던 것이다.' 이런 말을 들으면 마치 포도주나 생선 액젓에 대해 얘기하는 것같이 느

---

153 라틴어의 간접화법에서 술어는 부정사로, 주어는 목적격으로 쓰기 때문에(accusativus cum infinitivo), 여기 나온 두 목적격 중 어느 것이 원래 주어이고 어느 것이 목적어인지 불분명하다. 즉, 이 문장은 '너는 로마인들을 이기리라'도 되고, '로마인들은 너를 이기리라'도 된다는 것이다.
154 에피쿠로스에 대한 그의 반대파들의 비판('둔하고 거칠다')은 2권 103장 참고.

껴진다네. 그것들은 시간이 지나가면 날아가 버리지. 그런데 지금 우리는 땅의 힘에 대해 얘기하고 있네. 그것도 그냥 자연스레 평범한 땅이 아니라, 신적인 땅이라네. 그런데 그 힘이 어떻게 사라진단 말인가? 자네는 말하겠지, '노화되어서'라고. 신적인 힘까지 파괴할 수 있는 그 '노화'란 대체 어떤 것인가? 땅에서 솟아 나와서 정신을 그토록 흔들어서, 그 정신으로 하여금 미래에 일어날 일을 미리 보게 만들고, 그 일들을 여러 해 전에 분별하게 할 뿐만 아니라, 운율에 맞춰서 시행으로써 공표하도록 만드는 것만큼이나 신적인 게 대체 어디 있단 말인가? 그리고, 그 힘은 대체 언제 사라졌는가? 혹시 사람들이 그것을 잘 안 믿기 시작한 이후가 아닌가?

118. 한데, 지금부터 거의 3백 년 전에 살았던 데모스테네스[155]는 그때 벌써 퓌티아가 '필립포스화化'philippizein되었다고, 즉 필립포스 편이 되었다고 말했었네.[156] 이 표현으로써 그는, 퓌티아 여사제가 필립포스에게 매수되었다고 말하려는 것이라네. 따라서 우리는 다른 델포이 신탁에서도 뭔가 불순한 것이 있었으리라고 추정할 수 있겠네. 하지만 어떤 알지 못할 이유로, 저 미신적이고 반쯤 미친 철학자들은 그 무엇도 자신들보다 덜 어리석어 보이기를 원치 않는 듯하네. 자네의 스토아학파 사람들은 믿으면 안 될 얘기를 안 믿기보다는 오

---

155 데모스테네스에 대해서는 2권 96장 참고. 그는 마케도니아의 팽창을 경계하고, 필립포스에게 저항해야 한다고 역설했다. 필립포스에게 반대하는 그의 연설 모음은 대개 『필립피카』라고 부른다.
156 플루타르코스 『데모스테네스』 19장 1절, 20장 1절 참고.

히려, 한 번 존재했다면 분명코 영원히 존재할 그것이, 빠져나가 소멸되었다는 쪽을 선호하니 말일세.

119. [LVIII] 꿈과 관련된 잘못도 비슷한 상황일세. 그것에 대한 옹호는 얼마나 길게 이어지는지! 스토아주의자들은 이렇게 주장하네. '우리의 영혼은 신적인 것이다. 이 영혼들은 외부의 원천에서 유래한 것이다.[157] 세계는 그것과 조화를 이루는 무수한 영혼들로 채워져 있다. 따라서 우리 영혼은 그 자체의 신성과, 외부의 다른 영혼들과의 연결성 덕분에 미래에 있을 일들을 미리 알 수 있다.[158]' 하지만 제논은, 잠이라고 하는 것은 영혼이 위축되는 것으로, 말하자면 그것이 미끄러지고 붕괴하는 것으로 생각했다네.[159] 또한 가장 신뢰할 만한 저자들인 퓌타고라스와 플라톤은 충고하기를, 우리가 꿈에서 좀 더 믿을 만한 사실을 보려 한다면, 행동거지나 식사에 있어서 어떤 방식으로 준비가 된 채 잠자리에 들어야 한다고 했다네.[160] 한편 퓌타고라스학파 사람들은 콩 먹는 것을 피하라 했네.[161] 마치 그런 음식을 먹으면 위장이 아니라 영혼이 부풀기라도 한다는 듯이 말일세! 그런데 그 어떤 주장이든 철학자 중 누군가가 발설하지 못할 정도로 그렇게 어리석은 주장은 없다네.[162]

---

157 이런 주장에 대해서는 1권 70장(크라튑포스의 주장)과 110장 참고.
158 이런 주장에 대해서는 1권 64장(포세이도니오스의 주장)과 110장 참고.
159 SVF(고대 스토아학파 단편집) 1.36 fr.130.
160 1권 60장, 61장 참고.
161 1권 62장 참고.
162 아무리 어리석은 주장이라도 그것을 내세우는 철학자가 반드시 한 명은 있다는 뜻.

120. 그런데 우리는 잠자는 사람의 영혼이 그가 잠든 가운데 저절로 움직인다고 생각해야 하나, 아니면 데모크리토스가 생각했듯이[163] 외부에서 다가온 환영에 자극을 받는다고 할 것인가? 이쪽이 맞든 저쪽이 맞든 간에, 잠자는 사람은 진실된 것보다는 아주 많은 거짓들을 볼 수 있다네. 배 타고 가는 사람에게도, 가만히 서 있는 대상이 움직이는 듯 보이니 말일세. 또 눈에 뭔가 방해가 생기면 등잔 불꽃이 하나가 아니라 둘로 보인다네. 그리고 미친 사람이나 술 취한 사람에게 얼마나 많은 헛것이 보이는지는, 얘기할 필요가 어디 있겠나? 한데 만일 이런 식으로 잠 깬 사람이 보는 것도 믿지 못한다면, 잠자는 사람이 보는 것을 믿을 이유가 뭔지 나는 모르겠네. 물론 자네는, 혹시 원한다면, 이런 오류에 대해서도 꿈에 대해서 논변했던 것처럼 논변할 수 있겠지. 즉, 서 있는 것들이 움직이는 듯 보인다면, 그것은 지진, 또는 어떤 갑작스런 도주를 예고하는 거라고 말하는 것이네. 또 등불이 둘로 보이는 것은 분열과 반란이 다가옴을 드러내 주는 것이라고 말일세.

121. [LIX] 한데 미친 사람과 술 취한 사람의 환각에서도 정말로 미래를 내다보는 듯한 인상을 주는, 헤아릴 수 없이 많은 추정들이 나올 수 있네.[164] 사실 목표를 향해 하루 종일 화살을 날리는 사람 중에

---

163 DK68 A137.
164 이 대목에서 논리적 연결이 어색해서, 이 문장 다음에 어떤 문장이 있다가 사라졌다는 추정도 있다.

언젠가 한 번은 맞히지 못할 자가 어디 있겠는가? 우리는 밤마다 잠을 자고, 그 중에 꿈을 꾸지 않는 밤은 거의 없다네. 그러니 우리가 꿈에 본 그 일이 언제라도 한 번 일어나는 것이 그리 놀랄 일인가? 주사위 던지기만큼 불확실한 게 어디 있는가? 하지만 주사위놀이를 자주 하는 사람으로서, '베누스의 것'[165]을 한 번도 얻어 본 적 없는 사람이 어디 있는가? 심지어 두 번, 세 번도 잇달아 그럴 수 있네. 그러면 우리는 어리석은 자들이 그러하듯, 그것이 우연에 의해서가 아니라 베누스의 뜻에 의해 그렇게 되었다고 말할 것인가? 만일 우리가 어떤 때엔 거짓된 환각들을 믿으면 안 된다 할 경우, 꿈이라고 해서 무슨 특별한 데가 있어서, 거기 나온 거짓된 환영을 참된 것이라고 해주어야 하는지 나로서는 모르겠네.

122. 한편 만일 자연적으로, 잠자는 사람은 그가 꿈꾸는 일을 실제로도 행하게 되어 있다면, 모든 사람은 자러 갈 때 몸이 묶여야만 할 것이네. 왜냐하면 그렇게 하지 않으면 잠든 사람은 그 어떤 광인이 했던 것보다 더한 짓을 저지를 테니 말일세.

한데 만일 우리가 광인의 환각에, 그것이 거짓된 것이라 해서, 그 어떤 신뢰도 부여해서는 안 된다고 할 경우, 잠자는 사람의 환영을 믿을 이유가 무엇인지 나는 모르겠네, 그것들은 훨씬 더 혼란된 것이니 말일세. 꿈을 꾼 자들은 해석자들에게 얘기를 해줄 수 있는데, 광인들은 자기들의 환각을 전해 줄 수 없어서인가? 나는 이런 질문을 던지

---

165 최고 점수. 1권 23장과 2권 85장 참고.

고 싶네. 만일 내가 뭔가를 쓰거나 읽거나, 목소리를 통해 노래하거나, 현악기를 연주거나, 아니면 어떤 기하학이나 자연학, 변증술 문제를 풀기를 원한다면, 나는 꿈을 기다려야 하나, 아니면 그것 없이는 이런 일들이 이루어질 수도, 숙련될 수도 없는 그런 관련 기술에 의지해야 하나? 또한, 내가 항해를 하고자 한다면, 꿈에 본 대로 배를 조종해서는 결코 안 될 것이네. 그에 대한 징벌이 곧장 닥칠 테니 말일세.

123. 만일 환자가 의사에게서 처방을 구하지 않고 해몽가에게서 해결책을 구한다면, 그게 어떻게 동의를 얻을 수 있겠는가? 아이스쿨라피우스나 세라피스[166]는 우리에게 꿈을 통해서 건강을 위한 처방을 줄 수 있는데,[167] 넵투누스는 같은 방식으로 키잡이들을 도울 수 없단 말인가? 미네르바[168]가 의사 없이도 의술을 베풀 수 있는데, 무사여신들은 쓰기, 읽기, 그리고 다른 예술적 지식들을 꿈을 통해 전달할 수 없으리란 것인가? 만일 건강을 위한 처방이 꿈을 통해 주어질 수 있다면, 내가 말한 이것들도 그렇게 주어질 수 있어야 하네. 하지만 이런 지식들이 꿈을 통해 주어지지 않으므로, 의학적 지식도 그런 식으로 주어질 수 없네. 그리고 꿈을 통한 의학적 지식이 사라진다면, 꿈

---

166 이집트에서 도입된 세라피스(또는 사라피스)는 헬레니즘-로마시대에 아스클레피오스와 거의 경쟁관계였다.

167 꿈에 신에게 처방, 또는 치료를 받는 것은 주로 아스클레피오스(아이스쿨라피우스) 성역에서 이루어졌는데, 그 대표적인 곳이 에피다우로스와 페르가몬이었다. 로마에도 티베리스 강의 섬에 있는 아이스쿨라피우스 성역에서 기원전 292년부터 이런 치유법이 시행되었다.

168 '건강을 주시는 아테네'(Athene Hygieia)의 기능.

이 지닌 모든 권위도 제거된다네.

124. [LX] 이제 이 문제가 분명하게 되었으니, 더 깊은 문제를 보기로 하세. 다음 세 가지 중 하나라고 생각해야 하네. 어떤 신적인 힘이 우리를 위해 계획을 세워서 꿈의 조짐들을 보내는 것이거나, 아니면 해몽가들이 자연의 어떤 연결과 연합으로부터 — 이것을 사람들은 '함께 겪음'sympatheia이라고 부르는데 — 꿈들 중 어떤 것이 각각의 일에 적합한지, 어떤 일이 어떤 꿈을 따라 일어나는지 아는 것이거나, 아니면 이 두 가지 모두 아니고, 꾸준하고 장기적인 어떤 관찰이 있어서, 우리가 자면서 쉬는 동안 어떤 것이 보이면 보통 어떤 일이 일어나고 무엇이 뒤따르는지 알아냈거나일세. 그러니 우선 꿈을 만들어 내는 그 어떤 신적인 힘도 존재하지 않는다는 점을 이해해야 하네. 그런데 꿈에 보이는 어떤 것도 신들의 권능으로부터 나온 게 아니란 점은 확실하네. 왜냐하면, 만일 그랬더라면, 신들은 우리를 위해서 미래를 미리 볼 수 있게끔 만들었을 테니 말일세.

125. 하지만 그런 사람이 대체 얼마나 있는가, 꿈에 복종하고, 꿈을 이해하고, 꿈을 기억하는 사람이? 그보다는 오히려 꿈을 무시하고, 꿈에 대한 믿음을 유약하고 노쇠한 영혼의 미신이라고 생각하는 사람이 얼마나 많은가! 그러니 신이 이런 인간들을 위해 계획을 세우고 꿈으로써 경고할 이유가 대체 무엇인가? 이들은 꿈에 주의하기는 커녕 기억할 가치조차 없는 것으로 여기는데. 왜 이런 말을 하느냐면, 신은 인간들의 생각이 어떠한지 모를 수 없기 때문이네. 그리고 어떤 일을 공연히, 이유 없이 행하는 것은 신에게 어울리지 않으며, 사실

인간의 견실함과도 충돌한다네. 그러니, 이렇게 수많은 꿈들이 의식되지 않거나 무시된다면, 신은 그 사실을 모르거나, 아니면 쓸데없이 꿈이라는 전조를 이용하는 것일세. 하지만 이 둘 중 어느 쪽도 신에게는 해당되지 않네. 따라서 신이 꿈을 통해 전조를 보낸다는 것은 결코 인정될 수 없네.

126. [LXI] 또 나는 이렇게 묻겠네. 만일 신이 이런 환영들을 우리더러 앞을 내다보라는 뜻으로 보낸다면, 왜 잠잘 때보다는 깨어 있을 때 보내지 않는지? 이러는 이유는, 외부에서 닥쳐오는 힘이 잠자는 사람의 영혼을 움직이는 것이든, 아니면 영혼이 저절로 움직이는 것이든, 아니면 어떤 다른 원인이 있어서 우리가 자면서 쉬고 있을 때도 뭔가를 보고, 듣고, 행하는 듯 여기는 것이든 간에, 똑같은 원인이 깨어 있는 사람에게도 작용할 수 있었을 테니 말이네. 그리고 신들이 우리에게 도움이 되게끔 자는 동안 이런 일을 하는 것이라면, 우리가 깨어 있을 때도 같은 일을 할 것이네. 특히 크뤼십포스가 아카데메이아 학파 사람들에게 대꾸하면서 말했듯이,[169] 잠자는 사람에게 보이는 것보다 깨어 있는 사람에게 보이는 것이 훨씬 더 선명하고 확실하니 말일세. 그러니 신들이 우리를 위해 충고를 주는 것이라면, 꿈을 통해 컴컴하게 보내는 것보다는, 깨어 있는 사람에게 더 또렷한 영상을 보내는 것이 신들의 호의에 더 잘 어울렸을 것이네. 한데 사실이 그렇지 않으므로, 꿈은 신이 보낸 것이라고 생각할 수 없네.

169 SVF 2,62.

127. 또한 이에 더하여, 직접적이기보다는 해몽가들을 고용해야만 하게끔, 그렇게 멀리 둘러서 돌아가는 길이 필요한 이유는 무엇인가? 만약에 신이 우리에게 도움이 되게끔 충고할 요량이었다면, '이것을 행하라', '이것은 행하지 말라'라고 말하고, 잠자는 사람에게보다는 깨어 있는 사람에게 시각적 영상을 주면 되었을 텐데.

[LXII] 그리고, '모든 꿈은 진실하다'라고 감히 말할 사람이 있을까? 엔니우스는 말하길, '어떤 꿈은 진실하지만 모든 꿈이 반드시 그러한 것은 아니다'[170]라고 했네. 한데 그 차이는 무엇인가? 무엇이 진실한 꿈을, 무엇이 거짓된 꿈을 만드는가? 만일 신이 보낸 것이 진실한 꿈이라면, 거짓된 꿈은 어디서 생겨난 것인가? 이렇게 묻는 이유는, 만약에 거짓된 꿈까지도 신이 보낸 것이라면, 신보다 더 일관성 없는 존재가 무엇이겠는가? 또한 필멸의 인간들의 마음을 거짓되고 기만적인 영상으로 자극하는 것보다 더 어리석은 짓이 어디 있겠는가? 만약에 진실한 영상은 신이 보낸 것이고, 거짓된 영상은 인간에게서 비롯된 것이라면, 그런 식으로 결정한 것은 대체 무슨 변덕이란 말인가? 모든 꿈을 다 신이 보내거나(이것은 자네 학파가 부정하는 것이네), 아니면 모든 꿈이 자연에 의해 생겨나는 게 아니라, 이 꿈은 신이 보냈고, 저 꿈은 자연이 만들었다니 하는 말일세. 하지만 자네의 학파는 모든 꿈을 신이 보냈다는 것을 부정하고 있으니, 어쩔 수 없이 모든 꿈이 자연에 의해 생긴다는 것을 인정해야만 하네.

---

170 이 구절이 나오는 비극은 전해지지 않는다. 이 구절은 Jocelyn fr.180.

128. 여기서 내가 말하는 자연이란 것은, 그것 때문에 영혼이 결코 가만히 있지 못하고, 요동과 움직임 없는 상태로 머물지 못하는, 그런 것이라네. 육체가 풀어졌기 때문에 영혼이 사지도 감각도 사용할 수 없을 때에, 그 영혼은, 아리스토텔레스가 말했던 대로,[171] '우리가 깨어 있을 때에 행하고 생각하던 것들의 들어붙는 찌꺼기로 이루어진' 여러 가지 불분명한 영상으로 들어간다네. 이 찌꺼기들의 격동에 의해 때때로 놀라운 종류의 꿈들이 생겨난다네. 만일 이것들 중 일부는 거짓되고, 일부는 진실하다면, 그것은 어떤 표지에 의해 구별되는지 나로서는 정말로 알고 싶네. 만일 그런 표지가 전혀 없다면, 저 해몽가들에게 귀를 기울일 이유가 무엇이란 말인가? 혹시 그런 뭔가가 있다면, 그게 무엇인지 나는 기꺼이 듣고 싶네. 하지만 그들은 그런 요구에 당황할 걸세.

129. [LXIII] 이제 얘기는 다음 중 어느 쪽이 더 개연성이 있는가 하는 쪽으로 이동하네. 모든 점에 있어서 압도적으로 탁월한 신들이, 필멸의 인간들이 어디 있든지 간에 그들의 모든 침상뿐 아니라, 짚으로 된 잠자리까지도 찾아다니다가, 어떤 사람이 코를 골고 있는 걸 보면 그에게 뭔가 잔뜩 비틀리고 모호한 영상을 집어넣어 주어서, 그 사람은 그 꿈 때문에 겁에 질려 아침이면 해몽가를 찾아가게 되는 것인지, 아니면 자연이 그렇게 만들어서, 활발하게 움직이는 영혼이 깨어 있

---

171 이 내용은 아리스토텔레스 『꿈에 관하여』 2장 이하와 연관이 있지만, 그보다는 오히려 헤로도토스 『역사』 7권 16장에 나오는 합리주의적 입장에 더 가깝다.

을 때 본 것을 자면서도 본다고 여기게 된 것인지? 둘 중 어느 쪽이 철학에게 더 어울리겠는가? 이런 꿈들이 점쟁이 할멈의 미신에 의해 해석되는 것과, 자연적 원인으로 설명되는 것 중에서? 설사 꿈에 대한 제대로 된 해석이 이루어질 수 있다 하더라도, 그것은 할 수 있다고 공언하는 자들에 의해 이뤄질 수 있는 게 아니라네. 왜냐하면 그들은 아주 얄팍하고 무지하기 그지없는 종족으로 이루어졌기 때문이라네. 그런데도 자네들 스토아학파는, '현자가 아니라면 예언자가 될 수 없다'[172]고 말하고 있네.

130. 사실 크뤼십포스는 예언술을 이런 말로 규정하네. '신들로부터 인간들에게 전조를 주기 위해 보내진 징조들을 보고, 이해하고, 설명하는 능력'이라고. 그리고 '예언술의 의무는, 신들이 인간을 향해 어떤 마음을 품고 있는지, 전조로써 무엇을 보여 주는 것인지, 어떻게 하면 그것을 미리 대비해서 좋게 바꿀 수 있는지를 사전에 아는 것'이라고 했네. 그리고 그는 꿈의 해석을 이렇게 규정하네. '신들에 의해서 인간들에게 꿈속에서 전조로 보여진 것들을 알아보고 설명할 수 있는 능력'이라고. 그러니 어떻겠는가? 이런 일을 위해서 평범한 지능이 필요하겠는가, 아니면 탁월한 재능과 완벽한 교육이 필요하겠는가? 하지만 나는 그 정도 되는 사람을 본 적이 없다네.

131. [LXIV] 그러니 설사 내가 자네에게 참된 예언술이 존재한다고 인정해 준다 하더라도(나는 사실 그럴 생각이 전혀 없지만), 우리가

---

172 SVF 3,607.

예언자를 찾아낼 수 없지나 않을까 잘 생각해 보시게나. 그런데 신들의 의도는 대체 무엇일까? 우리를 위해 꿈을 통해 전조를 준다면서, 우리 스스로 이해할 길도 없고, 그것을 해석해 줄 사람도 얻을 수 없는 꿈을 보내다니! 만일 신들이 우리에게 이익을 준다면서, 그에 대한 학문도 존재하지 않고 그것의 해석자도 얻을 수 없는 꿈을 우리에게 보낸다면, 그것은 마치 카르타고나 히스파니아 사람들이 우리의 원로원에서 통역 없이 연설하는 것과 마찬가지일 것이네.

132. 그건 그렇고 꿈이 지닌 모호성과 수수께끼 같은 성격은 대체 무슨 적절성이 있는가? 신들이 우리를 위해 충고해 주려고 꿈을 보냈다면, 신들은 우리가 그것을 이해하길 원했다고 보아야 하네. 그럼, 자넨 이렇게 반문하겠지. '시인이나 자연철학자 중에는 모호한 사람이 없었단 말인가?' 물론 그들은 그랬네. 특히 에우포리온[173]은 정말 지나치게 모호했지. 하지만 호메로스는 그렇지 않았다네.

133. 한데 그 둘 중 누가 더 나은 시인이었나? 헤라클레이토스[174]는 매우 모호했고, 데모크리토스는 전혀 그렇지 않았네. 그런데 이 둘이 비교나 되겠는가?[175] 자네가 나를 위해 충고를 주는데, 내가 전혀

---

173 기원전 3세기에 활동한 '박식한 시인'(poeta doctus). 로마에서 유행한 '새로운 시인들'의 모델 같은 존재다. 키케로는 이들을 별로 좋아하지 않았다. 『투스쿨룸 대화』 3권 45장 참고.

174 에페소스 출신. 기원전 500년경 활동. 헤라클레이토스의 이러한 평판에 대해서는, 『신들의 본성에 관하여』 1권 74장, 『최고선악론』 2권 15장, 루크레티우스 『사물의 본성에 관하여』 1권 635~644행 참고.

175 키케로는 헤라클레이토스보다는 데모크리토스를 더 낫게 보고 있다. 물론 데모크리토스가 예언을 옹호한 것을 이미 앞에서 비판한 바 있다. 1권 5장 참고.

알아들을 수 없게 말했다고 해보세. 그러면 내게 충고할 이유가 무엇인가? 예를 들어 어떤 의사가 환자에게 명하기를, 이런 것을 섭취하라고 했다고 해보세.[176]

땅에서 태어나, 풀밭을 기어 다니고, 집을 지고 다니며, 피 없는 것을.

그냥 다른 사람들이 하듯이 '달팽이를 섭취하라'고 말하지 않고 말이야. 또 파쿠비우스의 비극에 나오는 암피온[177]은 이렇게 말했네.

네 발로 느리게 걷는 야생의 존재로, 낮은 자세로 다니며, 성질이 거칠고
머리는 짧고, 목은 뱀 같고, 인상은 험하고,
내장이 제거되어 생명이 떠나면 살아 있는 소리를 내는 것.

그가 이렇게 모호하게 말하자, 앗티케 사람들이 대답했지.

당신이 명확하게 말하지 않으면 우리는 이해하지 못하겠소.

---

176 여기 인용된 구절은 루킬리우스의 풍자시라는 견해도 있으나, 당시 유행하던 수수께끼를 키케로가 운문으로 만든 것일 가능성이 크다.
177 제우스와 안티오페 사이에 태어난 아들. 테바이에 성벽을 두른 사람. 그가 뤼라를 연주하자 돌들이 저절로 날아와 성이 쌓였다고 한다. 뤼라의 줄이 일곱 개이기 때문에 테바이에 성문이 일곱이 되었다고 한다. 여기 인용된 구절은 『안티오페』라는 작품에 나온 것으로, 뤼라 울림통으로 쓰이는 거북껍질에 대한 언급이다.

그러자 그는 한 단어로 말했네, '거북이'라고. 키타라 연주자여,
그러면 당신은 애초부터 그렇게 말할 수도 있지 않았나?

134. [LXV] 어떤 사람이 해몽가에게 가서 말했다네, 자신이 침실
에서 침대 끈에 달걀이 매달려 있는 꿈을 꾸었다고. (이 이야기는 크뤼
십포스의 꿈에 대한 책에 나오는 것이네.[178]) 그러자 해몽가는 침대 밑에
보물이 묻혀 있노라고 답했지. 그는 땅을 팠고 다량의 금을 발견했다
네. 그 금은 은으로 감싸인 것이었지. 그래서 그는 그 은에서 적당해
보이는 만큼을 떼어 해몽가에게 전했지. 그러자 그가 말했다네. '노른
자는 안 가져왔소?' 그 해몽가가 보기에 달걀에서 노른자는 금이고,
그 나머지 부분은 은을 표상하는 것이었기에 그렇게 말한 것이지. 한
데 다른 사람은 누구도 달걀 꿈을 꾼 적이 없단 말인가? 그런데 왜 누
군지 모를 이 사람만이 보물을 발견한단 말인가? 신들의 도움을 받을
자격이 있으면서도 꿈을 통해 보물을 발견하게끔 충고를 받지 못한
가난한 자가 얼마나 많은가? 그리고 대체 무슨 이유로 그 알에서 보
물 비슷한 것이 태어나게끔 그렇게 모호한 방식으로 충고가 주어졌
는가? 차라리 그냥 분명하게 보물을 찾아보라고 명하지 않고? 시모
니데스가 항해를 하지 말라는 충고를 받은 것처럼[179] 말일세.

135. 그러니 모호한 꿈은 신들의 위엄에 전혀 어울리지 않네.

[LXVI] 이제 의미가 뚜렷이 드러나고 분명한 꿈으로 가보세. 메

---

178 1권 6장에 이 책에 대한 언급이 있다.
179 1권 56장 참고.

가라의 여관 주인에게 살해된 저 사람의 꿈[180] 같은 것 말일세. 아니면 자신이 묻어 주었던 사람으로부터, 항해하지 말라는 충고를 받았던 시모니데스의 꿈 같은 것이든. 또 알렉산드로스의 꿈도 있는데, 나로서는, 퀸투스여, 자네가 그것을 그냥 지나친 게 놀랍네. 자기 친구인 프톨레마이오스가 전투 중에 독화살에 맞아서 그 부상 때문에 격심한 고통으로 죽어가고 있을 때, 알렉산드로스는 곁에 앉아 있다가 깜빡 잠이 들었다고 하네. 그러자 꿈속에 자기 어머니 올륌피아스가 기르던 뱀이 입에 어떤 뿌리를 물고서 나타나서, 그것이 어떤 지역에서 자라는지를 일러 주었다네. 그 장소는 거기서 멀지 않은 곳이었지. 그러면서 그 뿌리에는 프톨레마이오스를 쉽게 치유할 능력이 있다고 말했다지. 알렉산드로스는 잠에서 깨어 친구들에게 그 꿈에 대해 얘기했고, 그 뿌리를 찾으러 사람을 보냈다네. 그들은 그것을 찾아냈고, 프톨레마이오스가 치유되었으며, 같은 종류의 독화살에 맞은 다른 많은 병사들도 그랬다고 하네.

136. 그리고 자네는 역사에서 많은 꿈을 인용했네. 예를 들면 팔라리스 어머니의 꿈,[181] 조상 퀴로스의 꿈,[182] 디오뉘시오스 어머니의 꿈,[183] 카르타고 사람 하밀카르의 꿈,[184] 한니발의 꿈,[185] 푸블리우스 데

---

180 1권 57장 참고.
181 1권 46장 참고.
182 1권 46장 참고. 페르시아의 시조 퀴로스. 그의 후손인 '작은' 퀴로스와 구별하기 위해 '조상'(superior)이란 표현을 덧붙였다. '작은' 퀴로스에 대해서는 1권 52장 참고.
183 1권 39장 참고.
184 1권 50장 참고.

키우스의 꿈,[186] 그리고 아주 널리 알려진 노예에 대한 꿈,[187] 가이우스 그락쿠스의 꿈,[188] 그리고 최근 일로 발리아리쿠스의 딸 카이킬리아의 꿈[189] 등이네. 하지만 이것은 타인들의 꿈이고, 그래서 우리가 직접 아는 게 아니며, 아마도 대다수는 지어낸 것일 듯하네. 사실 누가 그 것들의 보증인이 되겠는가? 한편 우리 자신의 꿈에 대해 우리는 뭐라고 해야 하나? 자네가 꾼, 나와 내 말이 강에서 빠져나와 강둑으로 올라갔다는 꿈[190]에 대해서, 그리고 내가 꾼, 마리우스가 월계수 장식을 한 속간을 들고 나타나서 나로 하여금 자기 기념 신전으로 이끌려 가도록 했다는 꿈[191]에 대해서 말일세.

[LXVII] 모든 꿈에 대한 설명은, 퀸투스여, 단 하나라네. 우리는 불멸의 신들께 맹세코, 우리의 그 꿈들이 미신과 왜곡에 복속되지 않도록 주의해야 하네.

137. 자네는 내가 보았던 그 마리우스가 무엇이라고 생각하나? 내가 믿기에 그것은 그의 환영species이고, 데모크리토스가 생각했던 것 같은 그런 영상imago이라네. 그러면 그 영상은 어디서 유래했을까? 왜 이런 말을 하느냐면, 데모크리토스는 영상들이 단단한 몸체와

---

185 1권 48~49장 참고.
186 1권 51장 참고.
187 1권 55장 참고.
188 1권 56장 참고.
189 1권 4장과 99장 참고.
190 1권 58장 참고.
191 1권 59장 참고.

확실한 형태로부터 흘러나온다고 했기 때문이네.[192] 그러면 그 마리우스의 '몸'이란 무엇이었을까? 데모크리토스는 말한다네. 예전에 존재했었던 그의 몸에서 그 영상이 나온 거라고. 그러면 마리우스의 그 영상이 아티나 들판까지 나를 따라온 걸까? '온 세상은 영상들로 가득 차 있다. 왜냐하면 영상의 타격 없이는 그 어떤 모습도 생각 속에 떠오를 수 없기 때문이다.'

138. 그러면 그 영상들은 우리 말을 그렇게 잘 들어서, 우리가 원하기만 하면 곧장 달려오는 것일까? 심지어 실재하지 않는 것들의 영상까지도 그런 것일까? 왜 이런 말을 하느냐면, 정신이 스스로 그려 내지 못할 정도로 그토록 이상하고 상상 불가능한 형태가 도대체 뭐란 말인가? 그래서 우리는 한 번 본 적도 없는 것들까지도 그려 낼 수 있다네, 도시가 자리 잡은 꼴이나 인간의 모습까지도.

139. 그런데, 내가 바뷜론의 성벽이나 호메로스의 얼굴을 생각할 때, 그것들의 어떤 영상이 나를 때린다고 할 수는 없지 않겠나? 그러니 우리는 알고자 하는 모든 것을 알 수 있네. 우리가 생각할 수 없는 것은 없으니 말일세. 따라서 잠든 사람의 영혼 속으로 외부에서 스며들어 오는 영상들이란 존재하지 않고, 전혀 아무것도 흘러들지 않는다네. 사실 나로서는 데모크리토스보다 더 큰 권위를 가지고서 아무것도 설명해 주지 못하는 이론을 펼쳤던 인물을 알지 못하네.

---

192 여기 소개되는 데모크리토스의 이론에 대해서는 『신들의 본성에 관하여』 1권 105~110장 참고.

영혼의 힘과 본성은 이러하네. 그것은 우리가 깨어 있을 때 활발히 작동하는데, 이는 밖에서 오는 그 어떤 자극 때문이 아니라, 제 스스로의 운동력과 어떤 믿기 어려운 신속성 때문이라네.[193] 이 영혼이 사지와 신체, 감각의 보조를 받을 때는, 모든 것을 더욱 확실하게 분간하고 생각하고 느낀다네. 하지만 이런 도움이 제거되고, 몸이 풀어져서 영혼이 혼자 남게 되면, 그것은 제 스스로 움직인다네. 그러면 영혼 안에서 형상들과 행위들이 떠돌아다니고, 많은 것을 듣고 많은 것을 말하는 듯 보이게 되지.

140. 물론 유약하고 느슨해진 영혼 속에서 이런 것들은 수없이 온갖 방식으로 혼란되고 변형된 채로 돌아다닌다네. 특히 우리가 깨어 있을 때 생각하고 행했던 것들의 찌꺼기들이 영혼 속에서 일깨워져 돌아다니지. 예를 들면 나는 저 망명 시절에 마리우스를 마음속으로 많이 떠올렸었네, 그가 얼마나 큰 용기와 굳건함으로 자기의 엄혹한 불행을 견뎌 냈는지를. 그리고 내가 보기에 이것이, 그에 대한 꿈을 꾼 원인인 것 같네.

[LXVIII] 한편 자네의 꿈에 대해 얘기하자면, 자네는 나를 생각하며 걱정하고 있었기에, 갑자기 내가 강에서 빠져나오는 것을 보게 되었네. 그러니까 우리 둘 모두의 마음속에 깨어 있을 때 생각의 흔적이 남아 있었던 걸세. 물론 다른 것이 덧붙기는 했지. 내 꿈에서는 마리

---

193 비슷한 이론이 『투스쿨룸 대화』 1권 43장과 『노년에 관하여』 21장 78절에도 소개되어 있다.

우스의 기념신전, 그리고 자네 꿈에서는 내가 타고 있던 말이 나와 함께 물속에 가라앉았다가 다시 떠오른 것 말일세.

141. 한데 자네는 어떤 노파라도 꿈을 믿을 정도로 그렇게까지 정신이 나갈 수 있으리라 생각하나? 그런 것들이 어쩌다 우연적으로 그저 요행으로 맞아 들어간 적이 한 번도 없다면 말일세. 알렉산드로스에게는 뱀이 말을 하는 것으로 보였네. 그 얘기는 전적으로 거짓일 수도 있고, 진실일 수도 있네. 하지만 어느 쪽이든 놀랄 일은 아니네. 왜냐하면 그가 뱀이 말하는 것을 들은 게 아니라, 듣는 것처럼 여겼기 때문이네. 그리고 그보다 더 놀라운 것은, 그 뱀이 식물 뿌리를 입에 문 채로 말을 했다는 것일세. 그런데도 꿈꾸는 사람에게는 아무것도 이상하게 여겨지지 않지. 그런데 나는 묻고 싶네. 알렉산드로스에게는 그렇게 생생하고 분명한 꿈이 보였다면, 왜 같은 그 사람에게 다른 꿈은 그렇게 보이지 않았는지, 그리고 다른 수많은 사람들에게도 왜 그런 일이 없었는지? 나로 말하자면 마리우스에 대한 이 꿈 말고는, 내가 기억하는 한 그런 것이 전혀 없었다네. 그러니 나는 그 긴 세월 동안 그렇게 많은 밤을 헛되이 낭비한 셈이네그려!

142. 사실 나는 요즘 광장에서 벌어지는 공적인 일들을 떠났기 때문에 밤늦게까지 공부하는 것도 그쳤고, 예전에는 그러지 않았는데 낮잠까지도 잔다네. 하지만 그렇게 많이 자는데도 그 어떤 꿈에 의해서도 충고를 받지 않는다네. 특히 지금 벌어지고 있는 그렇게 중대한 일들에 대해서조차도. 나로서는 광장에서 행정관들을 보거나 의사당에서 원로원 의원들을 보는 것 이상으로 꿈을 보는 것 같지도 않

다네.

[LXIX] 자, 이제, 우리가 두 번째 것으로 분류해 놓은 문제를 보세. 즉, 꿈과 현실 사이에 어떤 자연적인 연속적 결합이 있는지 하는 것일세. 그것은, 앞에도 내가 말했듯 '함께 겪음'sympatheia이라고 부르는 것인데, 이를테면 달걀 꿈을 보물로 이해하도록 만드는 그런 종류의 성질이네. 물론 의사들은 어떤 꿈으로부터, 병이 다가오는 것과 병이 커지는 것을 알아챈다네. 심지어 그들은 이따금 특정 종류의 꿈으로부터 환자의 체액이 지나친지 부족한지까지 알아서 회복의 조짐을 알아챌 수 있다고 하네.[194] 하지만 보물과 유산, 관직, 전쟁에서의 승리, 그리고 이런 종류의 많은 것들은 꿈과 무슨 자연적 연관으로 이어져 있단 말인가?

143. 어떤 사람이 꿈속에서 성적인 결합을 했고 그 결과 결석結石을 배출했다고 하네. 여기서 나는 꿈과 현실 사이의 '함께 겪음'을 보네. 그 사람은 자면서, 자신이 잘못된 환각이 아니라 자연적 현상이 일으키는 것을 배출하는 꿈을 꾸었으니 말일세. 반면에 시모니데스에게 항해를 말리던 저 환영은 어떤 자연이 넣어 주었단 말인가? 혹은 알키비아데스의 꿈이라고 전해지는 것은 현실과 무슨 연결점을 갖고 있었단 말인가? 그는 죽기 얼마 전에 꿈속에 자기 애인인 여자가 자기에게 외투를 입혀 주는 것을 보았다네. 그런데 후에 그가 죽어서 매장도 받지 못하고 모든 사람에게 버림받아 쓰러져 누워 있는데,

194 의술에서 꿈의 이용에 대해서는 아리스토텔레스『꿈을 통한 예언술』1장 참고.

그 여자가 그의 시신을 자기 망토로 덮어 주었다네. 그러면 이 사건은 꿈에 보인 미래 일에 들어 있었고, 자연적 원인을 가진 것인가, 아니면 그가 그런 꿈을 꾸었다는 것과, 그 일이 실제로 일어났다는 것은 그냥 우연히 그렇게 된 것인가?

144. [LXX] 또, 저 해몽가들의 해석이란 것은 자연적인 힘과의 동조보다는 오히려 그 해몽가들의 교묘함을 드러내 주는 것이 아닌가? 어떤 달리기 선수가 올림피아 경기에 참여하려고 생각하고 있었는데, 꿈에 자기가 사두마차에 실려 가는 것을 보았다네. 아침에 해몽가를 찾아갔지. 그러자 그가, '당신은 우승할 것이오'라고 했네. '왜냐하면 그 꿈은 말들의 힘과 속도를 상징하기 때문이오.' 그 달리기 선수가 나중에 안티폰을 찾아가자, 그는 말했네. '당신은 패배할 수밖에 없소. 당신은 이해하지 못하는 거요, 네 명이나 당신 앞에 달려간 것을?' 또 다른 달리기 선수를 보세. ─이것과 비슷한 꿈들은 크뤼십포스와 안티파테르의 책을 그득 채우고 있지. ─어쨌든 다시 달리기 선수에게로 돌아가 보세. 그는 해몽가에게 가서, 자신이 꿈속에 독수리로 변하는 것을 보았다고 했네. 그러자 그는 '당신이 우승자요. 왜냐하면 그 어떤 새도 독수리보다 더 빨리 날지 못하기 때문이오'라고 했지. 하지만 안티폰은 그 사람에게, '단순한 인간이여, 당신이 패배한 것을 보지 못하는가? 저 새는 다른 새들을 몰아 대며 뒤쫓고, 자신은 늘 꽁무니에 따라가기 때문이오'라고 했다네.

145. 어떤 여인이 아기 낳기를 열망하고 있었는데, 자기가 임신했는지 확신이 없던 중에, 자다가 자궁이 봉인되는 꿈을 꾸었네. 해몽가

를 찾아갔지. 그러자 해몽가는 그녀가 봉인되었으니 임신할 수 없다고 말했다네. 하지만 다른 해몽가는 그녀가 임신했다고 말했네. 왜냐하면 비어 있는 것은 결코 봉인하지 않는 법이어서라고. 그러니 해몽가의 기술이란, 교묘한 속임수 이외의 무엇이겠는가? 방금 내가 말한 것들과, 스토아학파 사람들이 헤아릴 수 없이 모아 놓은 예들은 어떤 유사성으로부터 때로는 이렇게, 때로는 저렇게 해석을 끌어내는 인간들의 교활함 말고는 무엇을 보여 준단 말인가? 의사들은 환자의 맥박이나 호흡으로부터 어떤 조짐을 보고, 다른 많은 증상들로부터 앞으로의 경과를 예감하네. 또 뱃사공들은 오징어가 뛰는 것이나 돌고래가 항구로 달려가는 것을 보면 이는 폭풍을 예고한다고 생각하네. 이것들은 이치로 설명되며, 자연법칙으로 쉽게 거슬러 올라갈 수 있네. 하지만 내가 조금 전에 언급했던 저 꿈들은 전혀 그렇지 않다네.

146. [LXXI] 자, 이제, 오랜 관찰과 사실에 대한 기록이 예언의 기술을 만들어 냈다는 주장으로 가 보세. (이제 이 한 부분만 남았으니 말일세.) 정말 그런가? 꿈이 관찰 가능한 것인가? 대체 어떤 방법으로? 왜 이런 말을 하느냐면, 헤아릴 수 없는 다양성이 있기 때문이라네. 우리가 꿈꾸지도 못할 정도로 그렇게 앞뒤가 안 맞고, 그렇게 복잡하고, 생각하기에 그렇게 기괴한 것이란 없다네. 그러니 어떻게 이 무한하고 늘 새로운 것을 기억으로써 붙잡아 두거나 관찰해서 기록할 수 있단 말인가? 천문학자들은 행성들의 움직임을 기록했네. 그렇게 해서 그 별들 안에 있는, 이전에는 생각하지 못했던 질서를 찾아냈네. 하지만 말해 보게나, 꿈들에 어떤 질서가 있으며, 꿈과 현실 사이에

어떤 관련이 있는지. 참된 꿈은 거짓된 것으로부터 어떻게 구별될 수 있는가? 같은 꿈도 사람마다 다른 결과를 가져오고, 같은 사람에게도 같은 꿈이 늘 같은 결과를 가져오지 않으니 말일세. 내게 정말 놀라운 현상은, 우리는 보통 어떤 거짓말쟁이가 어쩌다 참말을 해도 그걸 믿지 않는데, 저 사람들은 꿈 중에 하나가 진짜로 이루어지면, 많은 꿈 중의 하나인 그것에게 신뢰를 거절하기는커녕, 그 하나 때문에 헤아릴 수 없이 많은 꿈을 모두 긍정한다는 점일세.

147. 그러니 신이 꿈을 보내는 것도 아니고, 자연법칙과 꿈 사이에 어떤 연결성이 있는 것도 아니며, 관찰을 통해 해몽 기술이 발견된 것도 아니라면, 결론은 이러하네. 즉 꿈에다가는 아무런 신뢰도 부여해서는 안 된다는 것이지. 특히 꿈을 꾼 사람들 자신이 전혀 미래 일을 알아채지 못하니 말일세. 그리고 해몽가들은 자연이 아니라 추측에 의존한다는 것, 또 거의 헤아릴 수도 없는 긴 세월 동안 꿈의 환영이 이뤄 낸 것보다, 모든 분야에서 오히려 우연이 더 많은 놀라운 일을 이뤄 냈다는 것, 또한 여러 다른 방향으로, 이따금은 심지어 반대 방향으로까지 이끌려 갈 수 있는 그 해몽이란 것보다 더 불확실한 것은 없다는 점 등일세.

148. [LXXII] 그러니 꿈을 통한 이 예언술도 다른 것들과 마찬가지로 내치도록 하세. 진실을 말하자면, 여러 민족에게 널리 퍼진 미신은 인간의 연약함을 이용해서 거의 모든 사람의 정신을 차지하고 압박하고 있네. 이 점에 대해서는 『신들의 본성에 관하여』라는 책에서도 언급한 바 있네. 그리고 오늘 이 논변으로 그 점을 크게 힘주어 입

증했네. 왜냐하면 내가 그 미신을 뿌리부터 제거해 버릴 수만 있다면, 우리 자신과 우리나라 사람들에게 큰 유익을 끼친 것으로 여겨지리라 생각해서네. 하지만 나로서는 이 점이 이해되기를 간절히 원하는데, 미신을 제거한다고 해서 종교가 사라지는 것은 아니라는 점일세. 왜냐하면 신성한 제의와 의식들을 유지함으로써 조상들의 관행을 지키는 것은 현명한 사람에게 걸맞은 행동이기 때문일세. 또한 어떤 탁월하고 영원한 존재가 있어서, 그는 인간 종족에게 존경과 찬양을 받아야 한다는 것, 이것을 인정하게끔 세계의 아름다움과 천체들의 질서가 나를 몰아가기 때문이라네.

149. 따라서 자연법칙과 긴밀하게 연결된바, 참된 종교가 널리 퍼져야 하는 것만큼이나, 미신의 줄기는 완전히 뿌리 뽑혀야 하네. 왜냐하면 그것은 자네가 어디로 가든 바짝 붙어 몰아대며 추격하기 때문이라네. 자네가 선견자를 만나든, 언어적 징표를 듣든, 희생제물을 바치든, 새를 관찰하든, 칼다이아 해몽가를 만나든, 에트루리아 점쟁이를 보러 가든지 간에 말일세. 또한 번개가 번쩍이든, 천둥이 치든, 하늘에서 벼락이 떨어지든, 혹은 이른바 전조 비슷한 것이 태어나거나 생겨나든 간에. 한데 이런 일들 가운데 일부는 늘 일어날 수밖에 없어서, 사람들로 하여금 평온한 마음에 머물러 있는 것을 결코 허용하지 않는다네.

150. 잠은 모든 노역과 걱정으로부터의 도피처라고 여겨지네. 하지만 그 잠 자체로부터 아주 많은 근심과 두려움이 생겨나지. 사실 꿈들은 그 자체로 가치 있다고 여겨지는 일이 지금보다는 덜했을 테고,

좀 더 많이 무시되었을 것이네. 철학자들이 꿈들의 수호자 역할을 떠맡지 않았더라면 말일세. 한데 이들은 경멸해 마땅한 자들이 아니라, 탁월한 명민함으로써 논리적 타당성과 모순을 제대로 알아보는 사람들로서, 거의 오류 없고 완벽한 것으로 여겨지는 이들이라네. 그들의 오만함에 카르네아데스가 맞서지 않았더라면, 어쩌면 지금쯤 이들만이 유일한 철학자라는 판정을 받았을지도 모르겠네. 나의 논쟁과 반박 거의 전부가 이들을 향한 것이라네. 이는 내가 그들을 정말로 경멸해서가 아니라, 그들이 자신들의 주장을 아주 날카롭고 솜씨 좋게 방어하는 듯 보여서라네. 또한 아카데메이아 학파의 특징은, 자신들의 결론은 결코 내세우지 않고, 그저 진실에 가장 근접한 듯 보이는 것을 지지하며, 논변들을 비교하고, 각각의 주장들에 대항해서 언급될 수 있는 것들을 제시하며, 아무것도 보증을 부여하지 않고, 듣는 사람의 판단을 온전히 자유롭게 남겨 두는 것이기 때문이라네. 나는, 소크라테스에게서부터 전해진 이러한 태도를 견지하고, 그 방식을 우리들 사이에도, 내 형제인 퀸투스여, 자네가 좋다면, 되도록 자주 이용하고자 하네."

"그보다 더 즐거운 일은 제게 있을 수 없습니다."라고 퀸투스가 말했다.

이러한 이야기를 마쳤을 때, 우리는 자리에서 일어섰다.

옮긴이 해제

1. 키케로의 생애와 작품[1]

『예언에 관하여』의 저자(그리고 이 작품에 나오는 단 둘뿐인 등장인물 중 하나)인 마르쿠스 툴리우스 키케로M. Tullius Cicero(기원전 106~43)는, 로마 공화정이 황제정으로 넘어가는 시기에 살았던 연설가, 정치가, 학자, 문필가이다. 그는 마리우스C. Marius(기원전 157경~86)의 고향이기도 한 아르피눔Arpinum에서, 기사 계급에 속한 중산층 가정에서 태어나, 병역을 마친 후 로마에 거주하면서 당대 최고의 선생들 밑에서 공부했다. 수사학에서는 로도스 출신의 몰론Molon이, 철학에서는 차례로, 에피쿠로스학파에 속한 파이드로스Phaidros, 스토아학파에 속한 디오도토스Diodotos, 아카데메이아 학파의 필론Philon이 그의 스승이었다.

---

1 이 부분은 강대진 옮김, 『신들의 본성에 관하여』(그린비, 2019) 해설과 일부 내용이 겹치니 독자의 양해를 부탁드린다.

그 후 그는 법정 연설가로 공적인 활동을 시작하였는데, 공적으로 알려진 첫 연설Pro Quinctio은 기원전 81년의 것이다. 하지만 그 다음 해에 술라L. Cornelius Sulla Felix(기원전 138경~79)의 측근과 소송 중이던 로스키우스Sextus Roscius의 변론을 맡았고, 이 때문에 한동안 희랍으로 피신하게 된다. 키케로는 생애에 세 번 공적 활동의 위기를 맞게 되는데, 그는 언제나 그런 시기를 학업-연구-집필의 기간으로 이용하였다. 기원전 77년까지 계속된 이 희랍 체류 기간 동안 그는 수사학의 여러 선생들을 찾아다니고, 로도스에서 스토아 철학자 포세이도니오스Poseidonios의 강의도 듣게 된다.

술라가 사망하자 로마로 돌아온 그는 76년에 재무관quaestor에 당선되어 관직의 길로 들어서고, 이후 모든 관직을 법이 허용하는 최소 연령에 통과한다. 기원전 69년 조영관aedilis, 66년 법무관praetor, 63년 집정관consul직이 그것이다. 집정관 재임 중에는 카틸리나L. Sergius Catillina의 국가전복음모를 적발하여 '조국의 아버지'pater patriae라는 칭호까지 얻었으나, 기원전 58년 시민을 재판 없이 처형한 자를 처벌한다는 법이 통과되자 카틸리나 사건의 처리 방식이 문제되어 망명길에 오르게 된다. 다음 해(57년)에 귀국의 길이 열리지만, 1차 삼두정 기간이었던 이 시기에 그는 정치적으로 소외되었고, 이 두 번째 위기가 첫 다작의 시기가 된다. 『국가론』De Re Publica, 『법률론』De Legibus, 『연설가에 관하여』De Oratore 등이 이 시기에 나온 저작이다.

1차 삼두정이 와해되고 폼페이우스와 카이사르의 내전이 시작

되자, 그는 폼페이우스 쪽을 선택하여 희랍으로 떠났으나, 파르살루스Pharsalus에서 카이사르가 승리한 후(48년) 용서를 받고 귀국하게 된다. 그 후 정치적으로 무력하고, 이혼(46년)과 딸의 사망(45년)으로 가정적으로도 불운한 가운데 두 번째 다작의 시기가 시작된다. 철학적 저작들은 이 시기에 집중되어 있다.

카이사르가 암살되고(44년) 나서 다시 정치활동을 재개한 그는 이미 스러져 가는 공화정을 지키려 애썼으나, 특히 안토니우스를 혹독하게 공격한 것이 이유가 되어, 2차 삼두정이 성립된 직후 안토니우스의 부하들에 의해 살해된다(43년).

키케로가 남긴 문헌들은 크게 네 부류로 나뉜다. 철학적인 주제를 다룬 것, 수사학적인 주제를 다룬 것, 연설, 편지 등이다. 그 중 철학적인 저작들은 다시 고대의 분류법에 따라 세 분과로 나누어 볼 수 있다. 세계는 무엇으로 되어 있는지를 다룬 자연학, 진리에 도달하는 방법론을 다룬 논리학, 인간이 어떻게 살아야 하는지를 다루는 윤리학이 그것이다. 키케로의 저작 중 자연학을 다룬 대표적인 글은 『신들의 본성에 관하여』이다. 고대인들이 보기에 신은 자연 질서의 일부이므로 신에 대한 이론들도 자연학에 속한 것이다. 그리고 『예언에 관하여』 역시 (그리고 『운명에 관하여』도) 신들의 존재와 연관되기 때문에, 자연학에 속하게 된다. 한편 논리학은 현대의 인식론을 포함하는데, 『아카데미카』가 거기 속한다. 윤리학에 속한 저술로는 『의무론』*De Officiis*과 『최고선악론』*De Finibus Bonorum et Malorum*, 『투스쿨룸 대화』*Tusculanae Disputationes*, 또는 *Tusculanae Quaestiones* 등이 대표적이다. 정치학은 고대에 윤리학과 같은 부류로 생각되었으므로, 『국가론』, 『법률론』 등도 거기에 넣을 수 있다.

앞에 언급한 내용과 조금 겹치지만 키케로의 철학적 저술들을 시기별로 다시 정리하자면 다음과 같다. (수사학적 저술과 철학적 저술의 경계는 종종 모호하기 때문에, 그 경계에 걸쳐 있는 것도 여기서 같이 정리한다.) 우선 그가 젊은 시절에 쓴 것으로 『발견에 대하여』*De Inventione*가 있다. 이것은 연설 기술에 대한 글로, 원래 네 권으로 쓰였으나 현재는 두 권만 전한다.

1차 삼두정이 성립한 다음인 기원전 55~51년 사이에, 그는 정치적 영향력을 잃어버린 대신 다른 분야에서 권위를 얻으려 했다. 그 결과가 『연설가에 관하여』, 『국가론』, 『법률론』이다. 이것들은 각각 연설 기술과 정치철학, 법률 이론을 주제로 삼은 것으로, 플라톤과의 경쟁[2]을 의도한 야심적인 기획의 일부였다.

『국가론』과 『법률론』은 키케로가 처음으로 쓴 중요 철학 저술이라고 할 수 있는데, 이들은 사본 전승 과정에서 많은 곡절을 겪었다. 특히 『국가론』은 이미 고대에 대단히 중요한 작품으로 꼽혔지만, 현재는 많은 부분이 유실되어 흐름을 따라가며 읽기가 어려운 상태이다. 이 저서는 플라톤과 아리스토텔레스, 그리고 헬레니즘 기의 철학

---

2 퀸틸리아누스의 표현을 빌리면 Platonis aemulus(『연설교육』*Institutio Oratoria* 10.1.123)이다.

과 정치 이론을 풍부하게 담고 있으며, 로마인들의 정치적 경험 또한 반영되어 있다. 예를 들어 왕정 시기의 로마 역사와 로마의 국가 제도가 점차적으로 성장하는 모습 따위를 거기서 읽을 수 있는 것이다. 카르네아데스가 정부의 정의에 대해 서로 상반되는 논제들을 내세우는 것도 거기서 찾아볼 수 있다. 물론 키케로 자신의 생각도 거기서 드러나는데, 특히 이상적인 정치가에 대한 이론과 국가의 본성에 대한 이론이 특별히 주목을 받고 있다.

오늘날 『국가론』에서 유일하게 널리 읽히는 부분은 '스키피오의 꿈'이란 별칭으로 불리는 6권이다. 사실 이 부분은 대화 시작 부분과 연관 지어 읽어야 하지만, 대개는 맥락을 벗어나 독자적으로 읽히고 있다. 이 부분은 플라톤 식의 천문 이론과 영혼불멸설을 바탕에 깔고서, 이상주의적 윤리를 강조한다. 키케로는 플라톤의 영혼론에 매료된 듯 그의 저술 여기저기서 그것을 언급하는데, 그가 요약하는 것은 대체로 『파이돈』과 『티마이오스』의 내용이다. 그는 회의주의자답게 적절한 유보를 붙이고는 있지만, 이 이론으로써 우주 안에서 인간의 지위가 설명된다고 생각했던 듯하다. 이런 점에서 그는 한편으로 플라톤주의자라고도 할 수 있겠다.

『법률론』은 미완성작인 것으로 추정되는데, 작품 배경을 키케로 당시로 잡아서 그 자신과 그의 동생 퀸투스, 그리고 그의 절친한 친구인 앗티쿠스가 등장하여 대화를 나눈다. 이 작품은 특히 당시 로마에서 있었던 일들과 관련해서, 그리고 자연법 이론의 발전과 관련하여 주목을 받고 있다.

이 시기에 쓰인 『스토아학파의 역설들』*Paradoxa Stoicorum*은 그 주제가 철학에서 끌어온 것이긴 하나, 철학적 저술에 속하지 않는 것으로 평가된다. 이 저작은 스토아학파의 윤리적 역설逆說들을 설득력 있게 만들어 주는 여섯 개의 짧은 수사학적 연습으로 구성되어 있다.

키케로의 주요 철학적 저술들은 대부분 기원전 45~44년에 쓰였는데, 이때는 카이사르가 독재관이던 시기였다. 이 시기에 그는 철학의 핵심적인 분야들 전체를 포괄하는 방대한 저술 체계를 구상했고, 그 결과물들은 하나의 통일체를 이루는 것으로 평가되기도 한다. 하지만 그가 처음부터 그러한 체계를 의도했던 것은 아니고, 글을 써 나가던 중에 점차 그렇게 발전해 간 것이고, 또 세부적으로 보면 일관되지 못한 점도 발견된다. 그는 기원전 44년 카이사르 암살 직후, 자신이 다시 정계로 복귀할 수 있으리라 기대하고서, 그동안 썼던 글들을 돌이켜 보고 집필 시기 등을 정리했는데, 그 내용이 『예언에 관하여』 *De Divinatione* 2권 첫 부분에 나와 있다. 그의 저술들은 그 당시 철학에서 가장 중요한 분야로 꼽히던 주제들 대부분을 다루었는데, 다만 (좁은 의미의) 논리학과 자연학만 빠져 있다.

이 시기 저작 목록은 『호르텐시우스』로 시작된다. 이 작품은 철학 공부를 변호하는 내용으로 되어 있어서, 이어지는 글들을 위한 일종의 서문 역할을 한다. 그가 이런 글을 쓴 이유는 한편 로마인들이 기질상 너무 세속적이어서이기도 하거니와, 또한 희랍에 '학문을 권장하는'protreptic 글들이 이미 있었기 때문이기도 하다. 이 작품은 전체가 전하지 않고, 대개는 조각글로, 특히 그의 영향을 많이 받은 성 아우구스티누스의 인용 구절들로 남아 있다. 그 주된 내용은, 호르텐시우스가 철학 공부를 비판하고 카툴루스Catulus가 그것을 옹호하는 것으로 되어 있는데, 카툴루스의 연설은 지금은 전해지지 않는 아리스토텔레스의 『철학을 권유함』Protreptikos을 본뜬 것으로 여겨진다.

『아카데미카』는 인식론을 다루는데, 이 책은 원래 『카툴루스』 Catulus, 『루쿨루스』Lucullus라는 두 편의 대화편을 따로 썼다가, 둘을 연결하고 각 작품 내용을 두 부분씩으로 나누어 전체 네 권이 되게끔 개정한 것이다.[3] 이 작품에서 키케로는, 자신이 지지하는 라릿사 출신 필론의 회의주의를 아스칼론 출신 안티오코스의 입장과 맞세우고 있다. 안티오코스는 스토아학파 사람이 그랬듯 확실한 지식이 있을 수 있다는 주장을 내세운다.

『최고선악론』은 헬레니즘 철학 학파들의 윤리설들을 비교하고 있다. 전체는 다섯 권으로 이루어져 있으며, 1권에서는 에피쿠로스학

---

3 현재 개정판은 첫 권만 남아 있고, 『카툴루스』도 전하지 않는다. 한편 『루쿨루스』는 온전히 전해지고 있다. 그래서 원래 『카툴루스』의 첫 부분이던 것은 '『아카데미카』 1권', 『루쿨루스』는 '『아카데미카』 2권'으로 부르는 것이 일반적 관행이다. 하지만 『루쿨루스』는 사실 개정판 『아카데미카』의 3~4권 내용을 담고 있으니, '2권'이란 이름이 맞지 않는다고 해서 그냥 『루쿨루스』로 부르자는 제안도 있다.

한편 이 저작의 첫 부분을 Academica Posteriora, 둘째 부분을 Academica Priora라고 부르는 학자도 있는데, 이 명칭에는 약간 혼란의 여지가 있다. 대개 어떤 저작의 제목을 우리말로 옮길 때, Priora는 '전서'(前書), Posteriora는 '후서'(後書)로 부른다. 한데 『아카데미카』의 경우, Posteriora는 내용상 『아카데미카』의 앞부분이고, Priora는 『아카데미카』의 뒷부분에 해당되는 것이다. 그러니까 여기서는 priora(더 앞의 것), posteriora(더 뒤의 것)가 내용상의 선후가 아니라 시간적인 선후를 가리키는 것이다.

파의 학설이, 3권에서는 스토아학파의 학설이 펼쳐지고, 2, 4권에서는 그 학설들이 비판된다. 제5권에서는 아카데메이아 학파의 입장이 개진되는데, 그 내용은 대체로 아스칼론 출신 안티오코스의 가르침을 따른 것으로 소요학파적 입장도 섞여 있다.

『신들의 본성에 관하여』는 세 권으로 되어 있는데, 1권에서는 전반부에 에피쿠로스학파의 신에 대한 이론이 설파되고, 후반에 아카데메이아 학파의 입장에서 그것이 논파된다. 2권에는 신에 대한 스토아학파의 이론이 펼쳐지고, 3권에서는 그에 대한 아카데메이아 학파의 공격이 소개된다. 키케로 자신도 이 작품에 등장인물로 나오지만, 그저 청중의 역할을 할 뿐이다. 작품 마지막에 '등장인물 키케로'가 스토아학파의 견해가 더 맞는 것 같다고 생각하는 장면이 이채롭다.

『투스쿨룸 대화』는 수사학적 성격이 강한 다섯 개의 논변으로 구성되어 있다. 그 내용이 대체로 스토아학파적 특성을 보여 준다는 것이 일반적인 해석이지만, 그보다 바탕에 깔린 아카데메이아 학파의 입장을 강조하는 해석도 있다. 논의 주제는 죽음, 고통, 슬픔, 심리적 혼란 등이며, 마지막에는 행복한 삶을 위해 도덕적 탁월함(덕, virtus)만으로 충분한지가 다뤄진다.

『예언에 관하여』도 이 시기에 쓰인 것인데, 다시 정리하자면 전체는 두 권으로 구성되어 있으며, 키케로 형제가 대화자로 등장한다. 1권에서는 동생인 퀸투스가 스토아적 입장에서 예언술을 옹호하고, 2권에서는 형 마르쿠스 키케로가 아카데메이아 학파의 입장에서 그것을 비판한다.

미완성작인 『운명에 관하여』*De Fato*는 미래의 사건들이 미리 정해진 것인지, 인간의 자유와 운명이 양립 가능한 것인지를 다룬다. 『대 카토』*Cato Maior de Senectute*(노년에 관하여)와 『라일리우스』*Laelius de Amicitia*(우정에 관하여)는 일상 윤리에 대한 저작이다.

마지막으로 『의무론』은 키케로가 아들에게 철학 공부에 좀 더 노력을 기울이도록 격려하기 위해 쓴 것으로, 사실 '의무'라기보다는 '적절하고 현명한 행실'을 주제로 삼은 것이다. 이 저작에서 그는 판아이티오스의 『의무론』*Peri tou kathekontos*을 출발점으로 삼고 다른 스토아 철학자들의 가르침을 끌어 쓰면서도, 로마적 요소와 키케로 자신의 색채를 많이 가미했다. 그래서 한편으로는 스토아학파의 이론과 쟁점들을 보여 주면서도, 로마인의 현실 윤리를 풍부하게 전해 주는 자료 역할을 한다.

2. 『예언에 관하여』의 집필 배경과 집필 시기

키케로가 주로 기원전 45~44년 사이에 집필한 철학적 작품들의 집필 목적은 대략 세 가지로 꼽히는데, 『예언에 관하여』 2권 서두의 '두 번째 서문'이 그 근거이다. 우선 개인적 불행의 충격에서 헤어 나오기 위해서다. 특히 기원전 45년 2월, 딸 툴리아가 사망한 것은 그에게 심대한 타격을 가했다. 이에 대한 직접적인 반응은 (위에 언급하지 않은 작품) 『위로』*Consolatio*로 나타났는데, 이 작품은 현재 전해지지 않으며 내용 역시 알려져 있지 않다. 그저 기원전 4세기 아카데메이아 학자 크란토르Crantor의『슬픔에 관하여』De Luctu에서 영향을 받았으리라는 짐작이 있을 뿐이다. (크란토르의『슬픔에 관하여』도 온전히 전해지지 않으며, 그 일부 내용이 플루타르코스의 이름으로 전하는[하지만 위작으로 보이는]『아폴로니오스에게 보내는 위로』에 인용되어 있다.) 키케로의 글쓰기가 목표하는 두 번째 것은, 이전처럼 다수의 청중에게 영향을 끼칠 수 없는 상황인 만큼 그 손실을 다소라도 보상해 줄 소수 독자에게나마 자기 뜻을 피력하자는 것이었다. 그의 글쓰기의 목표 중 마지막 것은——앞에도 말했지만——여러 작품을 집필하는 과정에서 서서히 자라난 것으로, 일종의 철학적 백과사전을 구성하여 희랍의 지적 유산을 동료 로마인들이 누릴 수 있게 하자는 것이다.

이러한 '철학적 백과사전'에서 특히 두드러지는 것이 윤리적 저작들과 종교적 주제를 다룬 것들이다. 종교적 저술에서 가장 대표적인 것이『신들의 본성에 관하여』인데, 이와 또 긴밀하게 연관된 주제가 예언과 운명의 문제이다. 이 두 주제는 매우 중요하고 또 복잡하기 때문에 스토아학파 사람들 사이에서는 그것들을 별개의 저술로 다루는 것이 거의 전통으로 굳어져 있다. 키케로 역시 이 노선을 취하고 있는데, 이렇게 함으로써 두 가지 이점이 생긴다. 하나는 그가 정보와 발상의 원천으로 삼는 희랍 문헌들을, 번거로운 작업을 통해 새로 조합하지 않고 그대로 흐름을 따라가며 활용할 수 있다는 점이다. 다른 하나는, 같은 주제의 스토아학파 작품을 직접 상대하면서 미신적인 예언술과 정당한 종교행위 사이의 구별을 분명히 할 수 있다는 점이다. 스토아학파에서는 보통 예언술을 신에 대한 믿음과 연관시키는 경향이 있는데, 키케로는 이런 행태를 비판한다(1권 82~83장, 2권 101~106장 참고).

　키케로 당시 이미 예언술에 대한 의구심이 점점 커 가고 있었다. 당시 지식인들 사이에서는 전통 종교에 대한 믿음이 사라져 가고 있었으며, 여전히 실행되던 종교적 제의들은 형식화하여 점점 더 자주 정치적 개인적 목적에 남용되는 추세였다. 조점관augur직을 역임하고, 또 『조점술에 관하여』De Auguriis의 저자이기도 한 키케로 역시 그의 논리와 실제 행동이 일관되지 않아서, 전통 종교 제의가 꼭 사실에 부합하는 건 아니지만 그래도 정치적으로 유용하니 그대로 유지하는 게 낫다는 태도를 보였다. 특히 『예언에 관하여』와 『법률론』이 보여 주는 대조적인 입장은 학자들 사이에 주목거리가 되고 있다. (『법률론』 2권 31~33장에서 키케로는 예언술의 정치적 유용성을 크게 강조하고 있다.) 한편 국가 종교가 쇠락해 감에 따라 지식인들 사이에서 예언술에 대한 불신이 커져 가는 것과는 상반되게도, 대중들 사이에서는 이전에는 그나마 법적인 통제하에 있던 미신이 무절제하게 풀려나서 무책임한 사기꾼들의 번창하는 사업수단이 되어 버렸다. 또 하나 주목해야 하는 흐름은 일종의 '반동주의'로서, 지식인들 가운데 일부가 이미 폐기된 예언 관행을 옹호하고 나섰던 것이다. 키케로에게 조점술에 대한 책을 헌정하기도 했던 압피우스 클라우디우스 풀케르 Appius Claudius Pulcer가 그 대표적인 인물이다. 한편으로 대중의 무지와 다른 편으로 전통주의적 정치적 몽매주의 사이에서 『예언에 관하여』는 합리적 입장을 견지한다. 어떤 학자는 이런 태도가, 『신들의 본성에 관하여』와 마찬가지로 이 작품이 저자의 일부 선별된 친구들을 염두에 두고 있기 때문이라 추정하기도 한다.

　『예언에 관하여』의 저술 시기에 대해서는 여러 증거들이 서로 상충하여 상당한 논란이 있었다. 우선 이 작품이 카이사르 피살 이전에 쓰인 것인지에 대해서도, 작품 내에서조차 모순적인 증거들이 병존하고 있다. 예를 들어 1권 11장에서 등장인물 키케로는 자신이 달리 할 일이 없어서 시간이 많다고 말하고 있으며, 2권 142장에서도 자신의 공적 활동이 중단되었다고 말하는데, 이는 카이사르 피살 이전, 키케로가 공적인 영역에서 소외된 상황을 반영하는 것으로 보인다. (물론 그저 대화 장면이 카이사르 피살 이전 시기로 설정된 거라고 말할 수도 있다.) 1권 92장에서 '예전에는 원로원의 힘이 강했었다'고 회고조로 말하는 것 역시 카이사르의 전권하에서 원로원이 약화된 상태를 반영하는 것으로 보인다. 또한 2권 52~53장에서 점괘를 대수롭지 않게 여겼던 카이사르의 합리적 태도가, 점괘들을 신뢰했던 폼페이우스의 미신적 태도에 비해 호의적으로 언급된 것도, 아직 카이사르가 살아 있어서 키케로가 이 권력자에게 다소간의 아첨을 보내는 것으로 해석될 여지가 있다.

　한편 이 작품에는 이미 카이사르가 죽었음을 보여 주는(그리고 보여 주는 듯한) 구절들도 여럿 들어 있다. 예를 들면 1권 26~27장(그리고 이와 연관된 2권 78~79장)에서, 폼페이우스 편에 섰던 데이오타루스에 대해 언급하면서, 그가 원로원의 권위와 민중의 자유를 앞세웠다고 평가한 것이 그것이다. 이런 발언은 카이사르가 아직 살아 있다면 나오기 힘든 것이다. 또한 1권 43~44장에는 악키우스의 『브루투스』가 인용되어 있는데, 이 작품이 일부 학자의 주장대로 카이사르 사후 7월의 아폴론 축제에서 상연되었다면 이 역시 '카이사르 사후 집필설'의 근거가 될 수 있겠다. 그러다가 결정적인 발언이 나온다. 1권 119장에 '카이사르 죽음 직전'이란 구절이 등장하는 것이다. 또한 2권 7장에서, 자기가 한동안 철학 저술에 전념했지만 상황이 바뀌어 다시 정치적 활동을 시작했노라고 말하는 것도 카이사르의 죽음 이후 상황을 반영한다. 2권 23장에는 아예 카이사르 피살 장면에 대한 생생한 묘사가 나오고, 2권 99장에는 '근래에 죽은 카이사르'라는 구절이 나온다. 그밖에 2권 110장에, 어떤 사람이 시뷜라의 시구를 카이사르를 왕으로 모시라는 뜻으로 해석한 것을 두고 '정신 나간 짓'으로 폄하한 것도 '카이사르 사후 집필설'을 지지한다.

이상의 증거들로 볼 때 이 작품이 전체로서는 카이사르 피살 이전에 발표되지 않았던 것이 확실해 보인다. 하지만 1권은 물론, 2권의 적어도 일부는 그 전에 이미 집필되었던 것 같다. 따라서 이 작품은 카이사르 피살 이전에 상당 부분을 써 두었다가, 그 사건 이후에 일부 가필·수정하고, 2권 서두의 '두 번째 서문'을 덧붙여서 공개했다고 보아야 할 것이다. (더 엄밀하게 출판일을 결정하려는 학자들은 키케로가 친구 앗티쿠스와 주고받은 편지에 근거하여 기원전 44년 4월 6일 이전에 작품이 공개되었다고 주장한다.)

키케로가 이 작품을 준비하기 시작한 때는 기원전 45년 6월경이었던 것으로 보인다. 그 무렵에 키케로는 앗티쿠스에게 브루투스가 집필한 코일리우스(1권 48장 참고)의 저작 요약본과, 판아이티오스의 『미래를 내다봄에 관하여』*Peri Pronoias*를 보내 달라고 청했기 때문이다. 한편 작품 배경은 '최근에 키케로가 동생 퀸투스와 함께 투스쿨룸에 머물고 있었을 때'로 설정되어 있는데, 이는 기원전 45년 12월 하반의 상황이다. 바로 다음 달인 기원전 44년 1월에 그는 이미 로마로 상경해서 앗티쿠스와 함께 지내고 있었다. 따라서 이 해 1월부터 카이사르가 피살된 3월 15일 사이가 이 작품 대부분의 내용이 집필된 시기라 할 수 있겠다.

이 작품은 특별히 누구에게 헌정되지는 않았다. 어떤 학자는 이 책이 『신들의 본성에 관하여』에 이어지는 것이기 때문에, 그 책과 마찬가지로 브루투스에게 헌정될 계획이었다고 본다. 그럼에도 공식적으로는 브루투스에게 헌정되지 않은 것은 카이사르 피살 직후라는 상황 때문이라는 것이다. 아직 상황이 어떻게 변할지 불확실한 가운데, 엄청난 정치적 사건에 연루된 사람에게 책을 헌정한다는 것은 상당한 위험 부담이 있다. 한편 이와 맞서는 다른 입장은 이 작품이 퀸투스 키케로에게 헌정될 계획이었다는 것이다. 자기 형제에게, 더구나 실명으로 본인이 등장하는 내용의 책을 헌정한다는 게 조금 이상해 보일 수도 있지만, 키케로는 이미 동생 퀸투스에게 『연설가에 관하여』와 『국가론』을 헌정한 바 있으며, 이 퀸투스는 『최고선악론』 5권에도 등장한 적이 있다.

키케로의 작품들은 대개 대화 형식으로 되어 있는데, 이는 다시 두 가지로 나눠 볼 수 있다. 하나는 작가 본인이 등장하여 대화를 이

끌어 가는 것이고, 다른 하나는 본인이 등장하긴 하지만 발언은 하지 않거나, 아니면 아예 과거의 인물들이 등장하여 대화를 나누는 것이다. (본인이 주도하는 것을 보통 '아리스토텔레스적 대화편', 그렇지 않은 것을 '헤라클레이데스적 대화편'이라고 부른다. 헤라클레이데스는 기원전 4세기에 활동했던 흑해 연안 폰토스 출신 자연철학자로, 지구가 하루에 한 번씩 서쪽에서 동쪽 방향으로 자전한다는 주장을 내세웠던 사람이다.) 키케로의 작품 중 고대의 인물들이 등장하는 것으로 『국가론』, 『우정에 관하여』, 『노년에 관하여』 등이 있으며, 대다수 작품에는 자신이 직접 등장하는데 『예언에 관하여』도 그 중 하나이다. 한편 저자가 대화 주제에 대해 충분한 지식이 있는 경우 실제 대화에서 그러하듯 인물들끼리 활발하게 말을 주고받는 것으로 만들 수 있지만, 키케로의 많은 작품들은 대개 한 사람이 길게 연설하는 식으로 진행되는데, 이는 보통 저자가 다른 사람의 책을 거의 그대로 옮기며 급하게 썼기 때문이라고들 보고 있다. 『예언에 관하여』는 저자가 직접 등장해서 길게 연설하는 형식을 취하고 있으며, 대화 배경도 키케로 자신의 투스쿨룸 별장에 있는 체육장(제1권)과 그 안의 서재(제2권)로 설정되어 있다.

　『신들의 본성에 관하여』가 키케로 당시에 유력하던 모든 철학학파들의 의견을 비교 분석하는 데 반해, 『예언에 관하여』는 거의 전적으로 스토아학파와 아카데메이아 학파 사이의 대결처럼 되어 있다. 에피쿠로스학파는 예언이란 것을 아예 인정하지 않았고(1권 5장 참고), 소요학파는 일부 예언술의 효과는 인정하는 쪽이었다지만, 이들의 생각이 구체적으로 어떤 것인지는 키케로가 자세히 적지 않았다.

아카데메이아 학파는 특별한 자기들만의 주장을 내세우지 않고 그저 다른 학파의 견해가 가진 약점을 지적하는 것을 주로 하고 있기 때문에, 이 작품에서도 구체적인 이론을 내세우는 역할은 스토아학파 추종자로 설정된 퀸투스의 몫이 되었다. 물론 이것은 이 작품만의 설정이고 다른 데서 퀸투스는 대체로 소요학파에 동조하는 것으로 그려져 있다(『최고선악론』 5권 96장 참고). 이러한 입장은 이 작품 내에서도 등장인물 퀸투스 자신에 의해 다소 변명조로 덧붙여진다(2권 100장). 한편 현실의 퀸투스는 철학보다는 문학에 더 관심이 있었던 듯하다(『최고선악론』 5권 3장 참고).

논의의 결말은 다소 절충적인데, 대체로 예언술의 효력을 옹호해 온 퀸투스는 종교적 사기꾼들에게까지 동조하진 않는 것으로 유보를 두었고(1권 132장), 큰 틀에서는 예언술을 비판하는 마르쿠스는, 미신적 태도에 대해서는 격렬한 비난을 가하면서도 참된 종교적 관행은 그대로 유지해야 한다는 입장을 보인다(2권 148~150장). 물론 마르쿠스 키케로의 이런 태도는, 그가 이미 종교의례를 관장하는 직책을 맡았던 경력이 있다는 점에서 예측 가능한 것이었다.

3. 퀸투스 키케로

『예언에 관하여』의 내용은, 마르쿠스 키케로와 그의 하나뿐인 남자형제 퀸투스 키케로 사이의 대화로 짜여 있다. 퀸투스는 기원전 102년경에 태어나, 로마와 희랍에서 당시로서는 최고 수준의 교육을 받았으며, 기원전 65년에 조영관aedilis(안찰관), 기원전 62년에 법무관 praetor, 그리고 기원전 61년 3월부터 58년 4월까지 아시아 총독을 지냈다. 기원전 56년 사르데니아에서 폼페이우스 휘하의 주요 지휘관으로, 기원전 54~53년에는 갈리아에서 카이사르 휘하의 지휘관으로 복무했으며, 기원전 51~50년에는 킬리키아 총독이던 자기 형 마르쿠스 키케로 밑에서 일했다. 카이사르와 폼페이우스 사이에 내전이 벌어지자, 처음에는 폼페이우스 편에 가담했으나, 폼페이우스가 패배한 후 카이사르 쪽으로 돌아섰다. 자기 형과 비슷하게 독서와 연구, 집필에 힘썼던 인물이어서, 갈리아 원정 시기에는 비극 작품을 네 편 쓰기도 했으나 지금은 전해지지 않는다. 그는 제2차 삼두정 때인 기원전 43년 12월, 마르쿠스 키케로와 비슷하게 수배되고, 결국 자기 형이 죽을 무렵에 본인도 죽음을 당했다.

4. 『예언에 관하여』의 내용 요약[4]

제1권
작품 전체에 대한 서문(1~7장)
대화의 배경, 『신들의 본성에 관하여』와의 연관성, 퀸투스의 논변 서론(8~11장)
논의할 주제를 분류함(11~12장)

---

4 이 요약은 Wardle의 단락나누기를 따르면서, 약간의 수정을 가한 것이다.

- 논의 주제 분류를 다시 확인함(a-b-c-d순)(84~86장)

- 전통에 의지한 옹호(a)(87~89장)

- 보편성에 의지한 옹호(b)(90~108장)

  — 야만 민족의 사례들(90~94장)

  — 문명 민족의 사례들(95~108장)

    - 희랍의 사례들(95~96장)

    - 로마의 사례들(97~108장)

예언술의 효과(d)에 대한 재언급(109~131장)

- 자연적 예언술과 인위적 예언술의 분류를 따라서도 예언의 효과
  확인 가능함(109장)

- 자연적 예언술(110~117장)

- 인위적 예언술, 소크라테스의 일화(118~125장)

- 포세이도니오스 식의 논변(125~131장)

  — 예언 능력은 신으로부터 나옴(125장)

  — 예언 능력은 운명으로부터 나옴(125~128장)

  — 예언 능력은 자연으로부터 나옴(129~131장)

결론. 거짓된 예언술에 대한 공격(132장)

제2권

작품 전체에 대한 새로운 서문(1~7장)

대화의 배경(8장)

예언술 전반에 대한 공박(8~25장)

5. 예언술을 지지하는 논변과 그것을 반박하는 논변

키케로는 예언술을 지지하는 논변들을 주로 스토아학파에게서 빌려왔다. 그들은 신들이 인간을 감독하고 돌본다고 믿었기 때문에, 신과 인간 사이에 소통수단이 있어서, 이를 통해 인간들이 신의 뜻을 미리 알고 그에 복종할 수 있다고 생각했다.

예언술의 존재를 지지하는 제1권의 내용은 주로 포세이도니오스의 책에 근거를 둔 것이다.[5] 반면에 그것을 공박하는 제2권의 내용은, 근원적으로는 신 아카데메이아 학파의 창시자 카르네아데스의 논변이다. 하지만 그는 자신이 직접 글을 써서 남기지 않았으므로, 키케로가 직접 참고한 것은 아마도 카르네아데스의 후계자인 클레이토마코스의 저작일 듯하다. 한편 제2권에서도 칼다이아 점성술에 대한 부분(87~97장)은 스토아 철학자 판아이티오스를 따른 것으로 보인다.[6]

---

5 좀 더 자세한 논의는 Pease의 주석 18쪽 이하 참고. 학자들 사이에서는 키케로가 포세이도니오스의 저작 중 『점술에 관하여』(*Peri mantikes*)를 주로 이용했는지, 아니면 『신들에 관하여』(*Peri theon*)를 주로 이용했는지를 놓고도 복잡한 논의가 오고갔는데, Pease는 『신들에 관하여』가 근원일 가능성이 없지 않지만 그래도 『점술에 관하여』 쪽일 개연성이 더 크다는 견해. Pease의 주된 논지 중 하나는 제1권에서 이용된 포세이도니오스의 저술에 이미 카르네아데스 등의 공격을 어떻게 방어할지 고려되어 있었는데, 키케로가 그런 측면에 별로 주목하지 않고 제2권에서 (이미 예상되었던) 공격을 퍼부었다는 것이다.

6 이 사람은 스토아학파에 속하면서도 자기 학파의 다른 사람들과는 다른 견해를 갖고 있었다(1권 6장, 2권 88장 참고). 키케로는 제2권에서 특히 그의 책 『미래를 내다봄에 관하여』(*Peri pronoias*)를 이용한 것으로 추정된다.

제1권에서는 퀸투스가 예언술을 지지하는 논변을 펼치는데, 그는 이 기술을 '우연적인 사건들을 미리 알고 앞서 말하는 것'으로 규정한다. 그는 예언술을 둘로 나눈다. 하나는 인위적인 것으로서, 이것은 한편으로는 추정에, 다른 한편으로는 오랜 시간에 걸친 관찰에 의지하는 것이다. 여기에 속하는 세부적 예언술로는 점성술, 새점, 천둥, 번개, 그 밖의 자연현상을 통해 앞을 내다보는 것들이 있다. 예언술의 다른 부류는 자연적인 것이다. 이는 꿈을 통한 예언과, 특별한 영감을 지닌 예언자들(칼카스나 캇산드라 같은)을 통한 예언, 그리고 종교적인 황홀경 속에서 예언을 발하는 이들(퓌티아 여사제 같은)을 통한 것 등이다. 퀸투스는 이런 예언술들을 옹호하면서, 모든 시대, 모든 민족이 이런 기술을 이용했다는 것, 그리고 퓌타고라스, 소크라테스, 플라톤 같은 철학자들이 이것을 받아들였다는 점을 강조한다. 사실 정확히 어떻게 해서 이런 예언술이 효력을 발휘하는지는 설명하기 어렵지만, 원인 설명이 안 된다고 해서 효과까지 무시하는 것은, 마치 자석의 원리를 설명할 수 없다고 해서 그것이 쇠를 끌어당긴다는 사실까지 부인하는 것이나 마찬가지이다.

퀸투스는 예언술을 옹호하기 위해 역사 속에서 여러 일화를 끌어온다. 로물루스가 새점을 통해 로마를 건립하고 통치권을 차지했다든지, 데이오타루스 왕이 독수리를 보고서 여행을 포기해서 목숨을 건졌다든지, 카이사르의 죽음은 이미 그 이전에 내장점으로써 예고되었다든지, 폼페이우스가 파르살루스 전투에서 패배할 것을 어떤 로도스 선원이 꿈에 미리 보았다든지 하는 예들이다. 또한 그는 이전에 마르쿠스 키케로가 썼던 글에서 예언술을 인정하는 듯한 구절들도 동원하여 자기 논변을 강화한다.

퀸투스는 예언술이란 것이 철학적 원리와 합치한다는 것을 보이기 위해, 그것의 세 원천으로 거슬러 올라간다. 예언술의 근원은 신과 자연과 운명이라는 것이다. 예언술이 신에서 비롯되었다는 논변은 크라팁포스에게서 빌려온 것이다. 인간의 영혼은 신적 영혼에서 흘러나온 것인데, 이 신적 영혼은 만물 속에 충만해 있으면서 그것들을 지배하는 것이다. 신적 영혼과 인간의 영혼은 둘 다 신적이고 불멸하는 것으로서 서로 연결되어 감응한다. 따라서 이들 사이에는 어떤 소통이 가능하다. 특히 인간의 영혼이 꿈이나 황홀경 속에서 육체의 영향을 벗어나게 되면 그때는 신의 의지에 더욱 잘 반응하게 되고, 그래서 신적인 예지력을 더 강력히 얻어 가질 수 있다.

예언술의 근원을 운명에서 찾는 논변에서, 퀸투스는 우선 그 운명을 이렇게 규정한다. 즉, '원인과 원인이 서로 연결되고, 모든 원인이 그 효과를 지니는, 그러한 원인들의 연쇄'라는 것이다. 따라서 애당초 일어나기로 되어 있는 일이 아니라면 그 어떤 일도 일어난 적이 없으며, 자연 속에 원인을 가지지 않은 일이라면 도무지 일어날 수가 없다는 것이다. 그래서 원인과 원인이 서로 어떻게 연결되는지를 아는 사람이라면 원인들의 결과도 알 수 있으며, 따라서 앞으로 일어날 모든 일을 예견할 수 있다는 것이다. 사실 이런 완벽한 지식은 신들에게나 가능한 것이지만, 그래도 각 원인들은 저마다 조짐을 갖고 있기 때문에 더러 이것을 읽어 낼 수 있는 사람도 있고, 결국 시간이 가면 이런 조짐과 결과의 연결이 기록되고 하나의 학문으로 발전하게 된다는 것이다.

예언술의 근원을 자연에서 찾는 논변은 꿈과 황홀경이라는 현상에 근거를 둔 것이다. 영혼의 능력은 육체적 감각으로부터 풀려났을 때 더욱 강해진다. 그렇게 되면 영혼은 육체에 묶여 있을 때 보지 못하던 것을 볼 수 있게 된다. 광기나 황홀경에 빠졌을 때, 영감을 받았을 때, 자연은 인간의 영혼을 예언으로 가장 잘 이끌어 가게 된다.

예언이 자주 틀리지 않느냐는 반박에 대해서, 퀸투스는 그렇기는 다른 기술 분야도 마찬가지라고 응수한다. 의사나 선장, 정치가도 자주 실수를 범하지만, 모두가 그들에게 기술이 있음을 부정하지 않는다는 것이다.

논의를 마치면서 퀸투스는 약간의 양보를 보인다. 사실 자신도 믿지 않는 예언술들이 있다는 것이다. 미래의 운수를 예언하는 것, 죽은 자를 불러서 묻는 점술, 뱀을 부리는 예언자들, 점성술사, 해몽가 등이 그들이다. 퀸투스는 이들이 참된 예언자가 아니라고 본다.

제2권에서 마르쿠스 키케로는 우선 예언술 일반을 공격하는 발언으로 시작한다. 이는 카르네아데스의 논변을 빌려 온 것으로서, 요지는 다음과 같다. '예언술이라는 것은 스스로 감각을 넘어선 지식이라고 내세우는데, 사실 감각은 그 자체로 충분한 것이어서 예언술에게서 도움을 받을 필요가 전혀 없다. 또한 학문이나 기술의 영역에서도 예언술이 할 일은 전혀 없다. 예언술은 철학이나, 변증술, 정치학

등에서 다뤄지는 문제를 해결하는 데 전혀 도움이 되지 않는다. 따라서 예언술은 그 어떤 분야에서도 전혀 효용이 없다.'

다음으로 그는 스토아학파의 예언술 규정, 즉 '우연적인 사건들을 미리 알고 앞서 말하는 것'을 문제 삼는다. 우연적 사건이라면 일어날 수도 있고 안 일어날 수도 있는 일이고, 일어난다 하더라도 꼭 정해진 방식 없이 이렇게도 저렇게도 일어날 테니, 그런 일이라면 추론이나 기술로는 도저히 예측할 수 없다는 것이다. 한편 어떤 일이 일어날 것이 예측 가능하다면, 그 일은 확고히 정해진 것이니 '우연적 사건'이 아니고, 그래서 앞에 내린 규정에 따르면 예언술의 대상도 아니다. 설사 우리가 미래 일을 사전에 알 수 있다 하더라도 이득보다는 곤란이 더 크다.

그 다음으로 마르쿠스 키케로는, 퀸투스의 분류에 따라서 인위적 예언술과 자연적 예언술을 분과별로 하나씩 검토하고, 각 분야가 모두 불합리하다는 것을 논증한다.

제1권의 퀸투스나 제2권의 마르쿠스 모두 로마의 역사에서 많은 사례를 끌어다 논거로 제시하는데, 이것들은 대체로 압피우스 클라우디우스와 코일리우스 안티파테르의 저서를 원천으로 삼은 것으로 추정된다.[7]

7 Pease의 주석, 특히 28쪽 참고.

6. 작품 집필 목적과 영향

『예언에 관하여』를 집필한 키케로의 의도에 대해, 이전에는 '대중의 무지에 대한 이성적 반박'이라는 견해[8]가 지배적이었다. 이것은 제 1권에서 퀸투스가 전개한 스토아학파식 논변을 제2권에서 마르쿠스가 논박하는 것에 대해, 저자 키케로의 믿음이 여기 그대로 반영되었다고 해석하는 입장이다. 하지만 최근에는 이와 다른 해석들이 제기되고 있다. 이 작품이 대화 형식을 취한 만큼 사실상 예언술에 대한 찬반양론이 공평하게 제시된 셈이며, 제2권 끝에 나오는 마르쿠스의 결론도 그 어떤 입론도 내세우지 않는 회의주의의 원칙을 강조하고 있기 때문에, 일종의 '열린 결말'이라는 것이다.[9]

---

8 대표적으로 Pease의 주석 pp. 12~13 참고. 이와 같은 입장의 비교적 근래의 예로는 A. D. Momigliano, "The Theological Efforts of the Roman Upper Classes in the First Century", *CP* 79(1984), pp. 199~211와 J. Linderski, "Cicero and Divination", *La Parola del Passato* 37(1982), pp. 12~38 등이 있다.

9 이러한 새로운 해석은 주로 케임브리지 대학 쪽에서 나왔는데, 처음 이런 주장을 내세운 논문은 M. Schofield, "Cicero for and against Divination", *JRS* 76(1986), pp. 47~65와 M. Beard, "Cicero and Divination: The Formation of a Latin Discourse", *JRS* 76(1986), pp. 33~46이다. 이 입장은 현재 학계의 폭넓은 지지를 받고 있다. 이러한 근래의 동향에 대해서는 J. Scheid, "La Parole de dieux: L'Originalité du dialogue des Romains avec leurs dieux", *Opus* 6~8(1987~9), pp. 125~136과, A. E. Douglas, "Form and Content in the Tusculan Disputations", ed. J. G. F. Powell, *Cicero the Philosopher: Twelve Papers*, Oxford(1995), pp. 197~218, 그리고 B. Krostenko, "Beyond (Dis)belief: Rhetorical Form and Religious Symbol in Cicero's de Divinatione", *TAPA* 130(2000), pp. 353~391 등 참고. 물론 여전히 전통적인 해석의 지지자들도 있는데, 예를 들면 P. A. Brunt, "Philosophy and Religion in the Late Republic", eds. J. Barnes and M. T. Griffin, *Philosophia Tocata*, Oxford(1989), pp. 174~198 참고.

키케로가 이 작품을 쓸 무렵, 로마에서는 특히 스토아학파 사람들의 예언에 관한 글들이 많이 유포되어 있었다. 즉 판아이티오스, 포세이도니오스 등도 이 주제에 대해 책을 썼던 것이다. 당시는 정치적으로 매우 혼란된 시기였기 때문에 사람들이 특히 종교적인 문제에 더 관심을 가졌고, 어쩌면 키케로 자신도 이런 흐름에 동참하여, 다른 저자들과 겨뤄 보고 싶은 마음이 있었을 수 있다. 하지만 무엇보다 그로 하여금 이 책을 쓰도록 이끈 동인은 '철학적 백과사전'을 완성하고자 하는 의지였던 듯하다. 당시의 일반적 분류법에 따르면 철학은 세 분과로 나뉜다. 논리학, 윤리학, 자연학이 그것이다. 이 세 분야 중에서 자연학은 신에 대한 연구를 빼놓을 수 없고, 이와 긴밀하게 연결된 것이 예언의 문제, 그리고 운명의 문제이다. 따라서 『신들의 본성에 관하여』를 마친 후에는 당연히 『예언에 관하여』, 그리고 『운명에 관하여』가 이어질 수밖에 없는 것이다.[10]

하지만 이 작품은 당대에는 대체로 일반 독자의 관심 밖이었던 듯하다. 대중이 미신에 너무 깊이 빠져 있었던 데다, 사회적·정치적 위기에 휩쓸려서 이런 주제를 깊이 따질 여유가 없었던 것이다. 오히려 키케로 시대 이후엔 합리주의에 대한 반동으로 미신과 신비주의가 대세가 되었다. 이런 움직임은 이미 그의 시대에 보이기 시작했는

---

10 어찌 보자면 이 작품은 『신들의 본성에 관하여』에 이어지는 것이라 할 수 있는데, 그 책 마지막에 등장인물 발부스가 이 주제를 논의하고 싶어 하지만, 날이 저물어서 계속하지 못하는 것으로(3권 94장) 되어 있기 때문이다.

데, 이를 대표하던 인물로 니기디우스 피굴루스Nigidius Figulus와 압피우스 클라우디우스 등이 꼽힌다.

키케로의 이 작품을 잘 알고 많이 이용한 거의 최초의 인물은 서기 1세기에 활동했던 발레리우스 막시무스Valerius Maximus이다. 하지만 그의 주된 관심은 이 작품에 인용된 사례들이며, 그것도 주로 제1권에서 퀸투스가 이용한 사례들을, (마르쿠스가 아니라) 퀸투스처럼 예언술을 옹호하는 데 이용했다. 그 밖에도 대大플리니우스, 플루타르코스, 아풀레이우스, 아울루스 겔리우스 등이 키케로의 이 작품을 인용하거나 거기 나온 사례를 변형하여 이용했다. 키케로의 작품을 가장 많이 이용한 사람은 '기독교계의 키케로'라고 불리는 락탄티우스이다. 그는 『예언에 관하여』 내용도 여기저기서 많이 활용했다. 그리고 성 히에로니무스에 따르면 마리우스 빅토리누스Marius Victorinus라는 사람이 키케로의 대화편들에 대한 주석서를 썼다고 하는데, 『예언에 관하여』가 거기 포함되지는 않은 듯하다. 히에로니무스는 학생들이 사용할 책의 목록 속에 이 주석서를 언급했는데, 이 작품이 보여 주는 회의적인 태도가 기독교의 입장에서는 탐탁지 않았을 것이고, 따라서 『예언에 관하여』 주석이 끼어 있었더라면 빅토리누스의 저작이 추천도서 목록에 들기 어려웠을 것이다. 히에로니무스 자신이 이 작품을 잘 알고 있었던 것은 그가 남긴 편지에서 확인되는데, 그의 관심은 주로 2권 115~116장의 크로이소스 이야기에 쏠려 있다. 또 아우구스티누스의 『신국론』에 『신들의 본성에 관하여』와 『예언에 관하여』에 대한 언급이 있으며, 보에티우스도 미래를 아는 것이 어렵고, 알아봐야 쓸모도 없다는 논의 끝에 키케로를 언급하고 있다. 그 이후로는 이 작품에 대한 언급이 거의 사라지고, 그저 기독교적 입장에서, 그리고 비용 절감을 목적으로 많은 부분을 삭제한 발췌본에 이따금 포함될 뿐이었다.

키케로가 권위를 되찾는 것은 14세기 페트라르카Francesco Petrarca에 의해서다. 그는 특히 『예언에 관하여』에 큰 관심을 기울였고, 그가 소장했던 (것으로 추정되는) 책의 여백에는 몇몇 구절에 대한 경탄의 메모가 남아 있다. 사실 키케로의 이 작품이 원래의 목적대로 인정을 받은 것도 페트라르카 때부터라 할 수 있는데, 그 이전에 이 책은 고대 이교도 문화에서도, 중세 기독교 문화에서도, 오용되거나 배척되었기 때문이다. 즉 고대 다신교에서는 주로 예언술을 옹호하는 용도로 이용되었으며, 기독교 시대에는 한편 이교도의 미신을 공격할 근거로 쓰이고, 다른 한편 —— 그 논리가 기독교적인 예언까지도 공격할 수 있으므로 —— 경계의 대상이 되기도 했던 것이다. 좀 더 보편적으로 이 작품과 키케로의 저작 전체가 중요성을 제대로 인정받은 것은 17~18세기 자연신학deism 운동이 일어나던 때부터였다.

7. 몇 가지 쟁점들

이 작품과 관련하여 학자들 사이에 논의되는 문제가 몇 가지 있다. 우선 각기 제1권과 제2권 맨 앞에 붙은 두 개의 서문 문제이다. 『예언에 관하여』 제1권의 서문은 일반적으로 이런 종류의 글들이 취하는 형식을 따르고 있다. 자신이 다루려는 주제가 얼마나 중요한 것인지를 강조하고, 이 주제에 대한 대표적인 철학자들의 견해를 정리하는 데서 시작하는 것이다. 한데 제2권은 제1권에 설파된 스토아학파의 견해를 비판하는 게 주된 목적이기 때문에 별다른 서문 없이 그냥 진행해도 상관없겠건만, 저자는 여기에 앞의 것과는 조금 다른 성격의 서문을 하나 더 붙여 놓았다. 자신이 그동안 어떤 철학적 주제들에 대해 글을 썼었는지 정리하고, 자기가 그 글들을 쓰게 된 이유가 무엇이었는지 설명한 것이다. 이 새로운 서문 때문에 제1권과 제2권 사이의 연결이 조금 어색하게 되었다. 예언술을 옹호하는 퀸투스의 주장들을 바로 이어서 논파하는 것이 더 나았겠기 때문이다.

그러면 이런 식으로 어색한 연결 장치를 넣은 이유는 무엇인가? 일부 학자는 대화 장소가 바뀌었으니 그로써 새로운 서문을 넣는 게 정당화된다고 주장한다. 하지만 다른 학자들은 그 사이에 정치적 상황이 달라진 데서 이유를 찾는다. 이것은 일종의 변명이란 말이다. 이 새로운 서문은 명백히 카이사르 피살 이후에 덧붙여진 것이다(2권 7장 참고). '이 엄청난 정치적 격변의 시기에 국가수반을 역임한 핵심적 인물이 한가하게 철학의 한 귀퉁이 문제를 논한단 말인가?' 하는 식의 비판이 있을 수 있다. 교양인들이라면야 어떻게든 이 주제의 중요성을 인정하고, 이런 글이 오랜 연구 끝에 나온다는 것을 이해하겠지만, 다중은 그렇지 않을 수도 있다. 아닌 게 아니라 키케로는 『아카데미카』에서도, 철학을 전혀 모르는 다중이 존재한다는 것을 의식하고 있다(『아카데미카』 2권 5장 참고). 따라서 저자가 상황 변화에 맞춰 약간의 변명을 추가하는 것은 이상하지 않겠다.

　게다가 이제 상황이 달라졌기 때문에 자신이 앞에 쓴 서문은 사실과 들어맞지 않게 되어 버렸다. 무엇보다도 그는 첫 번째 서문에서, 이제 자신이 공적 영역에서 물러나서 시간이 많다고 했지만, 이 작품을 공개할 무렵에는 다시 공적인 일에 참여하여 매우 바빠진 상태가 된 것이다. 그렇다고 앞에 쓴 서문을 완전히 버리기도 곤란하다. 철학적 주제의 글이라면 당연히 그 주제가 얼마나 중요한지, 그 동안 다른 사람들은 그 주제를 어떻게 다뤘는지 돌아보는 게 당연하다. 그래서 절충한 것이, 첫 번째 서문을 그냥 둔 채로, 대화 장소 변경을 핑계 삼아 새로운 서문을 추가하는 것이었다.

　학자들이 논의하는 다른 큰 문제는 작품 속 마르쿠스의 비판적 태도와 현실의 키케로가 수행했던 종교적 직책 사이에 모순이 있다는 것이다. 한데 이런 모순이 이번에 처음 등장한 것은 아니다. 『신들의 본성에 관하여』에서 스토아학파의 신에 관한 이론에 맞서는 역할은 가이우스 아우렐리우스 코타에게 맡겨져 있다. 한데 그 역시 종교 의례를 집행하는 직책을 맡고 있었다. 그리고 그는 자신이, 신들을 모시는 로마의 전통적 관행들을 지지한다고 분명히 밝히고 있다(3권 5장). 이와 유사한 처지에 있으며 유사한 입장을 보이는 것이 『예언에 관하여』에 등장하는 마르쿠스이다. 그는 조점관 직책에 봉사하고 있으면서 예언술을 공격한다. 또한 그러면서도 이 예언술을 포함하는 전통 종교를 지지한다. 어떤 학자는[11] 코타와 마르쿠스의 입장이 다소 모순적으로 그려진 것은 사제로서의 역할과 철학자로서의 역할이 충돌하게 해서, 로마의 종교 관행과 희랍 철학 이론을 화해시키는 것의 어려움을 부각시키기 위해서라고 본다. 그에 따르면, 이 작품에서 마르쿠스가 스토아학파의 예언에 대한 믿음을 공박하는 것이 곧장 키케로 개인의 신념을 보여 주는 건 아니다. 대화라는 문학적 장치는 양쪽의 주장을 공평하게 보여 주기 위해서 쓰인 것이기 때문에, 특별히 마르쿠스의 주장이 퀸투스의 주장보다 더 지지를 받는다고 해석해서는 안 된다는 것이다.

그러면 키케로 자신의 생각은 무엇인가? 우리는 그것을 찾아낼 수 있는가? 일부 학자는 이 작품에서 진짜 키케로의 목소리를 찾아내려는 시도를 비난한다. 저자 자신이 자기 목소리를 의도적으로 은폐하고 있다는 것이다. 아닌 게 아니라 이에 대한 근거도 없지 않다. 『신들의 본성에 관하여』(1권 10장)에서 저자는, 자신의 개인적 입장에 대해 지나친 호기심을 보이는 사람들이 있음을 의식하고 이런 태도를 비판했던 것이다. 하지만 다른 해석도 있다. 『예언에 관하여』의 제1권에서나 제2권에서나 저자는 자신이 믿는 바가 어떤 것인지 강조하고 있다는 것이다.[12] 제1권에서는 퀸투스로 하여금 키케로의 책들과 그가 실제로 겪은 일들을 인용하도록 만듦으로써, 그리고 제2권에서는 마르쿠스 자신의 발언을 통해서 말이다.

하지만 잇달아 저술된 두 작품, 『신들의 본성에 관하여』와 『예언

---

11 특히 Beard, 앞 논문 45쪽 참고.
12 대표적인 사람은 Schofield, 앞 논문 56쪽 이하 참고.

에 관하여』를 비교하면 저자가 자기 입장을 은폐하려 했다는 주장
이 맞는 듯도 보인다. 이 두 작품에서 키케로가 보이는 태도가 상반되
기 때문이다. 『신들의 본성에 관하여』에서는 모든 토론이 끝나고 참
석자들이 헤어지는 대목에서(3권 95장), 키케로 자신이 보기에 스토
아학파 발부스의 생각이 더 진실에 가까운 것으로 느껴졌다고[13] 말하
고 있는 반면에, 『예언에 관하여』에서 마르쿠스는 예언술을 지지하
는 스토아학파의 전통적인 논거들을 신랄하게 공박한다. 그러나 얼
른 보기에 상반되는 이런 태도를 일관된 것으로 읽어 줄 길이 없지 않
다. 키케로는 스토아학파의 신에 대한 일반적인 신조는 받아들이면
서, 예언에 관한 논증은 거부했다고 보는 것이다. 사실 『예언에 관하
여』 내부에 이런 해석의 근거들이 몇 군데 있다.[14] 그리고 스토아학파

---

13 물론 저자는 양쪽의 균형을 맞춰서, 에피쿠로스학파인 벨레이우스는 아카데메이아 학
  파 코타의 주장을 지지했다고 적어 놓았다. 키케로의 이런 발언에 대해 '솔직한 말이 아
  니다'라는 해석도 있고(Momigliano, 앞 논문 208~9쪽), '그저 교육 목적상의 발언이다'
  라는 해석도 있다(Pease, 『신들의 본성에 관하여』 주석, 9쪽). 하지만 최근에는 이것이 키
  케로 자신의 진짜 믿음이라는 해석이 더 우세한 듯하다. 예를 들면 L. Taran, "Cicero's
  Attitude Towards Stoicism and Skepticism in the De Natura Deorum", eds. K.-
  L. Selig and R. Somerville, *Florilegium Columbianum: Essays in Honor of Paul
  Oskar Kristeller*, New York, 1987, pp.1~22, 그리고 J. Leonhardt, *Ciceros Kritik der
  Philosophenschulen*, Munich, 1999의 pp.61~66 참고.
14 "퀸투스, 자네는 스토아학파 사람들의 요새 자체를 방어하고 있군! '예언이 존재한다면
  신들도 존재하고, 신들이 존재한다면 예언도 존재한다'는 식으로 이들이 그렇게 서로에
  게로 돌아간다면 말일세. 하지만 이 중 어느 쪽도 자네가 생각하듯 그리 쉽게 인정되질
  않네. 왜냐하면 미래 일들도 신들 없이 저절로 표징이 주어질 수 있고, 인간 종족에게 신
  들이 예언을 주지 않으면서도 신들이 존재하는 경우가 가능하기 때문이지."(1권 10장)
  "설사 예언술이 부정된다 하더라도, 분명코 신들의 존재는 계속 견지될 터이니 말일
  세."(2권 41장) "나로서는 이 점이 이해되기를 간절히 원하는데, 미신을 제거한다고 해서

에 속했으면서도 이런 입장을 취한 사람이 없지 않다. 키케로가 참고한 것이 분명한 판아이티오스가 바로 그러한 입장이었던 것이다(1권 6장 참고).

게다가 키케로가 다른 사람을 등장시킬 수도 있는데 굳이 자신을 등장시킨 것은 여기 그려진 것이 정말 자신의 생각이어서일 가능성이 크다. 그가 다른 작품들에 다른 동시대인들을 등장시켰을 때도[15] 그들의 본래 생각과 다른 말을 시키지는 않은 것으로 보인다. 물론 키케로가 『예언에 관하여』에서 원래는 소요학파에 가까운 퀸투스를 스토아학파의 대변인으로 기용한 것을 반례로 들 수 있겠다. 하지만 키케로는 작품 마지막에, 퀸투스로 하여금 자신의 소요학파 성향을 밝히고, 자신이 보기에도 스토아학파의 예언에 관한 논증은 너무 미신적인 듯하다고 말하게 만들었다(2권 100장).[16]

이와 관련하여 논의되는 것이 『법률론』 2권에 나온 마르쿠스 키케로 자신의 발언이다. 그는 자신이 전통적인 조점관, 복점관들의 관행에 전적으로 동의하며, 미래에 대한 예언이 가능하다고 생각한다

종교가 사라지는 것은 아니라는 점일세. 왜냐하면 신성한 제의와 의식들을 유지함으로써 조상들의 관행을 지키는 것은 현명한 사람에게 걸맞은 행동이기 때문일세. 또한 어떤 탁월하고 영원한 존재가 있어서, 그는 인간 종족에게 존경과 찬양을 받아야 한다는 것, 이것을 인정하게끔 세계의 아름다움과 천체들의 질서가 나를 몰아가기 때문이라네."(2권 148장)

15 옛사람들이 등장하는 '헤라클레이데스식 대화편'에서는 등장인물의 발언이 실제 그들의 생각을 그대로 반영하진 않는다는 게 주류 해석이다.

16 사실은 스토아학파의 대변인으로 퀸투스를 기용한 것 자체가, 그 학파의 논증이 얼마나 약한지를 암시한다는 해석도 있다. Schofield, 앞 논문, 60쪽; Wardle, 주석 120쪽 참고.

했기 때문이다(2권 32~3장). 이를 두고 『법률론』은 기원전 50년대에 저술한 것이기 때문에, 그 사이에 키케로의 믿음이 달라졌다고 보는 학자가 많다. 그 이유로는 카이사르가 개인적 목적을 위해 종교적 제도를 자의적으로 운용하는 것에 대한 반발심, 키케로가 기원전 40년대 초에 신 아카데메이아 학파의 회의주의 쪽으로 기운 것, 그리고 아마도 예언술에 반대하는 카르네아데스의 논증을 접하게 된 것 등이 꼽힌다. 하지만 키케로가 견해를 바꿨다고 볼 필요가 없다는 주장도 있다. 『법률론』에서 키케로는 철학적 주제가 아니라 정치적 주제를 다루는 중이고 따라서 엄밀한 논증이 필요하지 않은 맥락이기 때문에, 잠깐 자신이 속한 아카데메이아 학파의 회의적 태도를 내려놓은 것이란 말이다. 『법률론』의 다른 두 화자는 퀸투스와 앗티쿠스인데 이들도 평소의 철학적 입장과는 달리, 퀸투스는 교조적인 주장을 내세우고, 앗티쿠스는 자기가 추종하는 에피쿠로스학파와는 상반되는 입장을 내세우는 것으로 설정되어 있다.

그러면 키케로가 『예언에 관하여』에서는 『법률론』에서처럼 하지 않고, 마르쿠스로 하여금 회의적 입장을 취하게 한 이유는 무엇일까? 근래의 연구들은 대체로, 그것이 키케로 자신의 공식적 입장이어서라고 본다.[17] 물론 그 공식적 입장 뒤에 진짜로 무엇이 있는지는 우리가 확실히 밝힐 수 없다. 하지만 적어도 저자 자신이 그쪽으로 기울

---

17 논란이 있을 수 있는 주제인데, 이 부근의 논의는 주로 Schofield와 Wardle의 견해를 따랐다. Wardle의 주석 13쪽 참고.

었다고 추정할 근거는 될 것이다. 다른 작품에서 다른 등장인물들은 모두 자기의 진짜 견해를 설파하는데, 여기서 마르쿠스만 자기 견해 아닌 것을 전달한다고 보는 것은 무리가 있다. 따라서, 아직도 논의가 진행되는 사안이어서 확실한 결론을 내릴 수는 없지만, 일단 현재로 서는 작중 마르쿠스의 발언이 저자 자신의 믿음에 가깝다는 해석이 큰 힘을 받고 있다 하겠다.

그러면 키케로의 종교적인 직책과 개인적 믿음 사이의 충돌 문제는 어떻게 되는가? 마르쿠스는 작품 마지막에 신의 존재에 대한 자신의 믿음을 피력한다(2권 148장). 그가 비판하는 것은 그저 잘못된 논리에 바탕을 둔 미신들일 뿐이다. 또한 마르쿠스가 비판한 예언술들 말고도 신들의 뜻을 알아볼 수 있는 다른 관행들이 여전히 있다. 그는 무엇보다도 전통적 의례들이 시민들의 종교생활을 절제 있게 만들어 준다는 점을 강조한다. 결국 키케로가 이상으로 생각한 것은 절도 있는 국가종교라 할 수 있다.

참고문헌

Algra, K., et al. (ed.), *The Cambridge History of Hellenistic Philosophy*, Cambridge, 1999.

Allen, J., *Inferences from Signs*, Oxford, 2001.

Barton, T., *Ancient Astrology*, London, 1994.

Bayet, J., *Croyances et rites dans la Rome antique*, Paris, 1971.

Beard, M., "Cicero and Divination: The Formation of a Latin Discourse", *JRS* 76(1986), pp. 33~46.

Beard, M. and North, J. A. (eds.), *Pagan Priests*, London, 1990.

Beard, M., et al., *Religions of Rome*, 2 vols., Cambridge, 1998.

Bispham, E., and Smith, C. (eds.), *Religion in Archaic and Republican Rome and Italy*, Edinburgh, 2000.

Bloch, R., *Les Prodiges dans l'antiquité classique*, Paris, 1963.

Bobzien, S., *Determinism and Freedom in Stoic Philosophy*, Oxford, 1998.

Bouché-Leclercq, A., *Histoire de la divination dans l'antiquité*, Paris, 1879~1882.

Bowden, H., *Classical Athens and the Delphic Oracle Divination and Democracy*, Cambridge, 2005.

Brittain, C., *On Academic Scepticism*, Indianapolis, 2006.

───── , *Philo of Larissa: the Last of the Academic Sceptics*, Oxford, 2001.

Brunschwig, J., and Nussbaum, M. C. (eds.), *Passions and Perceptions: Studies in Hellenistic Philosophy of Mind*, Cambridge, 1993.

Brunt, P. A., "Philosophy and Religion in the Late Republic", eds. J. Barnes and M. T. Griffin, *Philosophia Tocata*, Oxford, 1989.

Burnet, J., *Greek Philosophy*, New York, 1964.

Burnyeat, M. (ed.), *The Skeptical Tradition*, Berkeley, 1983.

Cherniss, H. F., *Aristotle's Criticism of Plato and the Academy*, Baltimore, 1944.

Chevallier, R. (ed.), *Présence de Cicéron*, Paris, 1984.

De Casenove, O., and Scheid, J. (eds.), *Les Bois sacrés*, Napoli, 1993.

De Jong, P., *Traditions of the Magi*, Leiden, 1997.

Denyer, N., "The Case against Divination: an Examination of Cicero's De Divinatione", *PCPS* n.s.31(1985), pp. 1~10.

Dodds, E. R., "Supernormal Phenomena in Classical Antiquity", *PSPR* 55(1971), pp. 189~237.

Douglas, A. E., "Form and Content in the Tusculan Disputations", ed. J. G. F. Powell, *Cicero the Philosopher: Twelve Papers*, Oxford, 1995, pp. 197~218.

Dragona Monarchou, M., "Posidonius' Hierarchy between God, Fate and Nature", *Philosophia* 4(1976), pp. 286~301.

Falconer, W. A., *Cicero, De Divinatione*, Cambridge MA, 1923(1971 reprint)

Finger, P., "Zwei mantischen Systeme in Ciceros Schrift Über die Weissagung", *RhM* 68(1929), pp. 371~397.

Flashar, H. (ed.), *Die Hellenistische Philosophie*, 2 vols., Basle, 1994.

Flek, M., *Cicero als Historiker*, Stuttgart, 1993.

Fontenrose, J., *The Delphic Oracle*, Berkeley, 1978.

Glucker, J., *Antiochus and the Late Academy*, Göttingen, 1978.

Griffin, M., and Barnes, J. (eds.), *Philosophia Togata: Essays on Philosophy and Roman Society*, Oxford, 1989.

Guillaumont, F., *Philosophe et augure: Recherches sur le théorie cicéronienne de la divination*, Brussels, 1984.

Guittard, C. (ed.), *La Divination dans le monde étrusco-italique*, Tours, 1985~1986.

Haack, M.-L., "Haruspices publics et privés: tentative d'une distinction", *REA* 104(2002), pp.111~133.

Hankinson, R. J., "Stoicism, Science and Divination", *Apeiron* 21(1988), pp.123~160.

Harris, W. V., "Roman Opinions about the Truthfulness of Dreams", *JRS* 93(2003), pp.18~33.

Heintz, J.-G. (ed.), *Oracles et prophéties dans l'antiquité*, Paris, 1997.

Holowchak, M. A., *Oneirology in Greco-Roman Antiquity*, Lanham, 2002.

Johnston, S. I., and Struck, P. T. (eds.), *Mantiké: Studies in Ancient Divination*, Leiden, 2005.

Kany-Turpin, J., "Météorologie et signes divinatoires dans le De Divinatione de Cicéron", ed. C. Cusset, *La Météorologie dans l'antiquité: Entre Science et croyance: actes du colloque international interdisciplinare de Toulouse*, 2-3-4 mai 2002 (Saint-Etienne), pp.367~378.

———, "La Divination augurale romaine, une science des signes?", eds. C. Lévy, B. Besnier, and A. Gigandet, *Ars et ratio: sciences, art et métiers dans la philosophe hellénistique et romaine*, Brussels, pp.61~74.

―――, *Signe et prédiction dans l'antiquité*, Saint-Etienne, 2005.

Kany-Turpin, J., and Pellegrin, P., "Cicero and the Aristotelian Theory of Divination by Dreams", eds. W. W. Fortenbaugh and P. Steinmetz, *Cicero's Knowledge of the Peripatos*, New Brunswick, 1989, pp. 220~245.

Kessels, A. H. M., "Ancient Systems of Dream-Classification", *Mnem.* 22(1969), pp. 389~424.

Kragelund, P., "Dreams, Religion and Politics in Republican Rome", *Historia* 50(2001), pp. 53~95.

Krostenko, B., "Beyond (Dis)belief: Rhetorical Form and Religious Symbol in Cicero's de Divinatione", *TAPA* 130(2000), pp. 353~391.

Leonhardt, J., *Ciceros Kritik der Philosophenschulen*, Munich, 1999.

Leschhorn, W., "Ausdrück der übermenschlichen Ehrung bei Cicero", ed. A. Alföldi, *Caesar in 44 v. Chr.*, Bonn, pp. 387~397.

Lévy, C., *Cicero Academicus: Recherches sur les Académiques et sur la philosophie cicéronienne*, Rome, 1992.

Liebeschuetz, J. H. W. G., *Continuity and Change in Roman Religion*, Oxford, 1979.

Linderski, J., "Cicero and Divination", *La Parola del Passato* 37(1982).

―――, "Watching the Birds: Cicero the Augur and the Augural Templa", *CP* 81(1986), pp. 330~340.

Long, A. A. (ed.), *The Cambridge Companion to Early Greek Philosophy*, Cambridge, 1999.

―――, *Stoic Studies*, Cambridge, 1978.

MacBain, B., *Prodigy and Expiation: A Study in Religion and Politics in Republican Rome*, Brussels, 1982.

MacHandrick, P. L., *The Philosophical Books of Cicero*, London, 1989.

Mitchell, T. N., *Cicero: The Ascending Years*, London, 1979.

Momigliano, A. D., "The Theological Efforts of the Roman Upper Classes in the First Century", *CP* 79(1984), pp. 199~211.

Ogden, D., *Greek and Roman Necromancy*, Princeton, 2001.

Orlin, E. M., *Temples, Religion and Politics in the Roman Republic*, Leiden, 1997.

Palmer, R. E. A., *Roman Religion and Roman Empire: Five Essays*, Philadelphia, 1974.

Parke, H. W., *Sibyls and Sibylline Prophecy in Classical Antiquity*, London, 1988.

Pavis d'Escurac, H., "La Pratique augurale romaine à la fin de la République: Scepticisme et tradition", *Religion et culture dans la cité italienne de l'antiquité à nos jours*, Strasbourg, 1981, pp. 27~39.

Pease, A. S., *M. Tulli Ciceronis De Natura Deorum*, Cambridge MA, 1955~1958.

———, *M. Tulli Ciceronis De Divinatione*, Darmstadt, 1963.

Pfeffer, F., *Studien zur Mantik in der Philosophie der Antike*, Meisenheim am Glan, 1976.

Pohlenz, M., *Die Stoa*, 2 vols, Göttingen, 1978~1980.

Powell, J. G. F. (ed.), *Cicero the Philosopher*, Oxford, 1995.

Radke, G., *Die Götter Altitaliens*, Münster, 1965.

Ronca, I., "What's in Two Names: Old and New Thoughts on the History and Etymology of Religio and Superstitio", *Respublica Literarum* 15(1992), pp. 43~60.

Sachot, M., "Religio/superstitio: Historique d'une subversion et d'un retournement", *Revue de l'histoire des religions* 208(1991), pp. 351~394.

Schäublin, C., "Cicero 'De Divinatione' und Poseidonios", *MH* 42(1985), pp. 157~167.

───, "Weitere Bemerkungen zu Cicero, De divinatione", *MH* 46(1989), pp. 42~51.

───, *Über die Wahrsagung, lateinisch-deutsch*, München, 1991.

Scheid, J., "La Parole de dieux: L'Originalité du dialogue des Romains avec leurs dieux", *Opus* 6~8(1987~1989), pp. 125~136.

───, *An Introduction to Roman Religion*, Edinburgh, 2003.

Schofield, M., "Cicero for and against Divination", *JRS* 76(1986), pp. 47~65.

Schultz, C., "Argument and Anecdote in Cicero's De Divinatione", eds. C. Conybeare, P. B. Harvey and R. T. Scott, *Maxima debetur magistro reverentia: Essays on Rome and the Roman Tradition in Honor of Russell T. Scott*, Como, 2009, pp. 193~206.

Smadja, E., and Geny, E. (eds.), *Pouvoir, divination, prédestination dans le monde antique*, Paris, 1999.

Starr, I., *The Rituals of the Diviner*, Malibu, 1983.

Striker, G., "Cicero and Greek philosophy", *HSCP* 97(1995), pp. 53~61.

Taran, L., "Cicero's Attitude Towards Stoicism and Skepticism in the De Natura Deorum", eds. K.-L. Selig and R. Somerville, *Florilegium Columbianum: Essays in Honor of Paul Oskar Kristeller*, New York, 1987, pp. 1~22.

Tarrant, H. J., "Recollection and Prophecy in the De Divinatione", *Phronesis* 45(2000), pp. 64~76.

van der Eijk, P. J., "Aristotelian Elements in Cicero's "De Divinatione"", *Philologus* 137(1993), pp. 223~231.

Wardle, D., *Cicero: On Divination Book 1*, Oxford, 2006.

Ziolkowski, A., *The Temples of Mid-Republican Rome and their Historical and Topological Context*, Rome, 1992.

예언에 관하여

초판1쇄 펴냄 2021년 4월 21일

지은이 마르쿠스 툴리우스 키케로
옮긴이 강대진
펴낸이 유재건
펴낸곳 그린비
주소 서울시 마포구 와우산로 180, 4층
대표전화 02-702-2717 | **팩스** 02-703-0272
홈페이지 www.greenbee.co.kr
원고투고 및 문의 editor@greenbee.co.kr

주간 임유진 | **편집** 홍민기, 신효섭, 구세주, 송예진 | **디자인** 권희원 | **마케팅** 유하나
물류유통 유재영, 한동훈 | **경영관리** 유수진

ISBN 978-89-7682-863-7 04890 978-89-7682-478-3 (세트)

學問思辨行 독자의 학문사변행을 돕는 든든한 가이드

그린비 철학, 예술, 고전, 인문교양 브랜드
엑스북스 책읽기, 글쓰기에 대한 거의 모든 것
곰세마리 책으로 통하는 세대공감, 가족이 함께 읽는 책